# NUEVE AÑOS DE AUSENCIA

## SHELLY CRUZ

# NUEVE AÑOS DE AUSENCIA

Para mi media naranja.
Te amo. Te adoro, tú eres…

# CAPÍTULO 1

*La última vez*

## Marialena

ABRIL 2003

—¿A qué hora sales para *Mohegan*? —le pregunto a Massimo mientras estiro el brazo hacia el armario superior en busca de los granos de café.

Hoy viaja con sus amigos al casino *Mohegan Sun* en Connecticut, antesala de su fin de semana de soltero del mes que viene. Dom, uno de sus amigos, es coleccionista de carros y varios de ellos suelen ir a exposición y subasta.

—A las cuatro y media. Recogeré a Benny a mediodía. Vamos a ir a comer en Umberto antes de conducir hacia el sur —responde bostezando sentado en el mostrador de la cocina. *La Galleria Umberto* es un restaurante en el norte de la ciudad de Boston conocido por su pizza siciliana y sus *arancini*.

—Oh, qué celos. Sabes que me encanta su comida.

—¿Qué pasa con el resto de los chicos? ¿No van a comer? —pregunto mientras lleno la tetera de agua. Después de colocarla en el fogón, pongo el temporizador para asegurarme de que no hierve.

Vierto los granos de café en el molinillo, lo tapo, pero no aprieto mientras espero su respuesta. Miro a Massimo por encima de los lentes. Es guapo, sobre todo a esta hora del día, recién levantado, con esos ojos oscuros nublados por el sueño y el pelo revuelto.

Mi corazón se estremece porque esta es la última mañana que se sentará frente a mí mientras preparo café. Dios, lo que estoy a punto de hacer va a destrozarlo. Pero no puedo pensar en eso ahora, no con él a centímetros de mí.

—Los dos están trabajando. Recogeremos a Dom en su oficina, y los demás se reunirán con nosotros en *Mohegan* esta noche —me dice mientras se frota las manos sobre el rastrojo que le cubre la barbilla.

Aprieto el molinillo de café y vierto los pozos en la cafetera francesa. Mientras espero a que termine de hervir, me acerco a Massimo, que está sentado en el taburete al otro lado de la encimera.

Me da la bienvenida ensanchando las piernas y rodeando mi gruesa cintura con los brazos. Me mira y frunce los labios, algo que hace a menudo. Es su forma de pedirme un beso en silencio, y no importa cuántas veces lo haga, mi vientre se agita.

Sonrío, me quito los lentes, las dejo caer sobre la encimera y me inclino para besarle. Sus labios son cálidos y suaves. Cuando lo hago, me abraza y me atrae hacia su regazo, profundizando el beso.

Intoxicante, es la única forma en que puedo describir sus besos, su tacto, su olor, todo en él.

Me separo de nuestro beso y digo—: Hoy abro, así que tengo que irme a las diez y media. —Odio tener que trabajar hoy; preferiría quedarme en casa para poder saborear nuestras últimas horas juntos. Pero si no voy a trabajar, sabrá que pasa algo. Lo rodeo con los brazos, absorbo su fuerza y la guardo en la memoria.

Sus dedos dibujan círculos en la parte baja de mi espalda.

—Vale, ahora deja de hablar. —Reanuda los besos, profundos y lentos, y pasamos unos minutos acariciándonos.

El temporizador suena e interrumpe nuestra sesión de besos. Me retiro a regañadientes, me vuelvo a poner los lentes y me paso la mano derecha por los labios hinchados mientras me deslizo fuera de su regazo.

Me da una palmada en el culo y, con una sonrisa pícara, me dice—: Sabes exactamente cómo calentarme, ¿verdad?

—No tengo ni idea de lo que estás hablando. —Me alejo de él, sabiendo que me está mirando el culo porque aún llevo la camiseta y las bragas. Pero tiene razón, porque estoy tan excitada como él. Saco la tetera del fuego, vierto agua en la cafetera y dejo que se prepare el café mientras preparo nuestras tazas para desayunar.

Cuando termino de limpiar la cocina, me dirijo a nuestro dormitorio para ducharme y prepararme para el trabajo. Espero encontrar a Massimo en la ducha o haciendo la maleta. En cambio, cuando entro en el dormitorio, está sentado en el baúl antiguo a los pies de la cama, desnudo, reclinado hacia atrás, acariciándose. Me detengo en seco, aunque no debería, porque es el típico Massimo, siempre listo para el sexo, con el deseo y la necesidad a la cabeza de su voraz apetito sexual. *Joder, voy a echarlo de menos, en todo su grueso esplendor.*

Me apoyo en la entrada y le miro mientras me relamo los labios por el anhelo que crea en mí.

—¿Trabajando duro?

Sus ojos, oscuros y llenos de deseo, se clavan en los míos cuando dice en voz baja y ronca—: Ven aquí. Te vas pronto y no podré estar dentro de ti hasta la semana que viene.

Se me estruja el corazón porque sé que es la última vez que lo veré.

La última vez que lo sentiré dentro de mí.

La última vez que me hará el amor.

Empujo la jamba de la puerta y me quito los lentes, colocándolos en la cómoda a mi derecha. Atravieso la habitación a zancadas hasta situarme frente a él.

Pone sus manos en mis caderas curvilíneas y aprieta antes de moverlas sobre mis nalgas. La presión de sus manos me calienta. Lo miro y me chupo los labios, con los rizos cayendo en cascada alrededor de mi cara. Nos miramos a los ojos mientras me acaricia las mejillas redondeadas.

El amor en sus ojos arde en sus bordes, las brasas me abrasan. ¿Puede ver a través de mí? ¿Ve la tristeza que se filtra por mis poros, ansiosa por escapar? Si pudiera, me lo diría, porque la importancia de lo que está a punto de ocurrir es demasiado grande para no hacerlo.

—Quítate esto —me ordena, tirando de la parte inferior de mi camiseta.

Hago lo que me pide y lo tiro sobre la cama. Me pasa las manos por el vientre, coge un pecho con cada mano, lo aprieta, lo frota, lo saborea. Gimo en respuesta y levanto las manos para pasárselas por el cabello negro como la tinta, tirando de él. Con sus ojos cargados de deseo, me observa y guía mi cuerpo hacia abajo para que me siente a horcajadas sobre él. Permanezco de rodillas para que pueda colocarse debajo de mí. Sus dedos están calientes, me abrasan. Los desliza por mi piel antes de apartarme las bragas y dejar que entre en mí. Mientras me llena, mi cabeza cae hacia atrás por el placer y nos perdemos el uno en el otro.

Un par de horas más tarde, estoy vestida y recogiendo mis cosas para marcharme. Trabajo en la barra del restaurante familiar de Massimo, en el distrito financiero, del que es propietario junto con su hermano Rocco y su hermana Stella.

*Trattoria Lorenzo Restaurant & Bar* está situado en el corazón de la ciudad y es conocido por su auténtica comida italiana, con un completo bar como complemento. El año anterior había ganado el premio de lo mejor de Boston porque el chef es italiano y los cocteles son los mejores de la ciudad, pero quizá yo sea un poco parcial. Cuando las oficinas empiezan a vaciarse, el bar se llena de conversaciones, buena música y bebidas a raudales.

—Llámame luego —le digo mientras me abrocho las botas. Me levanto y me giro hacia la puerta, lista para salir. Massimo se levanta del sofá y cruza la sala hasta quedar a escasos centímetros de mí. Me pongo los lentes en la cabeza, me abraza y me besa suavemente las sienes.

—Te amo —susurra, apoyando la frente en la mía.

Levanto los ojos para mirarle a los suyos, de verdes a marrones oscuros, y su metro ochenta y tres se eleva sobre mí.

—Yo también te amo, más de lo que nunca sabrás —respondo. Al decir estas palabras, se me llenan los ojos de lágrimas y una me resbala por la mejilla derecha.

—Eh, ¿qué te pasa? ¿Por qué lloras? —me pregunta, levantando las manos para enmarcarme la cara, y su pulgar toca el lunar que adorna mi mejilla izquierda, secando la lágrima.

—Ya sabes cómo me pongo con los viajes por carretera desde el accidente de Benny, ansiosa y nerviosa —digo mientras niego con la cabeza para evitar sus ojos mientras la mentira se escapa de mis labios. *Joder, qué difícil es esto.* A pesar de todas las veces que he pensado en este momento, ahora que ha llegado y me está mirando fijamente, no se parece a nada de lo que había imaginado. Es un millón de veces peor.

Él murmura—: Lena, mírame. —Sus dedos me obligan a levantar la vista—. Siempre te pones ansiosa, pero ¿lágrimas? Eso es nuevo —añade en tono curioso.

—Es que voy a echarte de menos, eso es todo. —Mis ojos se alejan de los suyos mientras susurro las palabras. *Joder, se va a dar cuenta de que estoy siendo evasiva.*

Respiro profundamente y alzo los ojos para volver a mirarle. Con más confianza y una sonrisa, digo—: Estaré bien. Estarás en casa antes de que me dé cuenta, y entonces pensaré en lo estúpida que estoy siendo. ¿Me llamas luego? —pregunto mientras me acurruco entre sus brazos, apretando la nariz contra su cuello para aspirar su aroma, ocultando mis ojos de los suyos.

Se separa de mí, me vuelve a tocar la cara con las manos y me mira fijamente durante unos segundos, con los ojos fijos en los míos.

—Vale. Lo haré, cariño. Ahora vete, antes de que llegues tarde. —Acerca sus labios a los míos. Le abrazo y le aprieto fuerte por última vez antes de salir del apartamento. Cierro la puerta tras de mí, con los ojos llenos de lágrimas mientras bajo las escaleras.

Como de costumbre, la hora del almuerzo llena el bar y me mantiene ocupada. Hoy estoy agradecida por eso, los gritos y los clientes parlanchines, porque me impiden pensar en lo que estoy a punto de hacer. Hoy estoy decaída, no soy la chica animada de siempre, que está al pie del cañón mientras trabaja en el bar. Aunque me hubiera gustado pasar el día en casa con Massimo, aprovechando hasta el último minuto con él, es mejor que esté en el trabajo. Conmigo aquí, no sospecha nada.

Veo algunas caras conocidas repartidas por el bar. La mayoría de los hombres llevan traje y corbata; las mujeres, traje sastre o vestido. El público del almuerzo es muy diferente del de la hora feliz o la cena. Los clientes que almuerzan suelen ser más formales y negocian acuerdos de negocios mientras comen *tagliatelle alla boscaiola* caseros. En ocasiones, hay una pareja que quiere sentarse en un rincón del fondo para esconderse de las miradas indiscretas. Uno se pregunta qué estarán tramando. Los clientes que más llaman la atención son los turistas que se mezclan con la gente de negocios. Suelen venir directamente de sus oficinas, muchas veces situadas en el rascacielos original de Boston, a unas cuadras de distancia. Los turistas llaman la atención. Visten sus cómodas zapatillas, llevan mochilas o riñoneras, portan mapas doblados y suelen llevar una cámara colgada del cuello.

—Lena, necesito dos copas de Chardonnay y una Ginger Ale para la mesa seis —grita Beth, una de las meseras, desde el final de la barra.

—Ahora mismo voy —respondo. Hoy debe de estar enfadada conmigo; es la tercera vez que la hago esperar. Llevo todo el turno aturdida, tardando en sacar los pedidos y en atender a los clientes. No he podido concentrarme en nada.

El resto de la hora punta del almuerzo pasa como un borrón y una vez que todo está tranquilo y sólo quedan dos clientes, empiezo a limpiar cuando llega Shannon, la otra cantinera. Es una chica con un marcado acento bostoniano, pelo largo y rojo y piel blanca como la leche.

—Hola, Shannon. ¿Qué tal, chica? —le pregunto mientras se ata el delantal a la cintura.

—Misma mierda, distinto día, Lena. Ya sabes cómo es —responde en tono plano con la nariz arrugada.

—¿Puedes cubrir mi turno de almuerzo mañana? —le pregunto—. Tengo que ir al médico y se me ha olvidado cogerme el día libre —le digo mientras cargo vasos sucios en el lavavajillas de detrás de la barra.

—Claro, me viene bien el dinero extra. ¿Está todo bien?

—Sí, sólo mi revisión anual con el ginecólogo. Emocionante, lo sé. Gracias, Shannon —le digo sonriéndole antes de terminar de asearme.

El final del turno se alarga. Estoy ansiosa por irme, llegar a casa y empezar a hacer las maletas. Miro el reloj del ordenador y veo que los minutos pasan lentamente. Parece que el tiempo se ha detenido cuando lo único que quiero es irme.

Mi teléfono vibra en el bolsillo del delantal y, cuando lo agarro, veo el nombre de Massimo en la pantalla agrietada. Me apresuro hacia el final de la barra para tener algo de intimidad cuando pulso el botón verde de responder y me acerco el teléfono a la oreja.

—Hola —respondo en voz baja.

—Hola, nena, ¿cómo va el trabajo? —pregunta.

—Súper ocupado como siempre, ya sabes cómo son los jueves.

—Sí, te entiendo. No lo extraño, no voy a mentir.

—Me gustaría que estuvieras aquí; me vendría bien un poco de tu cariño ahora mismo —murmuro al teléfono con voz suave, cerrando los ojos ante los recuerdos de esta mañana. Le oigo gruñir y respira hondo en respuesta.

—Lena —declara en un tono severo y áspero. Sé que no está solo, lo que significa que no dirá lo que piensa.

—Massimo —empiezo, pero tengo su nombre en la punta de la lengua. Hay tantas cosas que quiero decirle; mi mente se llena de pensamientos. En lugar de eso, me trago las palabras, y un buen viaje sale de mis labios.

—Gracias, nena. Escucha, acabamos de recoger a Dom. Te amo. Todo va a ir bien —me dice, tranquilizándome.

—Lo sé, yo también te amo. Llámame más tarde. No me importa la hora que sea, ¿vale? —respondo.

—Entendido. Adiós, futura señora DeLorenzo —dice en tono juguetón. Sus palabras escuecen en el fondo de mi alma. Nunca seré la señora DeLorenzo.

Cuando termina mi turno, llamo a un taxi para que me lleve a casa porque llueve a cántaros. Después de darle mi dirección, meto la mano en la cartera en busca del teléfono para llamar a mi mejor amiga, Luci. Luci es esa amiga que todos tenemos, la que todos necesitamos, la que te echa en cara tus gilipolleces cuando más lo necesitas.

Hemos sido amigas casi toda la vida. Recuerdo cuando empezó el curso a mediados de tercero. El pupitre contiguo al mío estaba vacío y la señora Stewart le asignó ese asiento. El pupitre fascinaba a Luci porque se levantaba y podía meter sus cosas dentro. La saludé y, cuando habló, tenía un acento muy marcado. Más tarde supe que se había trasladado aquí desde Italia con su familia. Hablando con ella ahora, nunca sabrías que no hablaba ni una pizca de inglés cuando se mudó aquí. Desde entonces somos las mejores amigas.

Responde a mi llamada al tercer timbrazo.

—¿Qué pasa, zorra?

—Estoy en un taxi rumbo a casa, acabo de terminar mi turno. ¿Vendrás más tarde?

—Lo siento, Lena, no puedo. En realidad, estoy conduciendo a la ciudad ahora mismo porque he tomado un turno.

—Dejándome plantada, ¿eh?

—No te enfades. Podemos salir otra noche. —Poco sabe ella que eso no sucederá. Voy a echar mucho de menos a Luci. Desde que somos amigas, nos hemos visto casi todos los días de nuestras vidas. Se va a enfadar mucho cuando se entere de que la he dejado, pero mantenerla al margen es la mejor decisión para ella.

—No pasa nada. Estaba deseando salir contigo, compartir una botella de vino, pero no pasa nada. —Las mentiras salen, y me sorprende lo fácil que salen las palabras de mi boca. Quizá sea mejor así. ¿Quién sabe? Probablemente habría sabido que me pasa algo y habría frustrado mis planes.

—Te mando besos —dice.

—Yo también te mando besos. —Pulso el botón rojo y vuelvo a meter el teléfono en el bolso. Cuando estábamos en la universidad, Luci y yo estábamos en una fiesta, las dos un poco borrachas, y en vez de decir te quiero dijo que me mandaba besos. Se nos quedó grabado.

Una vez dentro de nuestro apartamento, me detengo a contemplar el lugar. Vivimos en un increíble apartamento de dos dormitorios en la preciosa calle *Marlborough*, en *Back Bay*. Su ladrillo s la vista y sus espacios abiertos son lo que me enamoró nada más verlo. De pequeña, siempre quise vivir en uno de estos edificios. Ahora aquí estoy, viviendo en el apartamento de mis sueños con el hombre al que amo, y me marcho. Voy a extrañarlo. Echarlo de menos.

Después de quitarme las botas, atravieso la habitación y me siento en el sofá, dándome unos minutos para asimilar la magnitud de lo que estoy a punto de hacer. Me invade la tristeza, pero sé que tengo que hacerlo. Estoy dejando atrás todo y a todos, y eso hace que las lágrimas fluyan. Profundos sollozos caen de mí mientras recuesto la cabeza en el sofá, con mis sentimientos inundándome.

Cuando me despierto, está oscuro. Levanto la cabeza y me froto los ojos. El aturdimiento de mi inesperada siesta me pesa y tardo un par de minutos en recuperarme. Me levanto del sofá y cruzo la habitación arrastrando los pies para encender la luz, demasiado brillante para mis ojos aún somnolientos. Son casi las ocho de la noche. Aún no tengo noticias de Massimo, lo que significa que probablemente me llamará pronto.

Cuando acabo de comerme el bocadillo que me he preparado, agarro las maletas del armario del segundo dormitorio y las llevo rodando hasta la habitación para dejarlas abiertas en el suelo. Paso las siguientes horas llenándolas de ropa, zapatos, chaquetas, mi manta y mi almohada favoritas… mi vida en tres maletas llenas de cosas… qué triste espectáculo. Pierdo el equilibrio y tengo que apoyarme en la pared, respirando hondo para calmar los nervios. Todo esto es mucho más difícil de lo que había imaginado al urdir el plan.

Estoy en el baño lavándome los dientes cuando suena el teléfono. Como no quiero perderme la llamada, corro al dormitorio para agarrar el teléfono de la mesilla. El nombre de Massimo aparece en la pantalla.

—Hola, espera —digo, un poco apagada porque me estoy lavando los dientes. Vuelvo corriendo al baño para evitar que se me caiga la pasta de dientes de la boca. Una vez en el lavabo, dejo el teléfono para enjuagarme rápidamente.

—Lo siento, me estaba lavando los dientes. ¿Qué tal el viaje? —pregunto mientras apago la luz del baño y me dirijo a nuestra cama.

Mientras retiro las sábanas y me meto en la cama, Massimo me cuenta lo del viaje y sus planes para el fin de semana. Me tumbo sobre el lado izquierdo, acercándome el teléfono a la oreja derecha, y me abrazo a la almohada de Massimo, inhalando su aroma mientras escucho su voz.

—Te echo de menos —le interrumpo a media frase.

—Yo también —responde.

Charlamos un rato cuando oigo a uno de sus amigos decir—: Eh, vámonos. El casino nos espera.

—Oye, nena, nos vamos al casino. Duerme un poco, ¿vale?

—Vale, cuídate. Buenas noches —digo, con las lágrimas resbalando por mis mejillas—. Te quiero —murmuro, cerrando los ojos.

—Te quiero más —responde él, y la línea se queda en silencio.

Esa fue la última vez que escucharía su voz durante nueve años.

# CAPÍTULO 2

*¿Sigue interesado?*

## Marialena



El vaso antiguo se apoya en la alfombrilla de goma mientras le sirvo un trago doble de Jack. Una vez terminado, lo levanto y lo coloco sobre una servilleta de cóctel justo cuando Massimo se desliza en el taburete que hay al otro lado.

—Casi pensé que no ibas a venir hoy —digo mordiéndome el labio inferior.

Massimo viene aquí todos los jueves desde la primera noche que vino a finales del año pasado, pero suele venir temprano, antes de la hora pico de la cena. Son casi las once de la noche, así que me sorprende verle aquí tan tarde, pero me alegro mucho de que haya decidido seguir viniendo.

Soy cantinera en el Café Florentine desde hace un año y medio. Empecé a trabajar aquí durante mi último año de carrera porque el sitio donde solía servir mesas había cerrado. Tracy, la encargada de aquel restaurante, empezó a trabajar aquí y sabía que yo siempre había querido ser cantinera. Cuando hubo una vacante, me la ofreció.

Florentine es un restaurante italiano en el norte de la ciudad de Boston, el barrio más antiguo de Boston, que es una próspera comunidad de tiendas, restaurantes, panaderías, iglesias y escuelas públicas. A menudo se le conoce como la Pequeña Italia de Boston por su larga e histórica conexión con Italia y su cultura. Aunque se trata de un restaurante, la escena de bares aquí es formidable, sobre todo porque somos uno de los pocos lugares que permanecen abiertos hasta tarde todas las noches.

—¿Me echas de menos? —pregunta antes de dar un sorbo a su whisky.

—Tal vez —bromeo.

—No he faltado ni una semana. No voy a empezar ahora. —Su mirada es intensa, y el corazón me retumba en el pecho al oír sus palabras.

—Es bueno saber que puedo contar contigo.

Sonríe con satisfacción, pasando la lengua por los dientes, antes de volver a dar un sorbo a su whisky.

—Siempre puedes contar conmigo. —Sus palabras me hacen sonrojar.

—¿En serio?

Asiente, nuestras miradas se encuentran.

—Esta noche se está todo tranquilo aquí —dice, mirando alrededor del restaurante.

—Ahora está tranquilo. Antes había mucho trabajo porque hacía buen tiempo. Probablemente no queden muchas noches cálidas, así que Tracy abrió las ventanas. ¿Por qué estás aquí tan tarde esta noche?

—Mañana es nuestra gran inauguración. Estábamos dando los últimos toques a todo.

—Bueno, eso es emocionante. Llevas meses hablando de ello; tendré que ir a verlo pronto.

—Me gustaría. —La felicidad se extiende por su rostro.

—Lena —me llama Marcus, mi amigo que esta noche trabaja en el bar conmigo. Marcus estaba aquí cuando me uní al equipo, y enseguida congeniamos. Trabajamos juntos en la barra cuatro noches a la semana, lo que significa que es mi marido en el trabajo. Casi todos los viernes y sábados por la noche salimos después del trabajo, ya sea a comer en uno de los locales nocturnos o a tomar unas copas en algún sitio. Nos gusta relajarnos después de una noche ajetreada y echar un vistazo juntos a los chicos guapos.

—Vuelvo enseguida —le digo a Massimo.

Doy una zancada hacia Marcus, que está delante del ordenador. Es un poco más alto que yo, con un corte corto y piel morena clara. Le miro y le pregunto—: ¿Qué pasa?

—Veo que tu delicioso hombre está aquí esta noche —susurra, moviendo las cejas.

—¡No, calla! No es mi hombre, al menos todavía no. —Le guiño un ojo.

—¿Ah, sí? ¿Por fin vas a salir con él?

—Sí, creo que estoy preparada para decir que sí. Pero él aún no lo sabe —añado, apoyándome en la estantería de mi izquierda—. Han pasado dos meses desde que Stefano me dejó; creo que es hora de seguir adelante.

—Chica, Stefano era un gilipollas. Lo mejor que te ha pasado es que se fuera. ¡Que le vaya bien! Además, ese pedazo de culo… —señala a Massimo, que está detrás de mí—. Te está esperando.

Una vez que Marcus y yo nos acercamos, no era un secreto que Marcus odiaba a Stefano. Se toleraban el uno al otro gracias a mí. Marcus y Luci congeniaron enseguida por su odio mutuo a Stefano.

Massimo me invitó a salir varias veces, pero cada vez que lo hacía, yo rechazaba sus invitaciones porque seguía teniendo una relación con Stefano. Con el tiempo, dejó de pedírmelo, aunque no dejó de venir al bar todas las semanas. Cuando Massimo se enteró de que volvía a estar soltera, me dijo que le avisara cuando estuviera lista para salir con un hombre de verdad.

—No me has llamado para recordarme lo bueno que es.

—Como esta noche cierro, voy a tomarme un descanso para fumar e ir al baño antes de que te vayas —me dice.

—De acuerdo. ¿Alguno de tus clientes necesita algo?

—No, acabo de dar una vuelta. Estás bien. —Camina hacia Massimo y sale de detrás de la barra, y yo le sigo, pero me detengo al llegar al asiento de Massimo.

—Marcus cierra esta noche, así que cuando vuelva, habré terminado por hoy. —Me subo los lentes para ajustármelas.

Los ojos de Massimo se abren de par en par, y una sonrisa se dibuja en su rostro revelando sus dientes caninos ligeramente levantados y más grandes que los demás.

—En ese caso, dame la cuenta. Me iré contigo.

—Buenas noches, Tracy —digo, saliendo por la puerta

principal con Massimo detrás de mí. Una vez fuera, me detengo y Massimo se para a mi lado.

—¿Dónde estás estacionada? —pregunta mientras se pone la chaqueta de cuero.

El otoño en Boston es impredecible. Algunos días son cálidos y otros te hielan hasta los huesos, más propios del invierno que del otoño. Esta noche es una de las más agradables, a unos diez grados y con cielo despejado. Se está muy bien fuera, el aire es fresco, pero no frío y no hay viento; sin duda, el *Berkeley Weather Beacon* de Copley está estable y azul ahora mismo.

—Hoy he tenido suerte y he encontrado sitio a unas cuantas calles. —Estacionar es una de las cosas que más me frustran de trabajar en esta zona. Es difícil aparcar porque tengo que encontrar una plaza disponible para visitantes. La mayor parte del estacionamiento en la calle en este barrio es residencial y requiere una pegatina de residente. Normalmente tengo que dar vueltas durante al menos quince minutos con la esperanza de encontrar un sitio. Cuando trabajo de noche, no puedo agarrar el metro porque suelo terminar después del último tren y no me gusta agarrar el autobús de Kenmore para volver a casa tan tarde.

—Caminaré contigo —me dice, poniendo su mano en la parte baja de mi espalda mientras me guía hacia

North Square.

Este no es sólo el barrio más antiguo de Boston; está impregnado de historia. Entre las estrechas calles y los callejones escondidos, encontrarás varias paradas en el *Freedom Trail* de la ciudad, un sendero de varios kilómetros marcado por una línea roja pintada en las aceras que atraviesa la ciudad para destacar lugares significativos para la historia de Estados Unidos.

North Square alberga la Casa de Paul Revere, y las calles de esta zona triangular están pavimentadas con los adoquines originales, más comúnmente llamados empedrados, y las farolas se asemejan a farolas de gas. La pequeña plaza es pintoresca y bulliciosa durante el día, cuando está llena de turistas y camiones aparcados cuyos conductores descargan entregas a diversos restaurantes. Pero a estas horas de la noche, está tranquila.

Estoy nerviosa, tengo mariposas en el estómago. Antes de hablar, con el dorso de la mano izquierda me subo los lentes por el puente de la nariz.

—Tengo una pregunta para ti.

—¿Cuál? —responde.

—¿Sigues interesado en salir conmigo?

Se detiene y gira hacia mí.

—¿Es una pregunta retórica? —Me recompensa con una sonrisa radiante que le llega hasta los ojos.

—Las cosas cambian; la vida pasa. La respuesta

podría ser no. —Me encojo de hombros, me ajusto los marcos de la cara y miro hacia otro lado.

Estira la mano derecha y me roza con los dedos la parte inferior de la mandíbula.

—¿Te he dicho alguna vez que me encanta este lunar de aquí? —Su pulgar recorre mi mejilla izquierda de izquierda a derecha y viceversa, sobre mi lunar. Cuando lo señala, me retuerzo. He intentado maquillármelo para disimularlo, pero nunca me gustó cómo quedaba, así que dejé de intentarlo. Cada vez que me miro al espejo, me mira como un gran lunar peludo. En realidad, no es tan grande. Siempre somos nuestros peores críticos.

—No, no lo has hecho —digo avergonzada. El contacto de sus dedos me quema la piel.

—Lena, voy a besarte ahora. —Mi nombre sale de sus labios mientras se inclina hacia mí y su boca se posa sobre la mía. Cierro los ojos. Su labio inferior es grueso y suave. Cuando se mueve, su lengua me acaricia los labios, los abre y yo obedezco. Massimo me mete las manos en el cabello mientras nuestras lenguas se enredan.

Cuando nuestro beso termina, mis lentes tienen huellas de la piel de su nariz, y me las quito. —Tomaré eso como un sí —digo, sonrojada, agarrando la parte inferior de mi camiseta en un intento de limpiarme los lentes. Tendré que limpiarlas mejor cuando esté en el carro.

—La respuesta siempre es sí.

El calor sube a mis mejillas y su proximidad me marea. Doy un paso atrás.

—Siento lo de tus lentes —dice.

—No pasa nada. Lo superaré, pero sólo porque besas bien.

—Hay más de donde vino eso, pero lo dejaremos para otra ocasión. —Me guiña un ojo y sigue caminando.

—Este es mi carro —digo cuando llegamos a dónde me espera un Honda Civic blanco de dos puertas. Me lo regaló mi madre hace unos meses cuando quiso comprarse uno nuevo. El carro que tuve después del instituto murió el año pasado. Stefano no quería que me comprara uno nuevo, me dijo que me llevaría a todas partes. Ahora me doy cuenta de que era otra forma de controlarme. Cuando mi *madre* me lo ofreció, aproveché la oportunidad porque estaba harta de no tener carro y depender de Stefano o del metro.

—¿Cuándo puedo volver a verte? —pregunta.

—Trabajo todo el fin de semana, pero si estás libre la semana que viene, podemos quedar. ¿Qué tal el martes?

—Haré que funcione. ¿Cuál es tu número para que

pueda llamarte? —Abro mi bolsa y busco un bolígrafo. Encuentro un viejo recibo en el fondo para escribir. Cuando levanto la vista, Massimo tiene el celular en la mano esperándome—. Lo guardaré en mi teléfono.

Marca mi número en su teléfono y pulsa llamar, y yo siento que mi teléfono vibra dentro de mi bolso.

—Guardaré tu número más tarde —le digo—. Gracias por acompañarme. —Vuelvo a meter el bolígrafo en el bolso y meto la mano en busca de las llaves del coche. Cuando abro la puerta, dejo el bolso en el asiento del copiloto.

—Buenas noches, Lena. —Massimo roza sus labios con los míos y sonríe mientras espera a que entre en mi carro.

Subo los dedos y los apoyo en mis labios para decir:
—Buenas noches, Massimo.

## UNOS DÍAS DESPUÉS

—¿Qué estás leyendo? —pregunta Luci, sentada en el extremo opuesto del sofá.

El cabello de Luci es de un rojo caoba, el tipo de rojo que sólo viene en una caja. Siempre se tiñe el cabello y experimenta con cortes atrevidos. Ahora lo lleva corto, pero le cae justo por encima de los hombros, lo que acentúa su cara en forma de corazón. Los mechones sueltos le dan un aspecto fresco y despeinado.

—*Memorias de una Geisha*, por fin. Siempre he querido leerlo y lo he ido posponiendo. —Estoy tumbada en nuestro sofá con las rodillas levantadas para apoyar el libro contra mis piernas.

Compartimos un bonito apartamento de dos dormitorios en la plaza Oak, en Brighton. Queríamos un lugar en la ciudad, pero el alquiler era extremadamente caro, así que decidimos que este barrio sería perfecto. Teniendo en cuenta que Newton está a pocos kilómetros, podemos visitar a nuestras familias más fácilmente, y seguimos estando cerca de la ciudad para trabajar. Nuestro apartamento está en el primer piso de una casa, tiene estacionamiento, y tiene un patio para nosotras para sentarse en cuando no hace muchísimo frío afuera.

—Avísame cuando lo termines. Es un gran libro.

—Lo haré. Mañana voy a la lavandería. Si quieres que te lave algo, échamelo al cesto —le digo, cerrando el libro. Es lo único que no me gusta de este sitio; no tenemos lavadora ni secadora, y tener que salir a lavar es como una tortura. Es lo que menos me gusta hacer en un sitio en el que odio estar.

—Estoy libre mañana; iré contigo. Hace un par de semanas que no lavo mi ropa y ya tengo bastante.

—Voy temprano porque quiero quitármelo de encima. Y por temprano, me refiero a las once.

—¿A qué hora es tu cita esta noche? —Luci pregunta.

—Me llamó anoche, dijo que me recogería a las seis y media. —Echo un vistazo a la hora en el reproductor de DVD que hay junto al televisor. Ya me he duchado porque tenía que lavarme el cabello, así que tengo tiempo antes de tener que arreglarme.

—¿Adónde van?

Me encojo de hombros.

—No lo sé. Me dijo que es informal. Seguro que comeremos algo en algún sitio porque sabe que me encanta la comida. —Me río.

—Estoy casi segura de que no vamos a ir a lavar mañana. ¿Quién sabe? A lo mejor te vas a casa con él y pasas la noche. —Luci mueve las cejas.

—¡Me gusta mucho! Pero no sé si acostarme con él en nuestra primera cita.

—Bueno, le conoces desde hace tiempo. ¿No cambia eso las cosas?

—Aunque en realidad no le conozco. Sí, lleva un año viniendo al bar, pero no sabemos mucho el uno del otro, sólo cosas superficiales. ¿Y si me acuesto con él esta noche y luego lo estropeo?

—¿Por qué lo arruinarías?

—Salimos, dormimos juntos, y ya está. Se acabó, y no querrá verme más. O, tal vez en realidad es un idiota como lo era Stefano. Me precipité en esa relación, y mira lo bien que resultó.

—Lena —dice mientras me agarra de la muñeca—. ¡Este tipo no es Stefano! Recuérdalo. Quiero decir, no lo conozco, pero por lo que me has contado de tus encuentros en el trabajo, parece simpático. Además, ha estado yendo a verte cada semana durante un año. Eso tiene que contar para algo. Y al menos sabes que es constante.

—Supongo. Han pasado dos meses desde que Stefano me dejó. ¿Crees que es demasiado pronto para empezar a salir?

—¡Uh, no! Te he estado diciendo que empieces a salir desde que ese imbécil se fue, pero nunca escuchas.

—Eso es verdad. Soy demasiado terca para mi propio bien.

—Al menos lo admites.

A pesar de haber visto a Massimo más veces de las que

puedo recordar desde que lo conozco, estoy nerviosa mientras me visto. Me pruebo cuatro blusas diferentes y me decido por la morada de cuello de pico y mangas tres cuartos, mis jeans favoritos y mis botas Dr. Martens.

—Luci, ¿me prestas tu pintalabios? ¿Ese de color malva que tienes? —grito mientras me dirijo a su dormitorio. La puerta está abierta y entro en su habitación. Está dentro del armario buscando entre su ropa.

—Sí, está ahí en la cesta de mi mesilla de noche.

—Lo encontré —digo y agarro el tubo—. Me lo llevo. Tengo que comprar uno ya; siempre se me olvida.

—¿Está aquí?

—No, todavía no. —Miro mi reloj—. Probablemente llegará en unos minutos.

Abro el tubo de pintalabios y uso el espejo de Luci para ponerme un poco, empezando por el arco de cupido. Cuando termino de pasármelo por los labios, los golpeo para extender el color y, con el dedo, me quito un poco de la zona de debajo del labio. Tengo el cabello suelto y, como me lo he lavado esta mañana, unos rizos sueltos me rodean la cara.

—¡Estás muy sexy! Definitivamente vas a tener sexo esta noche, ¡y estoy celosa!

—Ya veremos —digo, tratando de convencerme a

mí misma más que a Luci—. ¿Qué planes tienes para esta noche?

—Ir a cenar a casa de mi madre, a pasar el rato con ella y mi hermana.

—Bien, diles que les mando saludos y trae sobras a casa, por favor. Me encanta la comida de tu madre.

—Lo haré. Diviértete, y asegúrate de usar condones. —Ella guiña un ojo.

—Eres una loca —digo riéndome mientras salgo de su dormitorio y me dirijo hacia la entrada de la casa. Pero Luci tiene razón. Ayer compré unos condones para llevarlos en el bolso, por si acaso. No hay nada peor que ponerse cachonda con un chico y luego no tener condones; ¡qué aguafiestas! Nunca se sabe cómo irán las cosas esta noche. Me siento en el sofá para mirar por la ventana y ver cuándo llega.

Momentos después, se detiene en el camino de entrada y veo cómo sale de su Jeep, pavoneándose hacia la casa. Camina con tanta confianza, es tan sexy. Me levanto de donde estoy sentada y me apresuro a ir a su encuentro.

—Hola —lo saludo mientras abro la puerta.

—Hola, guapa. —Me saluda como siempre, inclinándose y besándome en la mejilla, pero esta vez es diferente. Antes era un beso rápido de mejilla a mejilla, el saludo de la mayoría de los conocidos. Ahora, acerca sus labios a mi mejilla y los deja reposar unos instantes. Son cálidos y suaves. Cuando se retira, me dedica una sonrisa de megavatio. Se me revuelve el estómago.

—¿Estás lista? —pregunta.

—Sí. —Agarro mi chaqueta de cuero del perchero y el bolso de la mesa, y le sigo, cerrando la puerta tras de mí.

Caminamos hasta su Jeep Wrangler, uno al lado del otro, él con su mano izquierda en la parte baja de mi espalda. Me subo al Jeep. Es de techo rígido y por dentro es negro sobre negro, lo que le viene muy bien porque siempre va vestido de negro.

Cuando empieza a conducir, pregunta—: ¿Te gusta jugar al billar?

—Sí, hace tiempo que no lo hago, pero me gusta.

—Bien, prepárate para que te enseñe —dice riendo entre dientes.

En ese momento, empieza a sonar en la radio la canción de los Back Street Boys *I Want It That Way.*

—Me encanta esta canción —digo y le miro. Alarga la mano para cambiar de emisora, pero se detiene antes de hacerlo y frunce el ceño. Empieza la letra y me pongo a cantar. Massimo no deja de mirarme mientras canto.

Cuando termina, baja el volumen y pregunta—: ¿Cantas así para todos los chicos?

—No, sólo las que me gustan —bromeo mientras miro su perfil. Tiene la nariz larga y recta, y frunce los labios mientras conduce, con el ceño ligeramente fruncido por la concentración—. ¿Qué tipo de música te gusta?

—Sobre todo rock. Clásico, de los ochenta, heavy metal, pero escucho un poco de todo. Algo de rap, hip-hop, clásicos de baile, música italiana. Excepto country, no me va la música country.

—Ni las bandas de chicos.

—Sí, eso. —Se ríe.

—¿Adónde vamos?

—*Jillian*. Pensé que podríamos comer algo, jugar al billar o a videojuegos. ¿Te parece bien?

—Suena divertido. Hace tiempo que no voy.

# CAPÍTULO 3

*Bola blanca*

## Massimo

Conduzco hasta el estacionamiento y pago al tipo de la cabina. Una vez estacionados, me desabrocho el cinturón y me dirijo hacia Lena.

—Oye, antes de salir, ven aquí. —Le agarro la mano y la atraigo hacia mí.

Se desabrocha el cinturón y se acerca a mí. Sus largos rizos caen en cascada por su espalda, sobre sus hombros, enmarcando su rostro. Levanto la mano y aparto los rizos, acariciando el lunar que tiene en el centro de la mejilla izquierda, lo que hace que sus ojos parpadeen.

El primer día que la vi, me quedé asombrado por su belleza, por el pequeño lunar que acentuaba su piel aceitunada. La semana pasada, antes de besarla, le dije lo mucho que me gustaba su lunar, y ella se revolvió, tratando de ocultar que le incomodaba que se lo señalara.

—Eres preciosa. —Me inclino para besarla, pero me detengo a mitad de camino y uso las dos manos para quitarle los lentes de la cara y colocarlos en el salpicadero. Sus labios carnosos están cubiertos de carmín, lo que los acentúa. Aprieto su mandíbula con las manos y me lamo los labios antes de apretar los míos contra los suyos. Gime cuando tiro suavemente de su labio inferior y lo chupo. Saco la lengua y me adentro en su boca. Ella se abre para mí, nuestras lenguas se encuentran y se acarician.

Lena se separa de mí y se muerde el labio inferior. Levanta la mano y me roza la boca con los dedos.

—Tus labios son tan suaves —susurra—. Y esos caninos… me ha gustado sentirlos con la lengua —dice y se lame los labios. Las cosas que me gustaría que hiciera con esa lengua -pensar en ella usándola- me crispan la polla—. Te dan carácter.

—Carácter, ¿eh?

—Sí, un poco una pizca de picardía y un montón de sensualidad.

Lena extiende la mano y, con el pulgar, me quita el carmín de alrededor de la boca y dice—: Ahora no tienes carmín en la cara. —Cuando me toca me la pone dura, pero tengo que bajar el tono si queremos salir. De lo contrario, mi erección se abultará y será incómodo caminar.

—Gracias. —Me muevo en mi asiento para aliviar la presión entre mis piernas.

—Venga, vamos. Tengo que patearte el culo en el billar. Te enseñaré cómo se hace —dice y echa la cabeza hacia atrás riendo. Agarra sus lentes y se las vuelve a poner, y utiliza el espejo del visor para quitarse el carmín de la zona alrededor de la boca.

—¿Está bien? Está en marcha, vamos.

Subimos las escaleras hasta la entrada del tercer piso y nos detenemos para que el portero que trabaja en la puerta nos pida el carné de identidad. Busco mi cartera y le entrego el mío. Lena rebusca en la suya. Cuando la encuentra, saca su carné y se lo da. Él lo mira y me lo devuelve, y yo se lo arrebato antes de que Lena pueda agarrarlo. El portero nos sella las manos a los dos y entramos.

—Probablemente haces que una ficha policial parezca buena —digo.

—¿Una ficha policial? —pregunta, enarcando una de sus cejas en señal de confusión.

—Estas fotos de carné suelen ser terribles. Yo las llamo fotos de ficha policial. La tuya es buena, pero no llevas lentes en la foto.

—Sí, no los necesitaba cuando me expidieron el carné, así que no los llevaba.

—Marialena López. ¿Cómo es que vas por Lena?

—Porque, como tú, la mayoría de la gente pronuncia mal mi nombre. Ha sido así toda mi vida, así que cuando era joven, hice que todo el mundo me llamara Lena. Se me quedó. Es más fácil así, y ahora me gusta. —Se encoge de hombros, me quita la licencia de la mano y vuelve a guardarla en la cartera.

—Lo siento. No quería molestarte.

*¡Genial, ya la estoy jodiendo!*

—No estoy disgustada. Estoy acostumbrada. —Juguetea con sus monturas para ajustárselas a la nariz.

—Tu nombre es hermoso, como tú.

—Enséñame el tuyo. —Lena extiende la mano con la palma hacia arriba. Le doy mi carné y ella se lo acerca a la cara—. Tienes razón; el tuyo parece una ficha policial. Teniendo en cuenta que en unos meses cumplirás treinta, no está mal para un viejo. —Se ríe y me la devuelve. Me llevo la mano al corazón, fingiendo estar dolido por sus palabras, pero no puedo contener la risa.

—¡Viejo! Eso ya lo veremos.

Me guiña un ojo y me dice—: Seguro que sí. —Está coqueteando y su voz sensual me excita. *Joder, quiero hacerla gritar mi nombre con esa voz.*

—López, me gusta ese nombre. ¿De dónde eres?

—Nací aquí, pero mi madre es uruguaya y mi padre puertorriqueño. Vivieron en Puerto Rico después de casarse y se mudaron a Newton un par de años antes de que yo naciera. Soy la única de mis hermanos que nació aquí. Los demás nacieron en Puerto Rico.

—El siguiente de la fila, por favor —me llama el tipo que está detrás del mostrador.

—Una mesa, por favor. —Le entrego mi carné, que mete en una ranura detrás de él y luego desliza una bandeja con bolas de billar por el mostrador.

—Mesa diecisiete. Está a la derecha.

—Gracias. —Recojo la bandeja y caminamos hacia la parte de atrás. *Jillian* es un gran espacio abierto. Hay una barra redonda en medio de la sala rodeada de sofás y mesas. Máquinas de videojuegos y pinball flanquean cada lado de la barra, y frente a nosotros hay varias filas de mesas de billar. Alrededor hay grandes pantallas de televisión en las que se retransmite algún acontecimiento deportivo.

Esta noche no hay mucha gente. La poca gente que ves está en pequeños grupos, todos vestidos de forma informal con jeans, gorras de béisbol y camisetas o sudaderas con capucha.

—Estos somos nosotros. —Señalo la mesa y coloco la bandeja de bolas sobre ella, girándome para sacar dos tacos de billar del estante de la pared—. ¿Lista, López?

—Nací lista.

—Confiada, eso me gusta.

Empiezo a colocar las bolas para que podamos empezar a jugar, pero quiero saber más sobre esta mujer. La he visto todas las semanas durante casi un año, pero nuestras conversaciones siempre se han limitado a charlas triviales. Nunca nos hemos adentrado en lo personal, y no la he presionado porque tenía ese novio. Pero ahora, quiero que me cuente todo sobre su vida.

—Dijiste que tenías hermanos. ¿Cuántos son?

—Somos seis. Tres chicas, tres chicos.

—Vaya, es una familia numerosa.

—Sí, mis dos padres también vienen de familias numerosas. Mi madre tiene nueve hermanos y mi padre doce.

—Vaya. —Chillo—. Mis padres también tienen familias numerosas. Hechas para grandes eventos familiares con mucha comida.

—Toda la comida suele ser mi parte favorita. —Se ríe—. Hablando de eso, ¿hay menús por aquí? Deberíamos pedir algo de comer antes de empezar a jugar. Me muero de hambre. —Se acerca a una de las mesas altas que hay detrás de mí, deja su bolso en la silla y agarra dos menús de la mesa.

Me acerco y me coloco detrás de ella para mirar el mismo menú que ella. Lena pregunta:

—¿Ves algo que te guste?

Inhalo su aroma único antes de responder—: Sí. —Tenerla tan cerca me pone la piel de gallina. Quiero tirarle del cabello y besarla.

—Definitivamente quiero patatas fritas. Quizá pida un sándwich de pollo —dice—. ¿Y tú?

No tiene ni idea de que no estaba hablando de cosas del menú. Estoy tan excitado por ella ahora, que necesito alejarme, o voy a tener una erección toda la noche.

—Sólo pediré una hamburguesa con queso. —Retrocedo unos pasos hacia la mesa de billar.

En ese momento, llega una mesera.

—Hola, soy Cindy. Seré su mesera esta noche. ¿Están listos para ordenar?

—*Grey Goose* y agua mineral con dos limones para mí, y un chupito doble de Jack, solo, para él. Dos aguas, un sándwich de pollo con queso y patatas fritas, sin mayonesa, y una hamburguesa con queso y patatas fritas —dice Lena.

—¿Cómo quieres la hamburguesa? —pregunta la

mesera.

—Término medio —digo.

—¿Algo más? —pregunta la mesera.

—No, eso es todo —le digo. La mesera asiente y se va.

Miro a Lena y le pregunto—: ¿Siempre te haces cargo?

—Hábito. —Se encoge de hombros y agarra el taco de billar, empieza a marcar con tiza la punta.

—¿Cómo ha ido la inauguración este fin de semana? —me pregunta.

—La comida del viernes fue una locura. Nuestro sistema informático tuvo un fallo y no pudimos hacerlo funcionar, así que tuvimos que escribir los pedidos a mano. Fue una pesadilla, pero sobrevivimos. Por suerte, llamamos al servicio de asistencia y lo arreglaron a última hora de la tarde. Aparte de eso, todo fue bien.

Me acerco a la mesa de billar, cojo el taco y quito el soporte de las bolas.

—Las damas primero.

Lena se agacha y coloca la bola blanca en su sitio, preparándose para salir. Sus largos rizos le caen sobre los hombros, rozando la mesa, y la turgencia de sus pechos asoma por encima de la blusa. Levanta la vista por encima de los lentes, me mira a los ojos y me saca la lengua antes de volver a mirar hacia abajo y hacer su movimiento.

—Me he divertido mucho —dice Lena mientras se sube la cremallera de la chaqueta.

Jugamos unas rondas al billar antes de ir a jugar al *Skee-ball* y luego a las máquinas de pinball. Me gustó verla relajada, riendo y siendo competitiva.

—Yo también —digo, extendiendo la mano en busca de la suya. Cuando Lena siente mi mano abriéndole los dedos, me mira y le pregunto—: ¿Así está bien?

Ella no responde. En lugar de eso, extiende los dedos y los enrosca alrededor de los míos. Su mano está caliente y empieza a frotarme la palma con el pulgar mientras caminamos en silencio hasta el carro.

Me pregunto en qué estará pensando. ¿Está debatiendo si quiere volver a su casa o a la mía? ¿Está decidiendo si está preparada o no para acostarse conmigo? A pesar de ser cándida y segura de sí misma, también es reservada, así que no estoy seguro. Lo que sí sé con certeza es que no estoy listo para dar por terminada la noche.

Aunque es martes por la noche, la calle a nuestro alrededor está muy concurrida. La calle Lansdowne es conocida por sus bares y clubes nocturnos, y todas las noches de la semana hay algo en marcha en al menos uno de los locales. Oigo la música que emana de los establecimientos; la gente llena la calle y se arregla para salir por la noche. Las mujeres llevan faldas cortas y tacones tan altos que no sé cómo pueden andar con ellos.

Me gusta que Lena lleve botas en vez de tacones, no es que los necesite porque es muy alta. Está muy sexy con esos jeans, que se ajustan a sus curvas, unas curvas que me muero por agarrar. Y su culo es turgente, y sus redondos globos me hacen fantasear con todas las guarradas que quiero hacer con ella.

—¿En qué estás pensando? —me pregunta, interrumpiendo mis sucios pensamientos.

—Me gusta que no lleves tacones. —Me siento como si me hubieran pillado con las manos en la masa.

—¿Eso es lo que estás pensando? —Ella levanta la ceja con incredulidad.

—Bueno, veo a todas esas mujeres con tacones y me pregunto cómo demonios caminan con ellos. Parecen tan incómodos.

—Los tacones son bastante incómodos. Rara vez me los pongo.

—No estoy preparado para que termine nuestra noche —le digo mirándola. Me mira y me regala una sonrisa ladeada.

—Yo tampoco —susurra ella. Nos quedamos allí de pie unos minutos, mientras la gente pasa a nuestro lado.

—Vámonos de aquí —le digo, agarrando su mano entre las mías.

Cuando llegamos al Jeep, abro la puerta del pasajero para que Lena pueda subir.

—¿Trabajas mañana? —le pregunto.

—No, no trabajo los miércoles. —Tira del cinturón de seguridad y yo se lo agarro para terminar de abrocharlo. Después me detengo ante ella, rozo su nariz con la mía y beso suavemente sus labios.

—¿Quieres venir a mi casa? —le pregunto apartándole el cabello de la cara y arrastrando la yema del pulgar por la línea de su mandíbula. Ella asiente.

—¿Eso es un sí?

—Sí.

La beso con fervor, ansioso por saborearla, y le tiro del cabello para echarle la cabeza hacia atrás y poder besarle la mandíbula. Su olor me vuelve loco. Huele a coco y quiero devorarla. Me retiro y sus ojos se abren, pero no puedo leerlos. Si tuviera que adivinar, diría que gritan que me haga el amor. La parte derecha de su boca se curva y se quita las gafas para limpiarlas.

Me acerco al lado del conductor, con la emoción

y la expectación corriendo por mis venas, me subo y pongo el contacto. Antes de poner la marcha atrás, saco el CD de Stone Temple Pilots de la visera, lo pongo en el reproductor y empieza a sonar *Down*.

—¿Esta música está bien? —pregunto.

—Es un poco intenso, pero puedes dejarlo. Quizá me dé alguna idea sobre ti—. Sonríe y extiende la mano, poniéndola sobre mi pierna, haciendo que mi polla se retuerza de nuevo.

~~~

Mientras cruzamos el vestíbulo de los apartamentos *Lincoln Wharf*, donde vivo, saludo a Peter, el conserje.

—Es un bonito edificio —dice Lena.

—Gracias. Un amigo de mi padre es el dueño de la unidad en la que vivo, que es como acabé mudándome aquí. Me gusta bastante. —Pulso el botón de llamada del ascensor.

—¿En qué piso estás? —ella pregunta mientras esperamos.

—Cuarto.

Una vez dentro del ascensor, pulso el botón para el cuarto piso y miro a Lena. Está de pie en una esquina, así que le agarro las dos manos y las levanto, enlazando sus dedos con los míos mientras nuestras manos quedan suspendidas entre nosotros. Puede que
~~~

haya silencio, pero nuestros ojos se hablan. No sé si puede leer los míos, pero espero que vea que gritan que mi deseo se hará realidad. Su mirada esmeralda es suave, se vuelve hacia arriba en consonancia con la ligera sonrisa que adorna sus labios carnosos. Se ve como yo me siento: relajada y contenta de estar aquí, en este momento, el uno con el otro.

Suena el ascensor y se abre la puerta. Salgo, pero no suelto la mano izquierda de Lena mientras caminamos por el pasillo y nos detenemos en el apartamento número cuatro cero nueve. Introduzco la llave y abro la puerta con el pie. Nada más entrar, me quito los zapatos y los dejo sobre la alfombra roja oscura que hay a mi izquierda, y Lena hace lo mismo.

# CAPÍTULO 4

## *Blanco y negro*

### Marialena

—Ponte cómoda. Voy a poner música —dice.

Hay un escalón al final del vestíbulo que conduce a un gran salón. Dos grandes puertas correderas se asientan a lo largo de la pared del fondo y se abren a un balcón con vistas al puerto de Boston. Se puede ver parte del perfil de la ciudad y algunas luces dispersas sobre el agua oscura. La vista durante el día debe ser increíble.

Él está en el equipo de música, junto al centro de entretenimiento de la pared izquierda, y yo me siento en el brazo izquierdo del sofá. El suelo es de parqué y los muebles, negros: sofá, mesa de centro, mesas auxiliares, centro de entretenimiento, mesa de comedor y sillas… un ambiente muy masculino.

Varias fotografías de Helmut Newton adornan las paredes, todas en blanco y negro y con marcos idénticos, todos negros. A mi izquierda, en la pared entre la cocina y el vestíbulo, cuelga "Heather mirando por el ojo de la cerradura". A cada lado del centro de entretenimiento hay una foto de Linda Evangelista de pie en una calle de la ciudad con el pelo corto, una con ella inclinándose hacia la cámara y otra en la que está fumando despreocupadamente un cigarrillo, ambas recuerdan a Sophia Loren. En la pared de mi derecha, y a la izquierda de las puertas correderas, hay dos fotografías una al lado de la otra con una pareja en cada imagen: "Mujer en hombre" y "Estudio de moda, París, 1975". A la derecha de la puerta corredera está "Beso" y detrás de mí, sobre la pared junto a la mesa del comedor, hay una foto de una mujer inclinada sobre una mesa redonda, con la mano de un hombre bajándole la cremallera del vestido.

—Espero que te guste Tom Petty —dice Massimo. Se dirige a la pequeña barra que hay en un rincón, justo fuera de la cocina, a mi izquierda.

—¿A quién no le gusta Tom Petty? —respondo, apartando los ojos de las fotos y volviendo a él.

—Creo que la mayoría de la gente sí. ¿Quieres una copa? No tengo *Grey Goose* pero tengo *Absolut*, ¿está bien?

—Sí, y sí. Gracias.

Massimo levanta la botella de *Absolut* de la mesa y la lleva a la cocina.

—Me encanta la fotografía de Helmut Newton. Tienes algunas muy bonitas. El blanco y negro te sienta bien —le digo.

—La fotografía en blanco y negro es mi favorita; deja un elemento de misterio. Hay espacio para la interpretación cuando la miras. ¿De qué color es el vestido o el cabello de la mujer? Algo así como que la belleza está en el ojo del que mira. Y la vida nunca es blanca o negra, ¿sabes? —Oigo tintinear el hielo cuando lo deja caer en un vaso.

Cuanto más conozco a este hombre, más me gusta. Me levanto del reposabrazos y me dirijo a la entrada de la cocina, apoyándome en el marco de la puerta.

—Me gusta. Es una de las razones por las que también me gusta la fotografía en blanco y negro. En el instituto la estudié durante dos años y me pasaba horas en el cuarto oscuro. Quería ir a la Universidad de Arte para estudiar fotografía, pero mis padres no tardaron en echar por tierra esa idea. Dijeron que no querían que fuera una artista muerta de hambre, y que debía estudiar algo que me ayudara en la vida.

—¿Qué estudiaste? —pregunta Massimo mientras saca una botella de refresco de la nevera. Cuando le quita el tapón, emite el silbido característico de la liberación de la presión.

—Al principio, mi especialidad era Psicología porque no sabía qué estudiar. Después de asistir a una clase de Literatura Femenina, elegí Inglés como segunda especialidad.

—¿Te gusta? —pregunta mientras vierte agua mineral en el vaso.

Me encojo de hombros.

—Supongo, aunque aún no sé qué haré con ello, por eso empecé a trabajar de cantinera hasta que averigüe qué quiero hacer con mi vida.

Me entrega la bebida que acaba de prepararme.

—Lo siento, no tengo limones.

—Sobreviviré. Gracias. —Tomo un sorbo y vuelvo a la sala.

Massimo agarra un vaso de la barra y vuelve a la mesa del bar para servirse un Jack. Cuando termina, se acerca a grandes zancadas al sofá, se sienta y palmea el espacio vacío a su lado.

—Siéntate.

Hago lo que me pide, me siento a su lado, subo las piernas al sofá y las meto hacia mi izquierda.

—¿Y tú? ¿Fuiste a la escuela? —le pregunto.

—No, no era para mí. Mi padre quería que fuera a trabajar con él en jardinería, pero en vez de eso elegí ir a trabajar al restaurante de mi tío, que es como me metí en el negocio de los restaurantes. —Da un sorbo a su whisky.

—¿Qué edad tenías cuando empezaste a trabajar allí?

—Tenía dieciséis años y trabajaba de ayudante de mesero los viernes y sábados por la noche. Cuando cumplí dieciocho, empecé a servir mesas y a aprender sobre el negocio, hasta que acabé de mesero y ayudé a mi tío con los pedidos y el inventario. A los veinticuatro, ya era el subdirector y empecé a pensar en abrir mi propio local. Se lo propuse a mis hermanos y así surgió la idea.

—¿Cuál es tu idea?

—Queremos tener varios restaurantes por la ciudad. Todos servirán comida italiana, pero tendrán especialidades distintas. El que acabamos de abrir es italiano tradicional, con comida y vino de todo el país. El siguiente, cuando estemos listos para abrirlo, estará en el norte de la ciudad, pero tendrá un menú y una carta de vinos centrados en la cocina romana, ya que de allí son nuestros padres.

—Es increíble. —Hago girar el líquido en mi vaso antes de beber un poco más—. ¿Hablas italiano?

—No tanto como me gustaría. Mis padres apenas nos enseñaron cuando éramos pequeños, aunque ojalá lo hubieran hecho. Cursé unos años en el instituto, pero ya sabes cómo va eso.

—¿Cómo es que no lo hablaban en casa?

—Querían que encajáramos, que fuéramos americanos. Pensaban que hablando italiano en casa no encajaríamos.

—Muchos padres de esa generación pensaban así. Conozco a un montón de gente que me ha dicho lo mismo que tú.

—¿Y tú? ¿Hablas español? —pregunta.

—Sí. Mis padres eran todo lo contrario. En mi casa no nos dejaban hablar inglés. Mis padres nos ignoraban si les hablábamos en inglés. Literalmente, si hacías una pregunta en inglés, te miraban fijamente o se alejaban de ti como si no hubieras dicho nada. Era muy molesto.

—Apuesto a que te alegras de que lo hicieran, porque ahora hablas con fluidez, ¿verdad?

—Así es —digo, asintiendo al unísono con mis palabras.

—Dime algo en español. —Deja su bebida en la mesita y se acerca a mí, empieza a dibujar círculos con los dedos justo encima de mi rodilla.

—¿Qué quieres que te diga? —Los nervios se agolpan en mi vientre y doy un empujón a mis lentes con la mano izquierda.

—Cualquier cosa, lo que te sientas cómodo diciendo.

Le miro a los ojos y le digo—: *Me gustas mucho y tengo ganas de besarte.*

—No tengo ni idea de lo que significa, pero suena sexy. —Su mano pasa de mi pierna a mis labios y me pasa el pulgar por el labio inferior. Abro la boca y atraigo su pulgar hacia mí, haciendo girar la lengua alrededor de su dedo.

—Dios, Lena. —Me quita la copa de las manos, la pone sobre la mesita y luego me levanta los lentes, dejándolos caer junto al vaso. Me acerca a él y sus labios chocan con los míos. Sabe a whisky y su aliento es caliente. Le meto las manos en el pelo, tirando de sus puntas. Sus gruesos mechones negros como la tinta contrastan con mi piel aceitunada.

Me separo de él, apoyo la frente en la suya y cierro los ojos, aspirando su aroma único. Antes de nuestra cita, me dije a mí misma que no me acostaría con Massimo esta noche, pero me siento atraída por él como una polilla por una llama.

Siento un hormigueo en todo el cuerpo, ansiando tocarlo, saborearlo y sentirlo. De fondo suena *Runnin' Down a Dream* de Tom Petty. La melodía de la música mezclada con el vodka que llevo bebiendo toda la noche despierta a la mujer valiente que llevo dentro.

Me levanto y le tiendo la mano. Me mira; sus ojos

son oscuros, la lujuria arde en sus bordes, y se levanta también. Me dirijo hacia el pasillo, a la izquierda del vestíbulo, donde está el dormitorio.

En el pasillo hay otra foto de Helmut Newton colgada en la pared: una mujer sube una gran escalera con un vestido negro. La espalda escotada cuelga hacia abajo, dejando al descubierto toda su espalda, y la abertura del vestido deja al descubierto toda su pierna izquierda. La imagen te invita a seguirla, mientras contemplas la belleza de la mujer.

Cuando estamos en la puerta de su dormitorio, entro, pero me detengo porque está oscuro. Massimo me rodea para encender la lámpara de la mesilla. Vuelve hacia mí y me guía hasta los pies de la cama. Sus manos me acarician los brazos, me pasan por las caderas y se posan en el dobladillo de la blusa. Quiero que me la quite, pero también me da vergüenza mi barriga.

En lugar de eso, agarro su camisa y tiro de ella, queriendo ayudarle a quitársela. Su pecho es firme; el vello corto y oscuro le cubre los pectorales y se junta en el centro, con un rastro que baja hasta la mitad de los abdominales, desapareciendo dentro de los pantalones. Su vientre es plano, pero no tiene un paquete de seis, que es como me lo había imaginado, teniendo en cuenta que sus brazos están tonificados y sus camisetas siempre se ajustan a sus bíceps.

Le beso el pecho de derecha a izquierda y termino en el tatuaje que cubre su bíceps izquierdo. Tinta negra cubre la parte superior de su brazo izquierdo: una corona de laurel que se une en la parte superior y desciende en círculos con una rosa negra en el centro.

Antes de que pueda preguntarle por su tinta, me dice—: Lena, déjame ver lo guapa que eres. —Sus manos me levantan la cabeza para que pueda mirarle a los ojos. Levanto los brazos, le rodeo el cuello con las muñecas y le beso.

Quiero saborearlo, dejar que encienda la pasión que hierve a fuego lento en mi interior para no pensar tanto en desvestirme. Me devuelve los besos con labios suaves y flexibles. Mis manos exploran su torso, los dedos se arremolinan sobre su piel.

Las manos de Massimo se posan en mis pechos, frotándolos y provocándolos. La sensación de ardor entre mis piernas se intensifica con cada roce y cada beso, avivando el fuego en mi interior. Me da valor para quitarme la camisa y tirarla sobre la cama. El sentimiento de duda persiste y me hace cruzar los brazos por delante.

—¿Eres tímida?

—Un poco. —Asiento.

Me pone un dedo en la barbilla, levantando mis ojos hacia los suyos.

—No deberías serlo. Eres tan guapa. —Massimo levanta las manos y me roza con los dedos la clavícula y el centro del pecho. Cuando sus manos se encuentran con mis brazos, los descruza para que caigan a mis costados. Me coge los pechos y recorre con los pulgares la turgencia que desborda por encima del sujetador. Sus labios encuentran el lunar de mi mejilla y se detienen allí antes de dejar un rastro de besos por la mandíbula, el cuello y el pecho hasta que se arrodilla con la boca en la cintura.

Enhebro mis manos en su pelo.

—Massimo, por favor. —Trago saliva; los aleteos son una tormenta de furia, deseo y necesidad.

—¿Por favor qué, Lena? Dime lo que quieres.

—A ti.

—Ya me tienes. Tendrás que ser más específica. —Mi piel arde tras sus besos.

—Sentirte.

Me abre el botón de los jeans, tira de la cremallera y me los baja por las piernas hasta dejarlos en el suelo. Me quita los calcetines de uno en uno y me pasa los dedos por la planta de los pies, provocando un escalofrío en cada pierna.

Me siento expuesta, en bragas y sujetador, con Massimo a mis pies.

Consumiéndome con sus ojos.

Explorándome con sus manos.

Probándome con su lengua.

Cierro los ojos y respiro hondo, recordándome que es Massimo, no mi pasado.

Abro los ojos y me bajo los tirantes del sujetador. Sonríe y deja al descubierto sus dientes caninos, unos dientes con los que quiero que me muerda.

—¿Estás lista para que te las quite? —me pregunta, rompiéndome el elástico de las bragas. Asiento y me las quita. Cuando me las quita, se las acerca a la cara, aspira su olor, mi olor, y las tira a un lado. Su gesto me calienta las mejillas.

Massimo se levanta y me guía hasta la cama, donde me siento apoyada en los codos, mirándole. Se desabrocha los vaqueros, que caen al suelo, y se baja los calzoncillos blancos. Su erección se libera y se acaricia mientras me mira. Es gruesa y hermosa, y la punta brilla por su excitación. Antes de subirse a la cama, abre el cajón de la mesilla, coge un condón y me lo tira a la izquierda.

Me besa la zona bajo el ombligo, pasa a mi cadera izquierda y muerde suavemente la piel antes de pasar a mi otra cadera y hacer lo mismo. Me pasa la lengua por el torso hasta que llega a mi sujetador, cogiendo la tela con los dientes. En ese momento, me levanto y desabrocho la parte de atrás del sujetador, quitándomelo, dejando que mis pechos se liberen de sus confines. Mis pezones están hinchados por la excitación que ha despertado en mí, y él se lleva uno a la boca, lo muerde y lo chupa, y luego pasa al otro pecho para hacer lo mismo.

—Tus curvas, son jodidamente hermosas. Eres deliciosa y quiero devorarte. —Me lame y saborea la piel mientras se acerca a mi boca, donde empieza a besarme con avidez. Sus besos son intensos, como si le preocupara no poder volver a empezar si se detiene.

Massimo se aparta de mí, extiende la mano para agarrar el condón que ha tirado a la cama y lo abre. Veo cómo aprieta la punta entre el índice y el pulgar. Antes de deslizarlo por su hinchada longitud, me mira fugazmente y sonríe. Una vez en su sitio, se sienta a horcajadas y se cierne sobre mí. Sus besos son voraces. Sus dedos encuentran mis pliegues, empiezan a frotarme y yo maúllo en respuesta a sus caricias.

—Estás bien mojada para mí, Lena. —Su mirada es intensa mientras se guía hasta mi entrada, deslizándose dentro de mí—. Joder, estás muy apretada —dice, sin poder evitar que se le pongan los ojos en blanco.

Me penetra, estirándome con un ligero escozor al hacerlo.

—Massimo, ahhh —gimo.

Se detiene, me roza la mejilla con los dedos y pregunta:

—¿Te hago daño?

—No. Te sientes tan bien, sólo lentamente, por favor.

—Despacio, ¿así? —Se desliza centímetro a centímetro y su mirada es tan intensa que cierro los ojos. Mi cuerpo es un infierno de calor que arde con cada una de las medidas caricias de Massimo.

—Lena, abre los ojos, cariño. Quiero verte, ver cómo te deshaces para mí.

Abro los ojos hacia los suyos, brillantes de necesidad y deseo. Mis piernas se adaptan y las doblo para apoyar los pies en la cama y poder levantar las caderas al ritmo de sus embestidas. Me agarro a su cintura, tirando de él hacia dentro, y las palpitaciones empiezan a intensificarse. Las embestidas de Massimo son constantes; cada una me llena y se arrastra con cada salida. Mi cuerpo se siente abrumado por la sensación física de sentirle enterrado dentro de mí. Sus ojos brillan y mi respiración se agita a medida que se intensifica el cosquilleo en mi vértice. El placer me consume mientras asciendo a mi cima y caigo en espiral hacia el orgasmo, luchando por mantener los ojos abiertos.

—¿Es eso lo que querías sentir, cariño? —Massimo continúa su ritmo mientras el orgasmo me sacude. Baja la cabeza, se lleva el pezón izquierdo a la boca y lo chupa mientras entra y sale de mí. Le suda la frente y levanto las manos para apretarle las nalgas e intensificar sus penetraciones. Vuelve a levantar la cabeza y sus ojos vuelven a encontrarse con los míos.

—Massimo —digo. Mis caderas se mueven con las suyas, mis manos lo agarran hasta que está completamente sentado dentro de mí. Le recorro la espalda con las uñas y eso le hace soltarse, con los ojos desorbitados de placer.

—Ohhhh, Lena. —Su orgasmo le golpea como una ola en cresta; lo cabalga con movimientos lentos y medidos. Continúa moviéndose suavemente, moviendo las caderas en círculos, besándome la nariz, los labios y la mandíbula. Nuestra respiración es agitada.

El cuerpo de Massimo se desploma y se tumba encima de mí. Nuestros cuerpos están resbaladizos de sudor; el olor salado del sexo llena la habitación a nuestro alrededor.

—¿Estás bien? —pregunta levantando la cabeza.

—No. Estoy mucho mejor que bien. Ahora mismo siento el cuerpo como gelatina —digo sonriendo.

—Mmm, me comería esa gelatina. —Sonríe y me besa la parte inferior de la mandíbula.

—Apuesto a que sí.

Massimo separa su cuerpo del mío y sale de mí. Una ráfaga de aire frío me golpea cuando lo hace. Le veo salir de la habitación mientras se quita el condón. Encuentro la esquina de la sábana y la arrastro hacia arriba, cubriéndome.

Cuando vuelve del baño, se arrodilla en la cama, se arrastra por ella y se cierne sobre mí.

—¿Qué me dijiste en español?

Me relamo los labios y, mientras le toco la boca, le digo—: Me gustas mucho y quiero besarte.

—Creo que puedo acomodarlo. ¿Crees que este viejo puede manejarlo?

—No lo sé. Ya veremos. —Suelto una risita y me muerdo el labio inferior.

Se inclina para besarme de nuevo.

El aire huele a café y, cuando miro a mi izquierda, la cama está vacía. Massimo debe de estar en la otra habitación, porque le oigo hablar con alguien.

Me estiro. Me duelen las piernas después de haber practicado sexo varias veces anoche. Es el tipo de dolor al que podría acostumbrarme. Al recordar nuestra noche, siento un cosquilleo en la piel. Massimo fue capaz de sacarme el orgasmo varias veces. Sabía cuándo ser suave y cuándo no. Tocó mi cuerpo como una guitarra afinada.

Retiro las sábanas y busco los lentes en la mesilla. Llevo puesta la camiseta de Massimo con la que dormí anoche. Huele como la colonia que llevaba. Me dirijo al cuarto de baño, justo al otro lado de la puerta de su habitación. Cuando estoy dentro, le oigo gritar—: Joder, Stella, no sé, pero aguántate. Iré más tarde.

*Stella, ¿quién es? ¿Y por qué está tan molesto con ella? Ugh, ¿está en una relación con alguien? Genial, justo lo que necesito.* Salgo del baño y me dirijo a la cocina, donde Massimo está de pie junto a los fogones, descalzo y sin camiseta. Sus pantalones cortos cuelgan, dejando al descubierto su V profunda.

—Buenos días —le digo.

—Hola, preciosa. —Me besa.

Arreglo mis monturas para que se asienten sobre el puente de mi nariz y pregunto—: ¿Va todo bien?

—Sí, ¿por qué no iba a serlo?

—Te oí hablar con alguien. Parecías disgustado.

—Oh, sí. Estaba al teléfono con mi hermana. Está teniendo algunos problemas en el restaurante, pero nada que no pueda esperar. Me ocuparé de ello más tarde.

*Su hermana, ¡uf!* Qué alivio. Empezaba a pensar que me la habían jugado anoche. Me alegro de haberme equivocado.

—¿Tienes café?

—Sí, acabo de prepararlo. Las tazas están en ese armario —dice, señalando la esquina trasera derecha más alejada de mí.

—Gracias. —Me acerco al armario y lo abro para coger una taza—. ¿Tú también necesitas una? —le pregunto.

—Sí, gracias. La crema está en el refrigerador, y el azúcar en el armario al lado de este.

—Tomo mi café negro, pero puedo preparar el tuyo. ¿Cómo te gusta?

—Me gusta de muchas maneras diferentes. —Mueve las cejas.

—Lo recuerdo —digo mordiéndome el labio.

Deja de hacer lo que está haciendo y me mira fijamente, relamiéndose los labios antes de responder:

—Dos de azúcar y sólo un poco de crema.

Sirvo nuestro café en las tazas y preparo el suyo. Cuando le doy un sorbo, es flojo, sabe a agua sucia, y arrugo la nariz.

—¿Mi café es terrible?

—Más o menos —digo, asintiendo—. Está muy aguado.

—Puedo hacer otra olla.

—No, estoy bien. Puedo tomar un poco más cuando llegue a casa. Soy una snob del café, así que no es nada personal.

—Vale. Ahora lo sé, la próxima vez te dejaré hacer el café.

—¿La próxima vez? —le pregunto, feliz de oírle decir esas palabras.

# CAPÍTULO 5

*Un hombre así*

## Marialena

La lluvia es intensa mientras conducimos en dirección oeste por *Storrow Drive* hacia mi apartamento. La radio suena suavemente y los dos estamos callados, escuchando a los Red Hot Chili Peppers cantar *Californication*.

—¿Has estado alguna vez en California? —pregunta.

—Todavía no. Está en mi lista.

—Es precioso. Algún día te llevaré. Te encantará.

—Qué presuntuoso eres. —Intento mantener un tono serio, pero no lo consigo.

—No es presuntuoso porque sé que tú y yo estamos empezando. —Sus palabras son seguras, pero no arrogantes. Anoche fue educado pero firme, amable pero firme. Sus gestos se complementan. Antes de ayer, nunca había experimentado todas las facetas de su personalidad. Cuando se sentaba en el bar, era simpático y coqueto, pero reservado. Siempre me pregunté cómo sería a puerta cerrada, y hasta ahora, me gusta mucho lo que estoy viendo.

—¿Lo sabes? —le pregunto enarcando una ceja. Me responde asintiendo y una sexy sonrisa ladeada.

Cuando llega el carro a mi casa, estoy recogiendo mis cosas para despedirme y salir corriendo hacia la entrada cuando Massimo me dice—: Espera, tengo un paraguas. Te acompaño.

—No tienes que hacerlo. No pasa nada si me mojo un poco.

—A mí también me gusta que estés bien mojada. —Guiña un ojo, antes de continuar—: Pero quiero. Aún no estoy listo para dejarte ir. —Siento el calor subir a mis mejillas ante su comentario. Menos mal que se gira para salir del jeep.

Se reúne conmigo en la puerta del copiloto y salgo, donde Massimo me rodea con su brazo para que ambos podamos estar bajo el paraguas.

Una vez en la puerta principal, al abrigo del techo del balcón, tira el paraguas al suelo y se acerca a mí, agarrándose a mis caderas.

—Me lo pasé tan bien anoche y esta mañana. No

estoy listo para que termine nuestra cita. —Su voz es baja y ronca. Me aprieta las caderas y me besa el lunar.

—Yo también —es todo lo que consigo decir. Su proximidad me impide pensar con claridad.

—Esto va a parecer una locura, pero voy a decirlo de todos modos —dice con una sonrisa torcida—. Sé que tienes libre esta noche y que luego trabajarás las siguientes. ¿Qué te parece si salimos más tarde? No creo que pueda esperar hasta la semana que viene para verte, y no puedo ir mañana al bar como siempre. Las cosas son diferentes ahora, y será casi imposible para mí sentarme allí y sólo verte trabajar y pretender que una pequeña charla será suficiente. No después de anoche y esta mañana.

—Tienes razón. Parece una locura. —Su cara cae al escuchar mis palabras—. Pero me gusta la locura, así que sí.

Vuelve a sonreír y me frota las mejillas con los pulgares.

—¿Quieres venir a mi casa? Podemos pedir comida y ver una película.

—Sólo si podemos ver *Rocky.*

—Vete de aquí. ¿Te gusta *Rocky*?

Asintiendo, digo—: Es una de mis favoritas. Me encantan todas. Si no te gusta *Rocky*, no sé si esto… —Hago un gesto con la mano—. Entre los dos vaya a funcionar.

—¿Que si me gusta? Básicamente puedo citar todas las películas. Juntos llenamos huecos —dice con una sonrisa de oreja a oreja.

Estoy extasiada con la cita que eligió.

—¡Eres tan cursi!

—¿Ah, sí? Ven aquí. Te enseñaré lo cursi que soy. —Empieza a besarme como si fuera la última vez que me va a ver, y yo le respondo del mismo modo.

—¿Van a quedarse afuera besándose todo el día? —pregunta Luci, interrumpiéndonos. La miro y está apoyada en el marco de la puerta, aún en pantalón deportivo y camiseta.

—Hola, Luci. Este es Massimo. —Le hago un gesto, y él ya está extendiendo la mano e inclinándose para darle un beso mejilla con mejilla. Me limpio los lentes con la blusa antes de volver a ponérmelas.

—Hola, Luci. Me alegro de por fin conocerte.

—Lo mismo digo, aunque siento que ya te conozco, Lena habla de ti todo el tiempo.

¡Podría matarla! No puedo creer que le haya dicho eso. Por supuesto, a Massimo le encanta porque sonríe de oreja a oreja.

—Es bueno oír eso. Pensé que apenas era un pensamiento en la mente de Lena.

—Tienes razón, Lena. Es guapo.

Sacudo la cabeza y me río. Qué vergüenza, pero qué típico.

—Sí, yo también lo creo —respondo.

—Dejaré que ustedes dos vuelvan a su sesión de besos. Fue agradable conocerte finalmente, Massimo. Estoy segura de que volveré a verte. —Sonríe antes de entrar, cerrando la puerta tras de sí. La veo caminar hacia la cocina a través del cristal de la puerta.

—Le encanta hacerme cosas así.

—Sabes que por eso la quieres.

—Así es. Ella lo mantiene real. Entonces, ¿a qué hora quieres que nos encontremos más tarde?

—Cuando quieras. Avísame y vendré a recogerte.

—No hace falta. Conduciré.

—¿Segura? No es problema. —Se acerca a mí, apartándome los rizos que me caen sobre los ojos.

—Sí, seguro.

—De acuerdo. Llámame cuando estés de camino. —Me da un último beso, agarra el paraguas y corre hacia el carro.

Lo veo salir de la entrada y entro. En cuanto cierro la puerta, oigo a Luci decir—: ¡Joder, Lena! No mentías cuando decías que estaba bueno. Joder, ¡ese hombre está b-u-e-n-i-s-i-m-o!

—¡No tienes ni idea! Es tan… Ni siquiera sé cómo explicarlo. Es sexy, dulce y besa de maravilla. —Mis dedos recorren mis labios mientras digo las palabras, recordando la sensación. Suspiro y me dirijo al armario para bajar el café y preparar un expreso en la cafetera Bialetti.

—¿Y?

—¿Y qué?

—¿Cómo es en la cama?

Dejo lo que estoy haciendo para mirarla, apoyada en la encimera de la cocina.

—Tan bueno. Tan. Joder. Creo que nunca había tenido un orgasmo así. —Agarro la cafetera y la abro para llenarla de agua, y vuelvo a colocar la cesta del café.

—¡Uf! —suspira—. Necesito echar un polvo para poder tener esa mirada en mi cara también.

—Ay sí, especialmente por un hombre así. Debe haberme dado al menos cinco orgasmos, entre anoche y esta mañana.

—Joder, chica, mírate mientras hablas de él. Estás radiante.

Me vuelvo para terminar de preparar el café y, con una cuchara, meto un poco de café molido en la cafetera, la cierro y la pongo en el hornillo.

—Me gusta mucho, Luci, ¡mucho! Sé que sólo fue nuestra primera cita, pero no lo pareció. Fue divertido, dulce, coqueto, me hizo muchas preguntas, como si de verdad le interesara conocerme. A la mayoría de los chicos con los que salí en el pasado les encantaba hablar de sí mismos.

—Antes de interrumpirte, estaba siendo espeluznante y observándolos a través de la puerta y la forma en que te mira fijamente. ¡Ese hombre está enamorado!

—¡No, no es cierto! —Abro la puerta del armario, agarro dos tazas de café expreso y las pongo sobre la encimera.

—Oh, lo está totalmente. Recuerda mis palabras.

—¿Es una locura pensar que yo también podría enamorarme de él?

—Sí y no. Quiero decir, ayer fue tu primera cita, pero le conoces desde hace tiempo, así que en realidad no. ¿Cuándo vas a volver a verle?

—Más tarde esta noche.

—¿Ya?

—Lo sé. Siento que me estoy precipitando, pero no puedo evitarlo. Aunque fue idea suya. Dijo que no podía esperar hasta mis días libres de la semana que viene para verme. —Me muerdo el labio inferior mientras pienso en Massimo.

Me llega a la nariz el aroma del café. Apago la hornilla, agarro una cuchara para removerlo y vierto un poco en cada una de nuestras tazas, entregándole a

Luci la suya antes de sentarme.

—Sigue tu instinto; nunca te guía mal. No te pasará nada. Ya aprendiste ese error por las malas, así que sé que esta vez no lo ignorarás.

—En serio. Si hubiera seguido mi instinto, habría roto con Stefano mucho antes de que las cosas acabaran como acabaron.

—No arruinemos una gran mañana, basta de hablar de ese imbécil. ¿Todavía vas a lavar la ropa hoy? —pregunta.

—Ugh, sí. Si no lo hago, no tendré ropa para trabajar este fin de semana. Cuando termine de tomar café, iré a cambiarme y podremos ir. Después de meterlo todo en la lavadora, podemos comer al lado mientras esperamos.

—Hola, guapa. —Massimo responde a mi llamada al segundo timbrazo.

Luci y yo lavamos la ropa y almorzamos. Después de guardar la ropa, me duché y me vestí, y luego llamé a mis padres y a una de mis hermanas para charlar. No quería llamarle demasiado pronto y parecer ansiosa, pero era una tortura esperar a que pasara el tiempo.

—Hola. ¿Qué haces? —pregunto con voz entrecortada.

—Acabo de llegar de visitar a mis padres. No los he visto desde el domingo, y mi madre se preocupa si no ha visto a uno de nosotros durante más de dos días. Vieja escuela, ¿sabes?

—¿Tienes una buena relación con ella?

—Muy buena. La veo o hablo con ella todos los días. Me da muy buenos consejos y siempre sabe lo que necesito. Normalmente antes que yo.

—Vaya.

—Lo sé, sobre todo porque no tengo ninguna con mi padre. —Su franqueza me sorprende, teniendo en cuenta que sólo hemos tenido una cita.

—Lo siento. Nunca es fácil cuando las relaciones con los padres son tensas.

—Está bien. De todas formas, no quiero hablar de mi padre. ¿Todavía vas a venir? —*Vaya, ese cambio de tono fue como la noche y el día.*

—Yo sí. ¿Qué debo llevar? ¿Una botella de vino?

—Sólo trae toda tu sensualidad. Tengo todo lo demás cubierto.

—Creo que puedo manejarlo. Me iré ahora.

—Cuando llegues, entra en el estacionamiento y dale al guardia el número de mi apartamento. Él te dirigirá a los puestos de visitantes.

Cuando salgo del ascensor y me dirijo hacia el apartamento de Massimo, me está esperando en el pasillo. Va descalzo, con los jeans caídos y una camiseta demasiado corta que me deja ver la piel entre la parte superior de los jeans y el dobladillo de la camiseta. Tiene el cabello revuelto y le sobresale en todas direcciones. En cuanto me acerco a él, me besa.

Al principio, sus besos son suaves, sus labios acarician los míos. Pero entonces su lengua penetra en mi boca y gira con fervor, sus manos se aferran a mí con posesividad.

Me alejo y miro a mi alrededor, temiendo que alguno de sus vecinos nos interrumpa.

—Hola —digo. Mis dedos se quedan en mis labios, mi respiración agitada.

—Te he echado de menos —confiesa.

—Ya lo veo —respondo, mordiéndome el labio inferior mientras sonrío.

—Entra. —Me abre la puerta y yo entro, me quito los escarpines y los dejo sobre la alfombrilla a mi izquierda.

Cuando entro en el salón, veo la mesa puesta. Hay una botella de vino tinto en el centro junto a un jarrón de rosas rojas en plena floración, los pétalos ahuecados perfectamente simétricos. Coloco mi bolso sobre la mesilla y lo abro en busca de un paño para limpiar mis lentes. Una vez limpias, vuelvo a meterlo en el bolso.

—Todo se ve bien, y estas flores son preciosas.

—Para ti.

—Gracias, eso fue dulce. ¿Quieres que nos sirva un poco de vino?

—Eso estaría bien. Entonces puedo llamar al restaurante para pedir. Uno de mis chicos nos lo traerá.

—Estupendo. Como prácticamente de todo, excepto ternera y pez espada.

—Vale. Pediré algunas cosas para compartir. Una ensalada caprese, y *bucatini all' amatriciana*. ¿Prefieres *involtini di pollo* o cordero a la parrilla?

—Pollo. —Me dirijo a la mesa del comedor para abrir la botella de vino mientras Massimo pide. Lo sirvo, lo remuevo, lo huelo y lo bebo. Está delicioso.

Cuando termina, se acerca y le doy su copa.

La melodía de la música que suena por los altavoces es de una belleza inquietante, y pregunto—: ¿Qué estamos escuchando?

—*Aria* de Andrea Bocelli. Es una de las favoritas de mi madre, y me gustó.

—Nunca te tomaría por un tipo al que le gusta la ópera.

—Nunca te tomaría como una chica a la que le

gusta *Rocky.*

Frunzo los labios y asiento antes de girarme hacia las puertas correderas del balcón.

—¿Puedo abrirla, salir? —Tengo la mano apoyada en el picaporte.

Da una zancada hacia mí, se pone a mi espalda y me murmura al oído—: La respuesta siempre es sí. —Me produce escalofríos. Con la mano izquierda, cubre la mía con la suya, desbloquea la puerta y la desliza hacia la derecha, abriéndola.

Es el final del día; el cielo va cambiando de color a medida que el sol se oculta tras el perfil de la ciudad. Hay mucha paz aquí fuera. Apoyo los brazos en la barandilla y contemplo los naranjas del horizonte, ocultos tras los altos edificios.

—Qué vista tan increíble. —Los rascacielos de la ciudad llenan el cielo a la derecha, con el puerto de Boston extendiéndose a lo ancho. A lo lejos, a mi izquierda, se alza la torre de control del aeropuerto Logan—. ¿Vienes aquí a menudo?

—No. Trabajo demasiado.

Le dirijo una mirada.

—Pero debes tomarte un día libre al menos una vez a la semana, ¿no?

Se encoge de hombros.

—La verdad es que no. Me tomé anoche y esta

noche libres para estar contigo, pero hace meses que no tengo un día entero libre. Entre el restaurante y ayudar a mis padres, siempre estoy ocupado. Es bueno tener la cabeza ocupada, me mantiene alejado de los problemas.

—Definitivamente eres un problema. Está escrito por todas partes. —Levanto la mano para tocarle la cara y le paso el pulgar por la mejilla derecha. Empiezo a inclinarme hacia él, con ganas de saborearlo y presiono mis labios contra los suyos, sacando la lengua en busca de la suya, y él accede. Nuestras lenguas se retuercen y se arremolinan, profundizando nuestro beso, pero el timbre de su teléfono nos interrumpe.

—Lo siento —dice, con la respiración agitada—. Puede que sea nuestra cena. Si no, ni siquiera llevaría el teléfono encima. —Comprueba el teléfono y contesta. Cuando cuelga, dice—: Voy a reunirme con Kevin abajo para subirlo todo.

—¿Quieres que te ayude?

—No, estoy bien. Relájate. Ahora vuelvo —dice y sale corriendo hacia la puerta. Me quedo en el balcón, disfrutando de los últimos minutos del crepúsculo y del aire fresco. Me froto los labios hinchados recordando sus besos. Daría cualquier cosa por tener un apartamento como éste. Me sentaría en este balcón todos los días, si el tiempo lo permite; disfrutaría de mi café; y leería mis libros. Es el paraíso. Si las cosas siguen como hasta ahora, puede que lo consiga. Me gusta de verdad y espero que no nos precipitemos sólo para darnos cuenta de que es demasiado bueno para ser verdad. No estoy preparada para que me rompan el corazón otra vez, y sé que él lo destrozaría.

—He vuelto. —Le oigo decir.

Massimo saca los DVD del centro de entretenimiento y los deja sobre la mesa de café, y nos sentamos en el sofá para relajarnos.

—Oh, tienes las cinco películas.

—Mi hermano y yo veíamos estas películas todo el tiempo mientras crecíamos. Nos encantaba verlas en la tele.

—Ah, los buenos tiempos.

—¿Cuál quieres ver?

—Todas, pero empecemos por la primera. —En ese momento, me recompensa con una sonrisa en forma de medialuna.

—Oye, Lena, hagámoslo. —Guiña un ojo y se levanta para poner la película.

# CAPÍTULO 6

*Nochebuena*

## Marialena

### DOS MESES DESPUÉS

—Cariño, ¿qué hacemos este año por Navidad? Será nuestra primera juntos —pregunta Massimo.

—¿Qué sueles hacer? —respondo.

—Generalmente estoy con mis padres en Nochebuena y Navidad. ¿Y tú?

—*Nochebuena* es la gran noche para mi familia —empiezo a decirle—. Celebramos esa noche más que el día de Navidad. Solemos ir a casa de mi tío Ramón para Noche *Buena*; su casa es conocida como la casa de la fiesta. El día de Navidad, vamos a casa de mis padres para abrir los regalos y cenar temprano. Nos lo tomamos con calma.

—¿Quieres ir el veinticuatro con tu familia, y

podemos pasar el día de Navidad con la mía?

—Suena como un plan.

Cargo el carro con los regalos que tengo para mis tías, tíos y primos. Mi madre está preparando la ensalada de patatas para llevar, y me ha pedido que haga *coquito*. A principios de semana, cuando lo estaba haciendo, Massimo vino a pasar el rato. Tenía curiosidad por la bebida, ya que nunca la había visto. El ponche de huevo puertorriqueño fue la forma más fácil de explicárselo. Leche de coco, leche condensada, leche evaporada, yemas de huevo, ron y canela. Es la receta de mi padre. Espero que a todo el mundo le guste tanto como la de mi padre, aunque sin duda la suya es mejor que la mía.

Cuando sale de mi cochera, Massimo pregunta—: ¿A qué parte de Cambridge vamos para saber qué camino tomar?

—Broadway, cerca de la plaza Kendall. Suelo tomar la Pike y me bajo en la salida Allston-Brighton. — Busco algo de música en la radio y me detengo cuando oigo a *NSYNC cantando *It's Gonna Be Me* y subo el volumen. Mientras conduce, Massimo me mira de reojo y trata de disimular su sonrisa de satisfacción.

Cuando termina la canción, baja el volumen y

dice—: Tú y tus bandas de chicos. —Se ríe entre dientes.

—¿Estás celoso?

—No. —Su mano se posa en mi pierna y la sube hacia mi vértice—. Esto es todo mío.

Me muerdo el labio ante su gesto y el corazón me late en el pecho.

—¿Estás listo para la fiesta en casa de un boricua? —pregunto.

—¿Qué puedo esperar? —responde, mirándome antes de cambiar de carril para salir por la salida.

—Va a haber un montón de gente allí. Tío Ramón es hermano de mi padre. Van todos mis tíos de la zona, además de la mayoría de mis primos y los hijos de mis primos. Ya lo verás. Es una fiesta en casa en serio, con mucha gente, música fuerte, baile, bebida y toneladas de comida, que es mi parte favorita.

—Claro que sí. Es una de las cosas que me encantan de ti; disfrutas de la comida tanto como yo. —Levanta la mano y me roza la mejilla con los dedos. Me da un vuelco el corazón cuando lo admite.

—Ah, y mi padre y mis tíos cantan canciones populares puertorriqueñas de la vieja escuela con sus instrumentos.

Eso llama su atención, y sus ojos se abren de par en par cuando pregunta—: ¿Qué tipo de instrumentos?

—Mi padre toca el güiro, un largo instrumento de percusión de madera. Está abierto por un extremo y tiene muescas en un lado. Se toca frotando unas púas a lo largo de las muescas para hacer una carraca, rascando. Mi tío Ramon toca el cuatro, que es una guitarra pequeña con cinco cuerdas. Y, dependiendo de la noche, otro de mis tíos toca el tambor de conga. A mi padre es al que más le gusta cantar.

—Vaya, eso es genial. Estoy deseando oírlo.

—Yo también lo creo, aunque de niño lo odiaba porque me parecía muy aburrido.

Hacemos la ronda saludando a toda la familia, y presento a Massimo a todo el mundo. Mis tías le adulan, le dicen que es muy guapo, le aprietan las mejillas, le tocan los brazos y murmuran piropos. Es un poco embarazoso, pero él se lo toma muy bien.

—Parece que tienes mucho éxito con mis tías.

—Soy encantador, ¿qué puedo decir? —Sus hombros tiemblan en una risa silenciosa. Nos detenemos al ver a mis padres en la esquina más alejada de la cocina, mi padre con una cerveza en la mano y mi madre sentada y hablando con una de mis tías.

—Hola, señor López —dice Massimo, extendiendo la mano para saludar a mi padre—. Me alegro de volver a verle.

El mes pasado celebramos Acción de Gracias en mi casa, y fue entonces cuando conoció a mis padres y hermanos por primera vez. Yo estaba más nerviosa que él, preocupada por si le acosaban o le hacían sentir incómodo. Pero me preocupé en vano, porque Massimo se sintió cómodo de inmediato, encajó perfectamente con mi familia y se pasó la mayor parte de la noche hablando de coches y fútbol con mi hermano y mi padre.

—Por favor, llámame, Hugo. Yo también me alegro de verte —responde mi padre y me abraza, dándome un beso en la sien—. Hola, Nena.

—Hola, Papi —digo, antes de inclinarme para besar a mi madre—. Hola, Mami. —Massimo está justo detrás de mí haciendo lo mismo.

—Buenas noches, señora López.

—Niño, mi nombre es Blanca. Llámame así, ¿vale? —declara, más que pregunta, y le pone la palma de la mano en la mejilla, acariciándosela suavemente.

—De acuerdo, señora… quiero decir, Blanca. —Le sonríe y se me encoge el corazón al ver su interacción con mi madre. El hecho de que mis padres pidan que les tutee es su forma de hacerle saber a Massimo que les cae bien. Yo les había presentado a Stefano, pero no les cayó tan bien como Massimo. Es curioso cómo vemos las cosas tan claras en retrospectiva.

—Vale, vamos a comer —digo—. Espero esta noche todos los años porque todas mis tías preparan sus mejores platillos, ¡y yo como mucho! Está todo buenísimo, así que espero que tengas hambre.

Hay tantas opciones de comida que me aseguro de llenar nuestros dos platos con mis favoritos, arroz con gandules, pernil, yuca con mojo, maduros. Antes de sentarnos, agarro una malta del refrigerador y nos sentamos con uno de mis primos, Félix. No nos vemos a menudo, sobre todo en los eventos familiares a lo largo del año y siempre en Nochebuena. Resulta que Félix y Massimo tienen algunos amigos en común porque Félix es DJ en la ciudad, y Massimo es muy conocido en el circuito de restaurantes y discotecas.

Cuando terminamos de comer, vamos a la bodega, donde hay un espacio abierto para que todo el mundo baile. Tiene el mismo aspecto que cuando yo era pequeña. Las paredes son de paneles de madera desde el suelo hasta el techo, el suelo es de hormigón gris oscuro y hay una barra de madera en la esquina del fondo a la derecha. Los tambores Congo están a lo largo de la pared del fondo, y hay unas cuantas mesas plegables y sillas abiertas alrededor del perímetro. Dentro de unas horas, casi todo el mundo estará aquí abajo cantando y bailando, y estará tan lleno como cualquier discoteca.

Gravitamos hacia el lado izquierdo de la sala, donde hay menos gente. Desde aquí, puedo señalar a todo el mundo para que él sepa quién es cada uno. Una de mis primas está a nuestra derecha con sus tres hijos arreglando una pelea entre ellos, el más pequeño de los niños llorando por lo que sea que haya pasado.

—¿Quieres tener hijos? —Massimo me pregunta.

Le miro, ajustándome los marcos de la cara.

—Sí, eso creo.

—No suena muy convincente —responde enarcando una ceja.

—Me has pillado con la guardia baja, eso es todo. No esperaba esa pregunta.

—Con tantos niños alrededor, se me pasó por la cabeza. Se me ocurrió preguntar. —Se encoge de hombros antes de apartarme los rizos que me caen sobre el ojo izquierdo.

Sigo observando el lugar.

—Esa es la mujer de Félix, la de la blusa naranja —digo señalando al otro lado del lugar, a mi izquierda—. Y sus dos hijas, la menor es adoptada. Entró a formar parte de la familia a los seis años porque sus padres eran drogadictos.

—Tiene suerte de haber encontrado una familia.

La adopción no es para todos.

—¿Qué significa eso?

—No todo el mundo está dispuesto a adoptar a un niño extraño en su familia.

Le doy otro empujón a mis lentes. —Eso suena un poco cruel.

—No intento sonar así. Sólo digo que no es para todo el mundo.

—¿Adoptarías si tuvieras la oportunidad?

—No.

—¿Por qué no?

—Porque quiero mis propios hijos biológicos.

—Nena. —Mi padre nos interrumpe, y me alegro por ello. Esa conversación con Massimo fue incómoda, y no estamos en el lugar para tenerla—. Vamos a bailar.

Félix está en la mesa de DJ que ha montado y empieza a sonar *La Dueña del Swing* de Los Hermanos Rosario, que es una de las canciones favoritas de mi padre. Me agarra de la mano y empieza a tirar de mí hacia el centro de la pista para bailar, algo que ha hecho desde que yo era pequeña. Aprendí a bailar con él desde muy pequeña, apoyando mis pies en los suyos mientras me llevaba en brazos por la pista. Cuando crecí, siempre bailábamos merengue y salsa en todas las fiestas familiares.

—Volveré —le digo a Massimo—. Mira y aprende para que podamos bailar más tarde.

Mi padre y yo bailamos entre los demás: tías, tíos, primos, amigos, todos apiñados, moviendo las caderas mientras giramos y damos vueltas. Veo a Massimo a un lado, mirándonos con picardía en los ojos. Sin duda está disfrutando, viéndome menear las caderas. Cuando termina la canción, voy a ver a Félix y le pido que ponga *Nadie como Ella* de Marc Anthony, antes de acercarme a Massimo.

—Tú y tu padre bailan muy bien.

—Es mi pareja de baile favorita —admito.

—La niña de papá —dice, frotando su pulgar sobre mi lunar—. Puedo verlo en toda su cara.

—Sí, mis hermanos y hermanas me critican todo el tiempo. Me dicen que como soy la bebé, lo tengo fácil, y que mis padres me tratan diferente. —Me encojo de hombros.

Cuando empieza a sonar la canción de Marc Anthony, le agarro de la mano.

—Vamos. Le he pedido a Félix que ponga esto para que podamos bailar. Es una buena canción para que aprendas a bailar salsa.

—No puedo ver cómo meneas esas caderas si bailamos —me susurra al oído.

—No, pero puedes tocarme con toda confianza en

presencia de mi familia.

—Cuando lo dices así, me tientas, pero ve con cuidado conmigo porque nunca he bailado esta música.

Bailar con Massimo es más bien contar pasos, lo cual es de esperar, teniendo en cuenta que es su primera vez. Pero no importa: me complace, sonríe y se mueve con energía al ritmo de la música. Y si está incómodo, lo disimula bien. Además, disfruta metiéndome mano.

—Se me da fatal esto de la salsa —dice riendo.

—Sí, es cierto. Pero no pasa nada; aprenderás cuanto más lo hagas. —Le miro a los ojos, esperando que vea que los míos le dicen que quiero que se quede.

# CAPÍTULO 7

*Lealtad*

## Massimo

**DOS MESES DESPUÉS**

—¿Has pensado en venir a trabajar a mi negocio? —le pregunto a Lena mientras salimos de la calzada. Anoche pasamos la noche aquí porque estuvimos en casa de su hermano en Newton hasta tarde. Nos dirigimos a mi apartamento para que pueda vestirme y salir a cenar por mi cumpleaños, que fue a principios de esta semana. Stella y Lena querían hacer algo más elaborado, ya que cumplí treinta años, pero les pedí que por favor no le dieran demasiada importancia. Llegamos a un acuerdo y decidimos cenar con mis padres, hermanos y algunos de los chicos.

—Creo que sería raro —proclama—. Tú serías mi jefe. No sé cómo me siento al respecto.

—Bueno, sí, pero no sería así. Ya sabes que estamos empezando a hablar de abrir el segundo restaurante. Con suerte, a finales de este año, podremos encontrar un local para él y tenerlo abierto el próximo verano. Quiero que seas la encargada del bar de ambos.

—Seguiría trabajando para ti.

—Técnicamente, sí, pero yo lo veo más como que trabajarías conmigo. Quiero que dirijas los dos conmigo. Crear bebidas de autor, formar al personal. Ese tipo de cosas.

—Me gusta la idea. Pero también he estado pensando en mi futuro. ¿De verdad quiero ser cantinera toda la vida?

—¿Qué piensas hacer?

—No estoy segura, la verdad. De niña, siempre pensé que sería abogada. Algunos días creo que quiero volver a estudiar. Otros días, no tanto —dice, dándome la espalda, mirando por la ventana mientras hace girar uno de sus rizos con la mano izquierda.

—Eso es increíble, Lena. Puedo verte haciendo eso. Entonces tendríamos una abogada en la familia.

—Me mira y enarca una ceja ante mi proclamación. Lena es observadora e intuitiva, reservada pero luchadora, apasionada y persistente. Me la imagino como abogada.

—Cuéntame más sobre por qué estás pensando en

estudiar Derecho.

—Recuerdo que, cuando era pequeña, mis padres necesitaban un abogado y él vino a casa. Yo tenía doce años y tuve que traducirles para que lo entendieran. Me quedé embelesada con él. Parecía muy inteligente. Le pregunté si le gustaba ser abogado y me dijo que sí. Cuando le pregunté por qué, me dijo que aprendía algo nuevo cada día porque el Derecho vive y respira, lo que lo hace siempre cambiante. Nunca lo olvidé. Desde entonces, la facultad de Derecho es una idea que vive en el fondo de mi mente. —Los ojos de Lena se entornan a juego con su sonrisa.

—Nunca me habría planteado la ley así. Es una forma muy chula de verlo.

—Por eso se me quedó grabado. De todas formas, tendría que hacer el LSAT y presentarme, así que ya veremos. —Levanta el hombro en señal de incertidumbre—. Tengo que estar mentalmente preparada para hacerlo, quererlo de verdad; si no, me sentiré muy mal.

—Piénsalo. Si decides trabajar conmigo y acabar estudiando Derecho, haremos que funcione. Sabes que te apoyaré.

—Sólo quieres el placer de decir que eres mi jefe. —Me da un golpe en la pierna y se ríe.

—¡Sí que me gusta mandarte! —Le guiño un ojo y le cojo la mano, entrelazando mis dedos con los suyos.

—¡Feliz cumpleaños, Massimo! —Todos dicen al unísono después de que sopla las velas del pastel.

La cena es en el restaurante de mi amigo en el norte de la ciudad. Hace poco contrató a un pastelero italiano que ha recibido muchos elogios por sus excelentes postres. El pastel que me hizo estaba buenísimo, con capas de fresas y crema. Esta noche iremos a una discoteca porque Lena y Stella dicen que les apetece ir a bailar. Ya no me gustan mucho las discotecas, pero me cuesta decir que no a mis chicas.

Cuando estamos listos para salir del restaurante, Rocco lleva a nuestros padres a casa, aunque está a sólo unas calles. Afuera hace cero grados y hace viento, así que Lena y Stella se quedan mientras yo agarro el Jeep. Recogemos a Rocco y nos dirigimos a *Element*, la discoteca de moda de la ciudad. Dom, Nick, Benny y su chica se reunirán con nosotros en el club.

Por suerte, el amigo de Rocco es el encargado de *Element*, porque cuando llegamos la cola se extiende por toda la cuadra. Resulta chocante ver a algunas mujeres haciendo cola sin chaqueta, con faldas cortas y zapatos abiertos como si estuviéramos en pleno verano.

Una vez dentro, dejamos nuestros abrigos a la entrada y subimos por las escaleras hasta la cuarta planta, que es la planta principal del club. *Element* es, en realidad, un restaurante y discoteca: las tres primeras plantas son comedores y las dos últimas, la discoteca. La quinta planta da al bar y a la zona de baile de la cuarta, por lo que suele estar más concurrida. La cabina del DJ está situada en un balcón privado desde el que se ve todo el club. Esta noche, el público enloquece con la música electrónica que suena por los altavoces.

El local está abarrotado, con los cuerpos uno al lado del otro mientras nos abrimos paso a hombros entre la multitud hacia la barra. Cuando me separo de la multitud, tengo la mano de Lena agarrada firmemente a la mía; detrás de ella están Stella y Rocco. Lena está buscando a Luci, que dijo que nos encontraríamos aquí cuando acabara de trabajar. Como Luci trabaja de cantinera en varios sitios de la ciudad, no suele venir con nosotros, así que me sorprendió saber que estaría aquí.

Es la primera vez que conocerá a mis amigos, aunque a Stella ya la ha visto varias veces cuando ha salido con Lena. Dom y Nick ya están en el bar cuando llegamos, y Benny y su chica están en su propio mundo, bailando.

Estoy esperando a que el barman me tome nota cuando oigo a Lena saludar a Luci detrás de mí. A Lena se le ilumina la cara ahora que Luci está aquí. Pido chupitos de limonada porque a Lena no le gusta mezclar el alcohol y solo toma chupitos de vodka.

Le hago un gesto a Benny para que venga y yo pueda pasar las bebidas.

—Gracias a todos por celebrar los treinta conmigo. No querría estar con nadie más. Salud. —Levantamos las copas y nos las tomamos.

Lena aprovecha para presentar a Luci a los chicos. Aunque no oigo lo que dicen por el volumen de la música, Dom lleva escrito en la cara que le gusta Luci. Es una chica preciosa, así que no me sorprende. Le decepcionará saber que está saliendo con alguien.

—Vamos, viejo. Bailemos y veamos esos movimientos —dice Lena, agarrándome de la mano y tirando de mí hacia la pista de baile.

Esta noche ella está muy sexy. Lleva una falda negra que abraza todas sus curvas y le cae por encima de las rodillas, con medias negras y botas hasta la rodilla. Su top rojo de cuello redondo me deja ver la turgencia de sus pechos, y se me pone dura. No tiene ni idea de lo sexy que es. Es modesta en comparación con la mayoría de las mujeres, rara vez enseña piel. Pero esa es una de las cosas que me encantan de ella. Mi imaginación se dispara pensando en lo que hay debajo de su ropa, aunque ya lo sé… ¡y es todo mío!

Los latidos eléctricos hacen que nuestros cuerpos se muevan al unísono, ella de espaldas a mí, y yo me agarro a sus caderas redondeadas, apretándola y abrazándola para que pueda sentir mi erección. Le quito los rizos del hombro, dejando al descubierto su cuello bañado en sudor, y la beso, inhalando su aroma a coco. Lena levanta las manos, me rodea el cuello y atrae mi cara hacia la suya en busca de mis labios. Cuando nuestras bocas chocan, ella se gira hacia mí, profundizando nuestro beso.

Lena acerca sus labios a mi oído y me susurra—: Feliz cumpleaños, Massimo. Te daré el resto de tu regalo más tarde, cuando estemos en casa, solos tú y yo. —Su aliento es caliente, su voz sensual, y siento que mi polla se tensa dentro de mis jeans. Se frota la nariz contra la mía y se lame los labios cubiertos de carmín rojo oscuro. Un carmín que acentúa sus labios carnosos y me hace desear follarle la boca.

—El único regalo que quiero.

—Lo sé —responde antes de besarme con avidez. Tiene los labios ardientes y me mete la lengua en la boca, acariciándome los dientes.

Se separa de mí y dice:

—Voy al baño, tengo que hacer pis y los lentes están sucios.

—De acuerdo. Llévate a Luci o a Stella —digo, con la respiración agitada. Empezamos a caminar hacia donde están los demás, junto a la barra, bebiendo y bailando al ritmo de la música. Por suerte, está oscuro y lleno de gente. Dom y Luci están a un lado, intentando mantener una conversación, así que Lena agarra a Stella y se dirige al baño.

Pido un vaso alto de agua helada al barman. No más bebidas para mí, ya que tengo que conducir más tarde. En ese momento, Rocco se apretuja a mi lado y empieza a contarme que estaba hablando con su amigo sobre nuestro próximo restaurante y lo que estaban discutiendo. Ha concertado una reunión para la semana que viene en la que podremos sentarnos a hablar de negocios sin todo el ruido a nuestro alrededor.

—¿Me pides otra copa? —Stella me pregunta.

—¿Dónde está Lena? —respondo, mirando por encima del hombro de Stella.

—Se paró ahí detrás para hablar con alguien —responde, señalando hacia el baño.

Sigo con la mirada hacia el lugar que ha señalado y corro hacia el baño cuando la veo hablando con Stefano. Él le agarra con fuerza el brazo izquierdo y ella intenta quitárselo de encima. Desde este ángulo, no sé si parece asustada o disgustada.

Sigo abriéndome paso entre la multitud para acercarme y, cuando llego hasta ella, le aprieto la muñeca, apartándola de un empujón.

—¡Quítale las putas manos de encima!

—Massimo, está bien. Yo me encargo —dice Lena, poniéndome la mano en el brazo en un intento de calmarme.

—Así que es verdad, estás con este inútil. Había oído que estaban saliendo, pero no pensé que saldrías con él —le dice a Lena mientras me mira.

—Stefano, veo que no has cambiado. Sigues siendo un gilipollas. Venga, Massimo, vámonos —dice Lena, mientras tira de mi brazo, pero yo no me muevo. Quiero arrancarle la cara a este imbécil por ponerle las manos encima a mi chica y por hablar mal.

—¡Eso es! Deja que tu chica te salve. Siempre has sido un cobarde —dice con una mueca de desprecio. La rabia se apodera de mí y le arranco el brazo a Lena. Debe de haberse dado cuenta de mi enfado porque, antes de que me dé cuenta, se interpone entre Stefano y yo.

—¡Lena, muévete!

—No. Massimo, vamos.— Sus brazos se estiran para apoyarse en mi pecho. Sus ojos buscan los míos, pero mi sangre hierve, y todo lo que veo es mi puño rompiéndole la nariz a este imbécil—. Quiero irme a casa. Ya mismo.

—Lena, muévete. ¡AHORA!

Ella se estremece.

—Vale. Me estoy moviendo —dice, dando un paso

atrás—. Pero voy hacia la puerta y me voy. Así que será mejor que vengas conmigo porque me voy a casa.

Es estoica en sus palabras, pero lo único que quiero es partirle la cara a Stefano. Me mira fijamente a los ojos antes de darme la espalda y marcharse. *¡Joder!*

Cuando miro hacia donde está Stefano, ya no está allí, y la gente a mi alrededor me mira fijamente.

—¿Qué ha pasado? —pregunta Stella, acercándose a mí por detrás.

Sin mirarla, respondo—: Ve a buscar a Luci, dile que nos vamos. —Me abro paso entre la multitud y, cuando llego a las escaleras, las bajo de dos en dos. Lena está en las escaleras del segundo piso, esperándome, y sus ojos son turbulentos detrás de sus monturas de alambre.

—¿Qué coño ha sido eso? —gruño.

—¿Por qué me gritas? —Se aparta para dejar pasar a un grupo de mujeres que suben las escaleras.

—¿Ahora defiendes a ese imbécil?

—¿Qué? No, claro que no. —Mueve la cabeza—. Estaba manejando la situación antes de que vinieras y montaras una escena.

—¿Montando una escena? No has visto nada, cariño. ¡Quería destruirlo, joder!

—Lo sé, que es exactamente por lo que lo hice.

—No puedo creer que lo defendieras. ¿En qué estabas pensando?

—¿Te estás escuchando? ¡Yo no le defendí! Evité que se metiera en una pelea.

Sus palabras me enfurecen aún más.

—¡Exactamente! Tú lo defendiste. Ya veo dónde está tu jodida lealtad. —La empujo y empiezo a bajar el último tramo de escaleras antes de detenerme y decir—: Me voy, joder. Vete a casa con Luci.

—¡Massimo, espera!

Pero la ignoro, bajo el resto de las escaleras y me dirijo directamente a la puerta. El frío intenso me choca, pero a la vez me refresca. Tengo tanta rabia corriendo por mis venas que el aire frío me ayuda a respirar. Me he dejado la chaqueta dentro, pero de todas formas Lena tiene los tickets del guardarropa.

Corro para llegar a mi Jeep, meto la llave en el contacto, lo enciendo y salgo del lugar.

Mientras conduzco, suena mi teléfono y veo el nombre de Lena. Le doy a ignorar. Segundos después, mi teléfono vuelve a sonar, y esta vez es Rocco.

—¿Qué?

—¿Qué mierda Mass? ¿Dónde has ido?

—Me fui. Asegúrate de que Lena se vaya con Luci.

—¿Qué? ¿Por qué?

—¡Sólo haz lo que te pido! Hablamos mañana. —Pulso Finalizar y tiro el teléfono al asiento del copiloto.

Anoche apenas dormí porque estaba demasiado enfurecido por lo ocurrido en *Element*. Si a eso le añadimos que Lena no estaba conmigo, fue una noche larga y miserable. Pero me conozco, y cuando estoy así de enfadado, necesito estar solo para calmarme. De lo contrario, diré y haré cosas de las que luego me arrepentiré.

Anoche conduje durante horas, poniendo música a todo volumen para acallar la rabia. Es la primera vez que Lena me ve tan alterado. Ella nunca ha experimentado ninguno de mis problemas de ira. Esperemos que no la asuste.

Sé que es pronto, pero necesito verla, asegurarme de que estamos bien. No la he llamado para avisarle de que estaba de camino porque no quiero darle tiempo a pensar en lo que quiere decirme cuando me vea. Necesito ver su cara para saber lo que siente y piensa.

Cuando llego a casa de Lena, estaciono detrás del carro de Luci. Espero que esté despierta porque es temprano, apenas faltan unos minutos para las 8. Llamo a la puerta y espero. Estoy a punto de volver a llamar cuando veo a Lena caminando por el pasillo hasta que abre la puerta. Sus ojos verdes están hinchados y rojos, con ojeras.

—Hola, nena —le digo.

Alarga la mano y me atrae hacia ella, abrazándome con fuerza.

—Estaba muy preocupada por ti. Te llamé toda la noche y no contestaste ni una vez. Pensé que te había pasado algo.

—Sí, probablemente debería haberte hecho saber que estaba bien. Lo siento.

Me deja entrar antes de cerrar la puerta. Pasamos a la sala y se sienta en el sofá con las piernas cruzadas.

—Lo que hiciste anoche no puede volver a ocurrir —dice ajustándose las monturas.

—Sé que debería haber respondido a tu llamada.

—No me refiero a eso, aunque tienes algo de razón —me corrige—. Si no me hubiera interpuesto entre Stefano y tú, le habrías dado un puñetazo, o algo peor.

—¡Ya lo sé! ¡Deberías haberme dejado!

—¿No lo ves? No puedes hacer eso. Es exactamente lo que quería, provocarte. Ese es el tipo de hombre que es, siempre buscando empezar una pelea, golpear a alguien. Habría presentado cargos contra ti, sólo para causar problemas y hacernos daño.

—¿Te pegaba cuando estaban juntos?

Ella sacude la cabeza.

—Se acercó, me empujó un par de veces, me agarró de los brazos muy fuerte, pero nunca me pegó.

*¡Hijo de puta!* Las palabras de Lena me hacen hervir la sangre. Debería matarlo. Cuando me enteré de que salía con él, me costó todo lo que tenía no decirle nada sobre el tipo de persona que sé que es. Siendo del barrio, todos sabemos que es un capullo que trata fatal a sus mujeres. Nada sorprendente para un tipo que le falta el respeto a su madre. Pero no podía ser yo quien le contara a Lena todas esas cosas porque entonces parecería que intenté que rompieran para poder liarme con ella. Si lo hubiera hecho, ella no habría salido conmigo. Sabía que su relación no duraría. Sólo era cuestión de cuándo terminaría. Así que esperé mi momento. Si hubiera sabido que él había tenido algo físico con ella, las cosas habrían sido muy diferentes.

Necesito tocarla y sentir su energía, así que acerco mi cuerpo al suyo y apoyo la mano en su pierna.

—No deberías haberte interpuesto entre los dos. Podrías haberte hecho daño.

Pone su mano sobre la mía.

—Nunca me harías daño, que es exactamente por lo que lo hice. ¿Cómo pudiste pensar que le estaba defendiendo? Te estaba protegiendo de ti mismo. Mi lealtad es a ti. Me asustaste anoche. Nunca te había visto tan alterado. Tus ojos brillaron, y es como si no pudieras verme. Si te soy sincera, hubo un momento en que tuve miedo, cuando me gritaste que me moviera.

Sus palabras provocan sentimientos de vergüenza y culpa. Esta mujer, a la que amo, me tenía miedo. Nunca, nunca podría hacerle daño; sólo quiero protegerla. Me acerco aún más a ella y deslizo el pulgar por su lunar.

—Lo siento.

Agarra las mías con las dos manos y las besa. Empieza por las yemas de los dedos, sube por el dorso de la mano y luego me besa la palma.

—Por favor, no vuelvas a hacerlo. Causaste una escena innecesariamente. Si tú y yo tenemos un problema, entonces tenemos un problema. No quiero discutir ni dar a conocer al mundo entero que tenemos problemas. Las fuerzas externas debilitan las relaciones. Lo que pasa entre tú y yo, es algo que tenemos que resolver nosotros. ¿Te parece bien?

Hace sólo dos minutos, esta mujer me dijo que la asusté, pero ya me perdona. Probablemente no la merezco.

—Sí, estoy bien con eso.

—En cuanto a irte, si necesitas tiempo porque estamos discutiendo, te daré todo el tiempo que necesites. Lo entiendo. Cuando las cosas se calientan, es mejor calmarse antes de discutir, pero por favor, sólo dime que lo necesitas, así no me preocupo por ti.

—No te merezco.

—¿Por qué dices eso?

—Porque soy un gilipollas.

—Puede que lo seas, pero eres mi gilipollas. —Se levanta de donde está sentada y no me suelta la mano, tirando de mí hacia su dormitorio.

# CAPÍTULO 8

## *Destrozado*

## Massimo

ABRIL 2003

Son poco más de las seis y media de la mañana cuando entro por la puerta principal y la cierro con cuidado porque no quiero despertarla. Estoy agotado después de jugar a las cartas hasta tarde y conducir hasta casa. No he hablado con Lena desde el jueves por la noche; su teléfono salta continuamente al buzón de voz. Me fastidia sobre todo porque siempre hace lo mismo, pero nunca durante tanto tiempo. Hace más de veinticuatro horas que no hablo con ella y empiezo a preocuparme, por eso he decidido volver a casa más temprano. Me quito los zapatos y salgo al pasillo.

Cuando me detengo frente a nuestro dormitorio, la puerta está ligeramente abierta, algo extraño porque

Lena siempre duerme con ella cerrada. Aún recuerdo la primera noche que pasamos aquí. Acabábamos de mudarnos juntos después de un año de noviazgo. Entré en el dormitorio cuando ella ya estaba en la cama leyendo. Cuando dejé la puerta abierta detrás de mí, me exigió que la cerrara porque le daba miedo dormir con ella abierta. En aquel momento, no entendí su miedo, pero haría cualquier cosa por aquella mujer, así que la cerré sin rechistar.

Abro la puerta de un empujón y muevo la mano hacia la derecha para encender la luz. La cama está vacía y bien hecha. *¿Qué coño pasa?* Cruzo el dormitorio y entro en el cuarto de baño, donde también enciendo la luz. Aquí tampoco hay nada.

Me meto la mano en el bolsillo, saco el celular y lo abro para marcar el número de Lena. Vuelve a saltar el buzón de voz. Ahora me entra el pánico. *¿Dónde coño está? ¿Le ha pasado algo?* En unos pocos pasos, estoy dentro de nuestro vestidor. Cuando enciendo la luz, es como si alguien me clavara un cuchillo en el corazón. Mi paso vacila. El armario está medio vacío. La mayoría de sus cosas han desaparecido. La conmoción de lo que veo me paraliza.

Es temprano, pero vuelvo a abrir el teléfono y llamo a la madre de Lena. Si alguien sabe dónde está Lena, es su madre.

—Hola —contesta con voz soñolienta al cuarto timbrazo.

—Hola, Blanca —empiezo—. Perdona que te llame tan temprano, pero ¿está Lena en tu casa? —pregunto desesperado.

—Hola, Massimo. No, Marialena no está aquí —dice, aun intentando despertar del sueño.

—Acabo de llegar a casa y el apartamento está vacío. Lena no está aquí —me tiembla la voz. —Se ha llevado todas sus cosas. Creo que me ha dejado. —La última frase apenas sale de mis labios.

—Lo siento, Massimo, no sé dónde está. Me llamó ayer, pero no me dio ningún detalle, no me dijo nada. La llamo ahora y le digo que te llame —dice, con tono preocupado a pesar del marcado acento.

—Gracias —digo a la fuerza y termino la llamada. Luego llamo a Luci, pero salta el buzón de voz. No me sorprende, porque los fines de semana trabaja de cantinera en uno de los clubes nocturnos de la calle Lansdowne y probablemente se haya quedado dormida hace un par de horas. Cierro el teléfono y lo tiro sobre la cama. La rabia mezclada con la preocupación me recorre las venas y doy un puñetazo a la pared con rabia, luego camino de un lado a otro y me dejo caer en la cama, con los ojos llenos de lágrimas.

¿Cómo hemos llegado hasta aquí? No entiendo lo

que está pasando. Hace unos días, nos sentamos en este tronco, y no sólo tuvimos sexo o hicimos el amor. Nos adorábamos, y su cuerpo me hablaba como siempre lo hacía. Éramos como dos piezas de un rompecabezas, que encajaban perfectamente. Es imposible que esto me esté pasando ahora; es la maldita *Dimensión Desconocida*.

Me levanto bruscamente y salgo enfadado de nuestro dormitorio y me dirijo a la habitación de invitados/oficina que hay al otro lado del pasillo. La mayoría de los objetos de esta habitación están intactos: el ordenador, la pila de papeles a la izquierda del monitor, las guías de estudio de Lena para el examen de LSAT que tenía previsto hacer este año, mi guitarra apoyada en el amplificador. Salgo a toda prisa de la habitación y corro por el pasillo hasta la cocina.

En medio de la encimera vacía está el teléfono de Lena, con la pantalla rota. Alargo la mano hacia la encimera para agarrarlo, pero está apagado, no me extraña que salte el buzón de voz. Cuando lo levanto, veo su anillo de compromiso y un papel doblado debajo. Dejo caer el teléfono sobre la encimera, aparto el anillo y agarro la nota con rapidez.

*Massimo,*

*Escribir esto es lo más difícil que*

he hecho alguna vez. Te amo, y debido a mi amor por ti, me estoy alejando. Te mereces mucho más de lo que puedo darte. Para cuando leas esto, me habré ido de Boston.

No te molestes en buscarme. Me fui para que puedas vivir tu sueño.

Gracias por amarme.

~ Lena

Leer las palabras me deja sin aliento y me hace tropezar. Necesito la encimera de la cocina para sostenerme. Lo único que consigue la nota manuscrita de Lena es confundirme aún más. ¿Qué coño significa? La releo una y otra vez para ver si me he perdido algo. No importa cuántas veces lea las palabras, soy incapaz de comprenderlas. Sólo hay dolor garabateado.

Nuestra boda es dentro de dos meses y pensábamos formar una familia juntos, así que esto no tiene sentido para mí. Dejo caer el trozo de papel sobre la encimera, me inclino hacia delante y apoyo las manos en el borde. Aprieto los ojos y suelto un largo suspiro.

—¡Joder! —grito al vacío de la cocina, de mi casa

y de mi corazón.

Es temprano cuando llego al restaurante. El personal de cocina no empezará a llegar hasta dentro de una hora. Tras desactivar la alarma y cerrar la puerta principal, atravieso el comedor a grandes zancadas hasta la escalera trasera y bajo al sótano y al despacho.

Lena tenía que trabajar ayer y necesito saber si vino. Abro el archivador donde guardamos los informes semanales y saco la carpeta del viernes, pero su nombre no aparece en ninguno de los documentos. Tiro la carpeta sobre la mesa a mi izquierda, gimiendo de frustración.

Saco una silla de la mesa y me siento, apoyando los brazos en los muslos y colgando la cabeza. No sé qué hacer y siento que me ahogo; tengo más preguntas que respuestas, la confusión me nubla los pensamientos y el dolor me oprime el corazón.

¿Cuánto tiempo lleva Lena planeando su huida? Y lo que es más importante, ¿por qué? ¿Cómo no lo vi venir? ¿Estoy tan ciego cuando se trata de ella?

—Oye, ¿qué haces aquí? —pregunta mi hermano mientras da los últimos pasos hacia el sótano y se detiene al otro lado de la mesa.

Rocco es mi hermano cinco años menor, el menor de los tres. Me recuerda mucho a mí mismo cuando tenía veintisiete años. Siempre le recrimino que es bajito, aunque en realidad no lo es tanto, pues mide más de uno setenta, pero ¿qué clase de hermano mayor sería si no le echara la bronca? Sin embargo, no hay duda de que somos hermanos. Aparte de la diferencia de estatura, parecemos gemelos, hasta las cejas gruesas y las narices grandes.

—¿No tenías que estar en la exposición de carros? —me pregunta confundido.

—Volví antes porque el teléfono de Lena no paraba de saltar al buzón de voz y no he hablado con ella desde el jueves por la noche —respondo.

—¿Hablaste con ella?

—No. Cuando llegué a casa, se había ido, recogió sus cosas y se fue.

Rocco abre mucho los ojos.

—¿Qué? ¿Cómo es posible?

—Si lo supiera, no estaría aquí sentado ahogándome en mi pena —replico.

—Eso explica por qué hizo que Shannon cubriera su turno ayer —razona—. Cuando Shannon apareció y pregunté por Lena, Shannon me dijo que Lena tenía cita con el médico y necesitaba que la cubriera.

—¿Eso es todo? ¿No te dijo ni pasó nada más?

¿No hablaste con Lena? —pregunto, buscando más información con la esperanza de que tenga algo que me ayude.

—No, hermano. Lena es siempre responsable. Sinceramente, ayer no pensé mucho en ella —me dice mientras se rasca la cabeza.

Me paso las manos por el cabello mientras me recuesto en la silla, levanto la cabeza y suelto un largo y profundo suspiro. Ahora tiene sentido por qué lloraba la mañana que la vi por última vez. No estaba jodidamente preocupada por mi viaje; se estaba despidiendo. *¡Hija de puta!*

—De acuerdo —digo poniéndome en pie y empujando la silla con la pierna. Rodeando la mesa, me detengo a unos metros de mi hermano y le digo—: Hoy no volveré. Stella y tú tendrán que arreglárselas sin mí hasta que resuelva esto, hasta que encuentre a Lena.

—Lo que necesites, hermano —dice—. Cubriré el turno de esta noche ya que ella no estará aquí.

—Gracias, Roc —respondo, girando sobre mis talones y subiendo los escalones, de dos en dos, para salir del restaurante.

Corro por la acera hasta mi carro, abro el teléfono y marco el número de Luci. *Otra vez el buzón de voz, ¡maldita sea! Nunca contesta al teléfono. Qué frustración.* Me meto en el carro, doy un portazo y arranco. Subo el volumen y dejo que *One Last Goodbye* de Anathema ahogue el ruido de mi cabeza.

Luci vive en el apartamento que compartía con Lena antes de que nos fuéramos a vivir juntos. He estado golpeando la puerta con fuerza y Luci sigue sin contestar. Tengo que aflojar antes de que se rompa el cristal. Debe de estar dormida. Salgo corriendo del porche, doy la vuelta por el lateral de la casa y encuentro la ventana del dormitorio de Luci en la parte de atrás. Parezco un acosador, pero me importa una mierda. Necesito que Luci se despierte para averiguar lo que sabe.

Llamo tres veces y grito—: ¡Luci! Abre la puerta.

Unos instantes después, la cortina se corre a un lado y aparece el rostro de Luci.

—¿Massimo? ¿Qué haces aquí? —pregunta mientras se restriega el sueño de los ojos.

—¡Abre la puerta, Luci! —digo, alejándome de la ventana hacia el frente.

Luci abre la puerta y yo me abro paso a empujones, pasándola de largo y entrando en la casa.

—¿Qué coño pasa, Massimo?

Luci es menuda, bueno, menuda para mí. Mide uno sesenta y cinco y tiene el cabello muy corto siempre teñido de algún tono de rojo. Pero no te dejes engañar por su pequeña estatura. La personalidad de Luci es feroz y tiene la boca abierta. No tiene filtro y no se anda con rodeos. Te cortará con sus palabras sin dudarlo. Ella y Lena tienen la misma edad, veinticinco años. Luci se trasladó aquí desde Italia con su familia cuando tenía ocho años, que es cuando conoció a Lena. Desde entonces son uña y mugre.

—¿Dónde está? —exijo mientras me paseo por la casa, registrando cada habitación antes de pasar a la siguiente, con Luci siguiéndome.

—¿Dónde está quién? —pregunta.

Me detengo en medio del salón y me pongo a centímetros de su cara.

—¡Luci, no me mientas, joder! ¿Dónde está Lena? —le grito.

—Tienes que retroceder y tranquilizarte, amigo. No tengo ni idea de lo que estás hablando. ¿Qué quieres decir con dónde está Lena? ¿Por qué iba yo a saber dónde está si tú no lo sabes?

—La última vez que hablé con ella fue el jueves por la noche. Ayer no contestó al teléfono en todo el día, así que me fui temprano de *Mohegan* y volví a casa porque estaba muy preocupado por ella. Resulta que se largó. Recogió sus cosas, me dejó una mierda de nota de despedida con su teléfono y su anillo, y se esfumó —le digo, exasperado.

—¡¿Qué?! Eso no tiene sentido, Massimo. ¿Estás seguro?

—¿Estoy seguro? Sí, estoy jodidamente seguro. ¿Por qué si no estaría aquí llamando a tu puerta como un loco? —ladro, inclinándome hacia ella.

Luci salta ante mis palabras y da un paso atrás, extendiendo los brazos para poner espacio entre nosotros.

—Massimo, cálmate. Me estás asustando.

—Lo siento, Luci, pero estoy flipando y no sé qué está pasando aquí —confieso, suavizando la voz mientras dejo que la realidad de la desaparición de Lena se asiente. Cruzo el lugar hasta el sofá y me siento, dejando caer la cabeza hacia delante con resignación.

—¿Llamaste a su madre?

—La primera persona a la que llamé. Me dijo que Lena la llamó, pero no le dio detalles. Voy a ir a verla cuando salga de aquí.

—Massimo, no sé qué decirte. No he hablado con Lena desde el jueves después del trabajo, y parecía estar bien. Se suponía que íbamos a salir, pero lo cancelé porque agarré un turno. Parecía normal, te lo juro. No me dijo nada sobre sus planes de irse —explica, con la preocupación dibujándose en sus facciones.

—¿Y ahora qué? —pregunto, inclinando la cabeza hacia ella. Me arden los ojos de rabia, de dolor, de traición y de las lágrimas que estoy conteniendo.

Luci intenta apaciguarme y dice—: Quiero decir que tarde o temprano tiene que ponerse en contacto con alguno de nosotros. Cuando eso ocurra, obtendremos respuestas. Mientras tanto, haré algunas llamadas.

—¿Qué voy a hacer? —se escapa de mis labios, y ya no puedo contener las lágrimas, que empiezan a caer de mis ojos. Le escondo la cara a Luci, avergonzado por las emociones que me embargan.

—Lo resolveremos. —Intenta ser optimista, pero sus palabras están envueltas en lástima al verme deshecho. Luci pone sus manos sobre mis hombros temblorosos, intentando consolarme.

Unas horas más tarde, estoy en casa, y es el último lugar donde quiero estar. Tenía la esperanza de que Luci o la madre de Lena supieran algo, pero no estoy más cerca de tener respuestas ahora de lo que estaba esta mañana cuando llegué a casa y la encontré desaparecida.

Después de una ducha caliente, me siento en el asiento del mirador que tanto le gustaba a Lena. Se sentaba aquí y leía sus libros durante horas y horas. Nuestro piso está en la última planta de un edificio de piedra rojiza, y esta ventana tiene unas vistas fantásticas. Era el lugar favorito de Lena.

## HACE DOS AÑOS

A Lena se le iluminaron los ojos en cuanto entramos por la puerta principal y le dije al agente inmobiliario—: Nos lo quedamos. —Aún no habíamos visto toda la casa, pero viendo a Lena feliz, no había duda. Tenía una sonrisa que me hace parar en seco, me hace sentir cosas que nunca había sentido antes. Haría lo que fuera, le daría lo que fuera, con tal de provocar esa mirada de felicidad, de sentir que mi corazón se hincha como se hincha cuando estoy con ella.

Le pregunté al agente si nos dejaría unos minutos a solas para explorar el apartamento porque quería intimidad con mi chica, quería besarla hasta dejarla sin sentido. Cuando el agente salió al pasillo, agarré a Lena por la mano izquierda, la apreté contra mí y empecé a besar sus suaves labios. Sus lentes se ensuciaron de tanto besarnos. Ella odiaba que eso ocurriera e intentó zafarse de mí, pero la sujeté con fuerza mientras seguía besando sus labios cubiertos de carmín. Si me dejara, me la hubiera follado ahí mismo mientras el agente esperaba en el pasillo, pero mi chica no estaba por la labor. Era muy educada y correcta cuando había gente alrededor, pero a puerta cerrada era una insaciable fiera sexual y toda mía.

Suena mi teléfono, interrumpiendo mis recuerdos. Me meto la mano en el bolsillo, con la esperanza de que Lena me esté llamando, pero cuando veo el nombre de mi madre iluminando la pantalla, se me desploma el corazón.

—Hola, mamá —digo, intentando no parecer demasiado afligido.

—Massimo, Rocco me llamó para decirme lo que pasó. *Figlio, mi dispiace.* ¿Qué puedo hacer por ti? ¿Quieres que vaya a la casa?

—No, mamá, estoy bien. Sólo necesito un tiempo a solas.

—¿Quieres que hablemos de ello? —pregunta, con palabras llenas de preocupación.

—Ahora no, mamá.

—*Figlio*, estoy preocupada por ti.

—Sé que lo estás, pero no lo estés. Estaré bien. Sólo necesito algo de tiempo para aclarar mis ideas.

—*Va bene figlio. Ti amo.* Llámame si me necesitas.

—Gracias, mamá, yo también te amo. —Cierro el

teléfono y lo tiro al sofá.

Cuando levanto la vista, me doy cuenta de que Lena se ha dejado sus queridos libros, su estantería intacta, incluida la foto enmarcada de nosotros que está arriba a la derecha. Fuimos a una boda el año pasado y me dijo que esta era su foto favorita de aquella noche porque no estábamos mirando a la cámara, sino riéndonos y mirándonos el uno al otro. Me paro y agarro el marco. Pensé que éramos felices.

—¿POR QUÉ? —le grito al vacío mientras arrojo el vaso contra la pared, viendo cómo el cristal se rompe en mil pedazos igual que lo ha hecho mi corazón.

# CAPÍTULO 9

*Dos mil kilómetros*

## Marialena

Los golpes en la puerta me despiertan.

—Servicio de habitaciones —dice la voz antes de volver a llamar.

El brillo de la luz del sol que asoma por las cortinas me hace entrecerrar los ojos hasta que consigo adaptarme a la luz de la mañana. Alargo la mano para agarrar los lentes de la mesilla de noche y me los pongo. Miro el reloj que hay junto al televisor y veo que marca las nueve y siete. Después de conducir ayer algo más de diez horas, tuve que parar a pasar la noche y acabé durmiendo en este hotel de las afueras de Cleveland. Fue un día muy largo.

Empecé empaquetando las últimas cosas que me quedaban y cargando el carro. Antes de salir del apartamento, llamé a mi madre para contarle parte de mi plan. Es la única persona a la que le conté que me iba. Me planteé no decirle nada, como a los demás, pero al final no me pareció la mejor idea. Opté por decirle que dejaba Massimo y Boston, pero no la razón ni adónde iba. Empezó con el típico discurso de culpabilidad que tan bien se le da. Pero estoy acostumbrada a sus métodos y sé que tengo que dejar que me lo diga todo. Cuando termine, podré hablar yo.

Me costó mucho convencerla de que lo mejor para las dos era que no supiera ningún detalle. De lo contrario, Massimo la acosaría hasta que cediera, y yo no quería ponerla en esa situación. También le pedí que transmitiera el mensaje a mi padre. Tendría más suerte hablando con él una vez que me hubiera ido. Con él, es mejor pedir perdón que permiso.

Nuestra conversación terminó con mi madre diciendo—: *Se dice el pecado pero no el pecador.* —Este fue el intento no tan sutil de mi madre de que le diera todos los detalles porque, en su mente, ella puede guardar un secreto y guardarlo bien. Excepto que no se trataba de ella, sino de Massimo.

En cuanto colgué, me subí al carro, conduje hasta el banco y tomé calle en dirección oeste. Quería llegar por lo menos a la mitad del camino a Des Moines, poniendo tanta distancia entre Boston y yo como fuera posible. Sabía que Massimo estaría desesperado buscándome y no podía arriesgarme.

Quito la manta de un puntapié y balanceo las piernas para ponerme de pie, de puntillas sobre la alfombra. Odio las alfombras y no entiendo por qué las tienen los hoteles. Abro la puerta de un tirón y dejo la palanca de seguridad en su sitio.

—Hola, me voy dentro de media hora —le digo. La mujer baja y fornida asiente, cierro la puerta y me dirijo al baño.

Una ducha rápida me refresca y me prepara para otro día en la carretera. Pero antes necesito un café y algo de picar. El recepcionista me atiende y, antes de irme, le pregunto dónde está la cafetería más cercana. Me indica un Starbucks a un kilómetro y medio de la carretera.

Me abrocho el cinturón y salgo a la derecha, con mi café grande en el portavasos y los cruasanes en la bolsa del asiento del copiloto. Mientras estoy en el semáforo, pongo mi disco *Todo a Su Tiempo* de Marc Anthony en el reproductor de CD y subo el volumen. Me encanta este disco, aunque me recuerda a la primera vez que llevé a Massimo a la fiesta de Nochebuena de mi familia.

Dios, espero haber tomado la decisión correcta. No tuve mucho tiempo para planearlo, pero con Massimo fuera este fin de semana, era mi mejor oportunidad para huir sin que se enterara. Probablemente ya esté asustado porque no me ha hablado. No quiero pensar en ello. Si no, empezaré a dudar de mi decisión.

La autopista se desdibuja, salida tras salida parecen iguales. Miro el reloj del salpicadero, que marca la hora, y compruebo el indicador de gasolina, que indica un cuarto de depósito. Es un buen momento para hacer una pausa, estirar las piernas, comer algo y reposar. Voy bien de tiempo, teniendo en cuenta que he salido tarde.

Tardo otras diez horas en llegar a Des Moines, Iowa, el lugar que había elegido como mi nuevo hogar. Cuando estaba en el instituto, leí el libro *Los puentes de Madison County* y me enamoré de sus paisajes. Cuando se estrenó la película, me enamoré aún más. Parecía hermoso, idílico.

El día que decidí dejar a Massimo, me vino a la mente el libro, y cuando miré un mapa, Des Moines era la ciudad más grande y cercana al condado de Madison que se describe en el libro, aunque es una ciudad pequeña en comparación con Boston. Aunque el condado de Madison me parecía precioso, sigo siendo una chica de ciudad.

Conduzco por las tranquilas calles de Des Moines, veo un hotel y entro en el estacionamiento. Me registro para pasar unas noches y, cuando llego a mi habitación, cuelgo el cartel de no molestar en el pomo de la puerta, giro la cerradura y cierro la palanca de seguridad.

Estoy agotada, tanto que renuncio a ducharme y lavarme los dientes, me quito la camiseta, los pantalones y los calcetines y me meto en la cama. Cuando me tapo con las sábanas y apoyo la cabeza en la almohada, ya es más de medianoche.

Es casi mediodía cuando abro los ojos. Me duele la cabeza, estoy aturdida, tengo sed y necesito desesperadamente un café. Me agarro el cabello y me meto en la ducha, disfrutando del agua caliente y de la extrema presión del agua que sale de la alcachofa, lavándome el largo viaje de ayer.

Una vez vestida, agarro un poco de pintalabios del estuche de maquillaje de mi cartera y me pongo delante del espejo. Mirándome fijamente, me pregunto—: ¿Qué he hecho?

Massimo debe estar buscándome. Debe de estar agitado y llamando a todos nuestros conocidos, volviéndolos locos con su insistencia. Sólo puedo esperar que no dure mucho y que acepte que me he ido y siga adelante. Que los dos podamos seguir adelante.

Saco la tapa del tubo del labial y me la paso primero por el labio superior, desde el centro hacia abajo, y luego por el labio inferior de izquierda a derecha, chocando los labios para extender el color, y vuelvo a tapar el tubo. Mientras compruebo mi barra de labios, veo algunos pelos sueltos en la zona de la barbilla. Cómo los odio. Agarro la pinza de mi neceser de maquillaje y pinzo los pelos rebeldes hasta que ya no los veo.

Salgo del hotel y giro a la izquierda, recorriendo las dos cuadras que me separan de la cafetería que el recepcionista de anoche me dijo que encontraría. El *Roasters Coffee House* no está lleno cuando llego. Agradezco la tranquilidad. Puedo disfrutar de mi café y mi panecillo y empezar a planear qué hacer a continuación. Mientras me tomo el café, veo un tablón de anuncios al fondo de la sala de estar.

Cuando termino de desayunar, me levanto y vuelvo al tablón para ver qué encuentro. Está lleno de folletos de eventos, música en directo, tutores y algunos apartamentos de alquiler. Arranco un folleto de música en directo y mis ojos siguen vagando. Vuelvo a los anuncios de alquileres, arranco los números de teléfono y vuelvo a mi mesa para agarrar la chaqueta. Al salir, me detengo y pregunto a la joven de la caja si sabe dónde puedo comprar un celular.

Camino las seis calles que me separan de la tienda de celulares, agradeciendo la luz del sol porque fuera hace frío. Una vez que tengo un teléfono y un número nuevos, me apresuro a volver al hotel porque quiero hacer algunas llamadas a los apartamentos que aparecen en el tablón de anuncios de la comunidad, a mi madre y a Luci. Ya deben de tener noticias de Massimo y quiero que sepan que estoy bien.

Antes de llamar a mi madre, marco la clave para que no puedan identificar mi número y pulso el botón verde del teléfono para enviar la llamada. Ella contesta al tercer timbrazo. *Hola.*

—Hola, Mami —le digo—. Estoy…

—Marialena, ¿estás bien? ¿Dónde estás?

—Mami, estoy bien. Llegué a la ciudad donde viviré un tiempo y quería avisarte. —Charlamos durante varios minutos sobre mi viaje en carro y que estoy buscando un apartamento y empezaré a buscar trabajo mañana. Por último, pregunto—: ¿Ha ido ya Massimo a tu casa?

—Sí, me llamó temprano esta mañana. Luego vino a casa hace una hora. Le dije la verdad, *yo sabía* que te ibas, pero no me diste ninguna información *porque* sabías que me la iba a pedir —me dice.

—Nena —se suaviza su voz cuando me llama por el nombre que me ha llamado desde que era pequeña—. No se ve bien. No sé lo que está pasando, pero ¿por qué no hablas con él? Nunca le he visto con este aspecto. Tiene los ojos rojos, ojeras, el cabello revuelto —proclama con voz de preocupación maternal.

Me duele el corazón al oír a mi madre describir a Massimo. Es exactamente como imaginé que reaccionaría, pero eso no disminuye el torrente de emociones que provocan sus palabras.

—Mami, por favor. Sé que es difícil para todos, para ti. Por favor, confía en que lo que estoy haciendo es lo correcto.

—Bueno, Nena. No entiendo, pero hago lo que quieres, aunque no esté de acuerdo —concede, suspirando con resignación.

—Mami, te llamaré de nuevo. Por ahora, no te daré mi número de teléfono, *por si acaso* Massimo te llama otra vez, o vuelve a tu casa. Si no sabes cómo localizarme, te será más fácil cuando hables con él. Así no tendrás que mentir.

—Bueno, Nena. Te quiero —dice.

—Yo también te quiero, Mami. —Pulso Finalizar.

La siguiente llamada que tengo que hacer es a Luci. No será tan fácil como la de mi madre, porque Luci me echará la bronca. Marco su número y, cuando me salta el buzón de voz, siento un gran alivio. Cuelgo sin dejar ningún mensaje. Volveré a llamarla más tarde. Mis dedos revolotean sobre el teclado, ansiosos por marcar el número de Massimo. ¿Le llamo? ¿Qué le digo? Empiezo a marcar su número, pero cierro el teléfono antes de terminar. No puedo. Oír su voz me diezmará.

En lugar de eso, lucho contra el impulso y agarro mi bolso de la cama, buscando los trozos de papel que saqué del tablón de anuncios de la comunidad. Llamo a cada uno de ellos, siempre contesta alguien, y programo una visita a los apartamentos para la mañana siguiente.

El folleto del evento de la junta comunitaria anunciaba música en directo en un bar llamado La Última Gota a partir de las nueve y media, a pocas calles del hotel. A las siete salgo hacia el local. Espero que haya algo decente en el menú, tengo hambre.

He visto que hay algunos bares por el camino. Será un buen sitio para buscar trabajo de cantinera. Tengo la esperanza de encontrar un trabajo rápidamente. Tengo dinero suficiente para unos meses, pero preferiría no tener que usarlo todo.

Mientras camino, sopla una ráfaga de viento que

me da escalofríos. Me meto las manos en los bolsillos y acelero el paso hasta La Última Gota. Al llegar, veo un cartel de que están buscando empleados en el escaparate. Tomo nota mentalmente de que preguntaré a alguien más tarde.

El interior de La Última Gota es precioso. Es todo de madera y está ubicado en un edificio antiguo reformado, pero el propietario conservó muchas de sus características originales: techos altos y vigas de madera. La barra es larga y de madera oscura.

Encuentro un taburete, dos taburetes más abajo de un tipo que lleva una gorra de los *White Sox*, me quito la chaqueta y la cuelgo en el respaldo antes de sentarme. Una mujer con el cabello rubio trenzado sobre los hombros me saluda con un ligero acento.

—*Grey Goose* y agua mineral con dos limones y un menú de comida también, por favor —digo.

Saca un menú de debajo de la barra y lo deja delante de mí antes de irse a prepararme la bebida.

Mientras espero a que la cantinera vuelva, miro a mi alrededor. Hay varios televisores repartidos por el local, todos ellos retransmitiendo algún acontecimiento deportivo. El escenario es mediano y el restaurante tiene unas treinta mesas. En este momento, el local está lleno hasta la mitad, lo que significa que probablemente esté muy concurrido. La mayoría de la gente lleva jeans y gorras de béisbol o camisetas de algún equipo. Es un ambiente relajado y familiar, como demuestran las pocas mesas en las que hay niños con lápices de colores para colorear sus menús infantiles. Por los altavoces suena *When I'm Gone* de Three Doors Down. Está alto, pero los clientes siguen conversando. Las paredes están adornadas con recuerdos locales: señales de tráfico antiguas, matrículas, fotos enmarcadas y recortes de periódico. Es un lugar muy local y me gusta su ambiente.

—¿Está lista para pedir comida? —pregunta la cantinera, dejando mi bebida en una servilleta de cóctel.

—Quiero la cesta de alitas y papas fritas, por favor.

—Claro, cariño —me dice, agarra el menú y se aleja para introducir el pedido en su ordenador.

Cuando vuelve la cantinera, me presento y le pregunto su nombre. Stevie, me dice.

—Stevie, he visto el cartel de 'se busca ayuda' en el escaparate. ¿Sabes para qué puesto están contratando? —le pregunto.

—Necesitamos otro cantinero —dice—. Uno de los chicos dio su preaviso. Su último día es el viernes de la semana que viene. ¿Por qué, estás buscando?

—De hecho, sí —le digo—. Acabo de llegar a Des Moines y estoy buscando trabajo. Trabajé de cantinera en Boston. Lo mío es la barra.

—Bueno, cariño, Hank, nuestro gerente, debería llegar pronto. Cuando lo vea, le diré que venga para que puedan hablar —dice antes de volver a la barra para ayudar a alguien.

Cuando termino mis alitas y mis papas fritas, un hombre mayor se sienta a mi lado y me saluda—: Hola, me llamo Hank. Stevie me ha dicho que buscas trabajo de cantinera. —Tiene el cabello sal y pimienta y una barbilla hendida que acentúa su mandíbula oblonga.

—Hola —Agarro la servilleta y me limpio las manos—. Lo siento, ahora tengo las manos un poco pegajosas, pero encantada de conocerte. Soy Lena —le digo, y con los nudillos me subo los lentes.

Él y yo charlamos durante varios minutos sobre mi procedencia, mi experiencia como cantinera y cuánto tiempo pienso quedarme en la ciudad. Se levanta para marcharse, pero antes de irse me pide que rellene una solicitud antes de irme, que es precisamente lo que hago.

De vuelta en la habitación del hotel, saco el teléfono de mi cartera para llamar de nuevo a Luci. Espero que esta vez conteste.

Marco su número, y contesta al primer timbrazo.

—Hola.

—Hola, Luci.

—¡Lena! ¿Dónde estás? ¡He estado jodidamente preocupada por ti! ¡Massimo está flipando! ¿Y por qué me llamas desde un número bloqueado? ¿Qué pasa? —espeta.

—Estoy bien. Llamo desde un número bloqueado porque no quiero que Massimo venga a buscarme, que es exactamente lo que hará si se entera de dónde estoy —le digo mientras me paseo de un lado a otro de la habitación.

—No lo entiendo. ¿Por qué te fuiste?

—No puedo decírtelo ahora, pero es algo que tenía que hacer. Te prometo que no tengo problemas ni nada. Tenía que hacerlo por Massimo.

—¿Por Massimo? ¿Qué significa eso, Lena? ¡Esto está realmente jodido! Lo sabes, ¿verdad?

—Sí, lo sé. Probablemente tendría una crisis si las cosas fueran al revés. Algún día lo entenderás. Pero por ahora, es así.

—¿Cuándo vas a volver?

—No lo sé —susurro.

—¿No lo sabes? ¿Así que te fuiste, y eso es todo?

—Por ahora, sí.

—Carajo, Lena, me estás asustando.

—Por favor, no lo estés. Estoy bien, lo prometo.

Estoy en otra ciudad, a miles de kilómetros Quiero que sepas que te quiero. Te hablaré de vez en cuando, ¿vale?

—No es como si tuviera elección. Estás tomando las decisiones de todos por ellos. ¡Qué porquería has hecho!

—Lo siento, Luci, pero esta es la mejor manera. Cuanto menos sepas, menos tendrás que mentirle a Massimo. Tengo que irme. Te quiero —le digo y pulso el botón Finalizar antes de que pueda decir nada más. Prácticamente puedo oír cómo me echa la bronca.

Tiro el celular sobre la cama y me tumbo sobre las almohadas. Menudo lío he montado. Espero que al final merezca la pena.

Me levanto de la cama y me quito la camiseta, tirándola al suelo, me desabrocho los jeans, dejándolos caer, y termino de quitármelos con los pies, una pierna cada vez. Me dirijo a la ducha, abro el grifo y dejo que se caliente mientras me desabrocho el sujetador y lo cuelgo del pomo de la puerta. Me agacho, me quito los calcetines y la ropa interior. Dejo los armazones en el lavabo y extiendo la mano para medir la temperatura del agua. Cuando está suficientemente caliente, acciono la palanca para abrir la ducha. Los últimos días han sido abrumadores, y esa llamada telefónica con Luci fue la culminación de todo.

Me meto en la ducha y dejo que el agua caliente me queme la piel mientras me hundo y me siento sobre las ancas. El agua y mis lágrimas fluyen libremente.

# CAPÍTULO 10

## *Negro*

## Massimo

UNOS DÍAS DESPUÉS

—Llevas días ignorando las llamadas de todo el mundo y mamá está preocupada. Me ha hecho venir a cerciorarme de que estás bien. Todos estamos preocupados por ti —dice mi hermano. Cruza la habitación y baja el volumen, con *Black* de Pearl Jam a todo volumen.

Lena se fue y mi mundo se ha inclinado sobre su eje. No puedo ver bien. Mis pensamientos son un caos. El dolor me oprime el pecho. Sin levantar la cabeza, miro a Rocco desde donde estoy tumbada en el sofá. Está de pie a la izquierda del equipo de música, con los pies separados y los brazos cruzados.

—Estoy bien. Ya puedes irte, joder. —replico y vuelvo a cerrar los ojos.

—Sí, porque estás muy bien, con la misma ropa que llevabas cuando te vi hace unos días y oliendo a whisky —resopla.

—¡He dicho que estoy bien, déjame en paz de una puta vez! —gruño.

—Deja de jugar al imbécil y levántate. Al menos date una ducha. Te haré algo de comer y ya me contarás.

Me pongo en pie de un salto y atravieso la habitación para encararme con él.

—¿Qué te lo cuente? Si quieres que te lo cuente, vale. La mujer con la que se supone que me voy a casar dentro de dos meses salió por la puerta sin decir una puta palabra. Se escabulló mientras yo estaba fuera y desapareció, sin dejar nada más que una nota de mierda con su teléfono y su anillo. ¡Y luego no vivieron jodidamente felices para siempre! Ya está, fin de la historia, ¡ahora déjame en paz! Necesito lidiar con esto sin ti ni nadie en mi cara. Y deja tu llave en el mostrador al salir —grito. Pulso el botón de retroceso del reproductor de CD y subo el volumen para ahogarme en la letra de la canción que actualmente es mi vida.

—A veces eres un gilipollas. No me extraña que Lena te dejara —dice antes de marcharse.

Varias horas después, me siento fatal por cómo he tratado a mi hermano, pero no puedo superar mi miseria y mi rabia lo suficiente como para llamarle y pedirle disculpas. Tiene razón. Soy un gilipollas.

Después de ducharme, llamo a mi madre porque se preocupa, y eso hace que se le suba la presión. Necesito que mi madre goce de buena salud. Ahora mismo no puedo soportar más malas noticias.

—Hola, mamá —le digo cuando contesta.

—*Figlio, come stai?*

—Estoy bien, mamá —miento.

—No suenas bien, Massimo —dice con su marcado acento italiano.

—Estoy triste. Estoy herido. Estoy enfadado. Pero estaré bien, mamá.

—Massimo, ¿por qué no vienes mañana y te hago *melanzane alla parmigiana*, eh? Es tu favorita —pregunta.

—Vale, mamá. Iré mañana, nos vemos. *Ciao.*

—*Ciao.*

Le dije a Benny que nos veríamos para tomar unas copas esta noche, pero antes voy a casa de Luci. Nunca contesta al maldito teléfono y quiero que me ponga al día. Además, el viaje me vendrá bien. Por fin hace buen tiempo, así que agarro la carretera escénica de Storrow Drive con las ventanillas abiertas y *The Memory Remains* de Metallica a todo volumen por los altavoces.

Treinta minutos después, estaciono en la entrada de Luci y corro hacia la puerta. Golpeo la puerta con el puño varias veces.

—¡Eres muy impaciente! ¡Tienes que calmarte! —La oigo decir mientras la abre. Antes de que se abra del todo, entro a empujones.

—Lo siento, estoy de los nervios, Luci. Apenas he dormido los últimos días. No puedo comer y he bebido demasiado whisky. Soy un desastre —me quejo. Debo de sonar como un cobarde, pero no consigo espabilarme—. ¿Sabes algo de ella? ¿Tienes noticias? —le pregunto mientras sigo caminando hacia la cocina, Luci arrastrando los pies detrás de mí.

—¡Massimo, primero, necesitas relajarte! ¡Tu actitud no va a arreglar nada! —Luci regaña.

—¡No estoy aquí para un maldito sermón! ¿Alguna novedad?

—¡Pues entonces cálmate! —replica—. No sé nada nuevo. Ya te he dicho que cuando hablé con Lena por teléfono, no quiso darme ningún detalle porque sabía que así… —Me hace un gesto con la mano hacia delante, de arriba abajo—. Es exactamente como actuarías tú.

—Joder, Luci. Estoy perdido. ¿Qué voy a hacer? —pregunto, más como una súplica de desesperación que como una pregunta que necesite respuesta. Saco una silla de la mesa de la cocina y me siento. Una avalancha de recuerdos me golpea.

## HACE TRES AÑOS

Lena me invitó a cenar porque Luci estaba fuera esa semana. Quería hacer comida puertorriqueña: arroz con gandules, chuletas y tostones. Nunca había probado la comida puertorriqueña, pero si Lena cocinaba, me lo iba a comer. Me senté a la mesa mientras ella paseaba su sexy trasero por la cocina: abre el refrigerador para agarrar ingredientes, buscó condimentos en los armarios, se agachó para abrir un armario y coger una sartén. Todo eso me ponía la polla dura como una piedra. Ya no pude sentarme a mirarla. Me puse en pie, atravesé la cocina en tres pasos rápidos, la rodeé con los brazos por la cintura, de espaldas a mí, y entierro la nariz en su cuello.

—Joder, Lena, eres tan sexy. No puedo quedarme ahí sentado viéndote mover así por la cocina —le murmuré en la oreja derecha.

—Mmm, ¿es verdad? —se burló, levantando las manos y enredándolas en mi cabello—. ¿Qué vas a hacer al respecto?

—Bueno, empezaré por… —Le puse las manos en las caderas y la giré para que me mirara—. Besar esos dulces labios.

Le quité los lentes y los dejé caer sobre la encimera. Le rodeé la cara con las manos y nuestros labios chocaron. Separé sus labios con la lengua y ella gimió. Mientras le chupé los labios, dejé caer las manos, que subían y bajaban por los laterales de sus muslos hasta desabrocharle los jeans.

—Por favor, Massimo —suspiraba mientras le bajaba la cremallera de los pantalones y se los bajé por las caderas.

—Dime lo que quieres, Lena —murmuré, sin querer distanciarme de ella, mientras mis manos se abrían paso hasta sus bragas.

—Quiero sentirte dentro de mí. Cada centímetro —gimió mientras bajó las manos hasta mi cinturón, que empezó a desabrochar.

—Agarra lo que quieras —respondí.

Terminó de desabrocharme los jeans, me los bajó hasta que cayeron hasta los tobillos. La levanté para que se apoyara en la encimera de la cocina y me guío hasta su entrada, introduciéndome en su humedad. Gimió de placer.

—Todo lo que tengo es tuyo —le dije mientras me deslizaba dentro y fuera de ella. Sus brazos me rodearon el cuello y su cuerpo ágil me acogió. Recibía mis embestidas con las suyas hasta que nos ordeñamos mutuamente.

—Massimo, ¿me estás escuchando? —grita Luci, devolviéndome al aquí y ahora.

—¿Qué has dicho?

—¡A veces eres tan gilipollas! Me pregunto si te mereces lo que hizo Lena —me dice. *Ouch, eso duele, pero me lo merezco porque estoy bastante insoportable ahora mismo.*

—¡Vete a la mierda, Luci! —replico.

—Sé que no quieres pensar en ello, pero ¿qué vas a hacer con la boda? Sigue en pie. Tienes que empezar a cancelar cosas. La gente viaja, es lo mínimo que debes hacer —me dice suavizando el tono—. Te ayudaré en lo que pueda.

—Uf, no quiero pensar en eso —murmuro, sobre todo después de los recuerdos que acaban de reproducirse en mi mente—. ¿Y si vuelve? Creo que debería esperar —digo, intentando convencerme a mí mismo más que a Luci.

—Bueno, odio ser portadora de malas noticias, pero, afrontémoslo, no creo que se case contigo. Quiero decir, agarró sus cosas y se fue de tu casa. —Sus palabras son como sal en una herida.

—Siempre puedo contar contigo para echar más leña al fuego, Luci, gracias —replico, levantándome de la silla y marchando hacia la puerta principal.

Mientras me sigue, Luci dice—: Mira, sé que no quieres pensar en que no volverá, en la boda, en nada de eso, pero tienes que afrontarlo. Asúmelo. Además, estoy de tu lado porque estoy cabreada con Lena. Este truco que hizo nos está afectando a todos. Fue muy egoísta por su parte no decirnos nada a ninguno de nosotros —dice Luci enfadada.

La ignoro y salgo por la puerta hacia el carro. El motor gira y necesito acallar la tormenta que se avecina en mi interior, así que navego por los canales y subo el volumen mientras escucho *In My Darkest Hour* de Megadeth.

—Tienes mala cara —me dice Benny cuando me acerco a él sentado en la barra de *Prezza*, el restaurante del que Nick es cantinero. A menudo nos reunimos aquí para tomar unas copas cuando Nick trabaja en la barra. La clientela es mayoritariamente local, gente que vive en el barrio, o cantineros de otros locales de la zona. Esta noche, el bar no está muy concurrido y el comedor está medio lleno. Es un sitio agradable. Los clientes van bien vestidos, pero no son formales. No hay televisores por ninguna parte, y los Gipsy Kings suenan por los altavoces. Veo a uno de mis amigos y a su mujer sentados en una mesa del comedor del fondo y les saludo con la mano.

—Ha sido una semana de mierda. ¿Qué puedo decir? —resoplo. Benny me conoce bien; ya tiene un whisky esperando en la barra para mí.

Él y yo hemos sido amigos toda la vida. Nos conocimos en la escuela primaria y desde entonces hemos sido inseparables. Tiene cinco hermanas -dos mayores y tres menores-, así que pasaba mucho tiempo en mi casa, siempre intentando escapar de estar rodeado de todas esas mujeres. Decía que le volvían loco con sus quejas.

Casi muere el año pasado en un accidente de carro. Benny iba en carro a recoger a Dom cuando un gilipollas le embistió tras saltarse el semáforo. Estuvo una semana en coma y otras dos en la UCI del Hospital General. Después tuvo que hacer fisioterapia y estuvo meses sin trabajar. Fue una época dura para todos nosotros. Benny solía llevar siempre el cabello corto, pero desde el accidente se deja crecer la parte superior de su cabello castaño oscuro para cubrir la larga cicatriz que le cruza el cuero cabelludo. También tiene cicatrices en los brazos, con pequeñas manchas oscuras arriba y abajo por los fragmentos de cristal que se le incrustaron en la piel. Pero lo que más odia son las pequeñas cicatrices que tiene en el cuello y la cara. Benny no ha vuelto a conducir ni a ser el mismo desde entonces. Le jodió mucho la cabeza.

—¿No hay noticias?

—Nada —digo antes de tomarme el whisky—. Dame otro —le pido a Nick mientras dejo el vaso vacío sobre la barra.

—¿No hay pistas, nada? Es decir, con toda la gente que conocemos, ¿nadie sabe nada? —pregunta Benny.

—No. Fui al banco y hablé con Nina. Me dijo que vio a Lena el viernes por la mañana, el día que se fue. Dijo que Lena hizo un gran retiro, básicamente vació su cuenta, pero no la cerró. Pensándolo bien, Lena probablemente lo hizo así para que Nina no me llamara porque sabe que Nina y yo somos amigos. Aparte de eso, nadie la vio— explico, golpeando la barra con los dedos, esperando mi copa.

—Joder, amigo. Lo ha planeado bien —bromea

Benny.

—Gracias por decir lo obvio, gilipollas —le digo, mirándole de reojo mientras niego con la cabeza.

Nick llega con la botella de Jack a cuestas, llena mi vaso y lo deja sobre la barra.

—Parece que vas a chupar Jack toda la noche —dice riendo por lo bajo.

Conocí a Nick jugando en las canchas. Era nuevo en el barrio, lo que automáticamente me hizo desconfiar de él. Llevaba el pelo largo en una coleta y era muy activo en la zona de anotación. Con el tiempo, nos hicimos amigos. Participó en la guerra del Golfo y, cuando regresó, se fue a vivir con su tía aquí, en el norte de la ciudad. Nick creció en Cape Cod, pero después de la guerra quiso cambiar de aires. Encajó perfectamente en mi equipo.

—¿Supongo que el viaje de despedida de soltero está cancelado? —Benny pregunta.

—Como despedida de soltero, sí, pero todavía quiero ir a Las Vegas. Necesito ir. Después de todo lo que ha pasado, tengo que salir de aquí, y qué mejor sitio que Las Vegas para olvidarlo todo —les digo.

Al unísono, ambos dicen—: Cuenta conmigo.

—Nada como las mujeres de Las Vegas para hacerte olvidar —agrega Benny.

—Eres amigo del gerente del Hotel Boston Harbor,

¿no? —le pregunto a Benny.

—Sí, ¿por qué?

—Tengo que cancelar la boda. Pagamos un dineral por el anticipo. Quizá pueda hacer algo para recuperar parte del dinero —le digo.

—Le llamaré, a ver qué puedo hacer por ti. No prometo nada —responde.

—La historia de mi vida. Nada está escrito —digo, y me bebo otro whisky.

# CAPÍTULO 11

*Apatía*

## Marialena

AGOSTO DE 2004

Las noches de los jueves en La Última Gota son ajetreadas porque es la primera noche de la semana con música en vivo. *Red Brick City*, un grupo local que toca todos los jueves por la noche, lleva tocando desde antes de que yo empezara a trabajar aquí. Tienen muchos seguidores que les siguen cada semana. Se suben al escenario a las nueve y media, cuando termina el ajetreo de la cena y la mayoría de las familias ya se han ido.

—Eh, Lena, ahí viene tu hombre —bromea Stevie desde el otro extremo de la barra.

—¡Él no es mi hombre!

—Sigue diciéndote eso —dice—. Llevas meses acostándote con él y es como un perro, sigue todos tus movimientos. Yo diría que es tu hombre.

—¡Como quieras! —Molesta con ella, me alejo, sacando papelitos de la impresora para preparar algunas bebidas para la barra de servicio. Sirvo dos cervezas y un gin-tonic y las dejo en la zona de servicio con sus tickets. Cuando levanto la vista, Nate está a mi derecha, sonriendo.

Nate es el baterista de *Red Brick City*. Nos conocimos oficialmente unas semanas después de que yo empezara a trabajar aquí, cuando se sentó en la barra durante su descanso y pidió un Sam Adams. Stevie, que siempre intenta ser simpática, le dijo—: Qué curioso, te encantan el Sam Adams y los Red Sox. ¿Sabías que Lena es de Boston? Seguro que también te encanta. —Así empezaron las cosas entre nosotros.

Al principio, hablábamos cuando venía a tocar. Después de un par de meses, empezó a venir temprano para sentarse en el bar, comer y charlar conmigo. Nate no es el tipo de chico que me suele atraer, así que al principio no pensé en liarme con él. Tiene el cabello rubio oscuro, desgreñado, con largos mechones que sobresalen por todas partes, lo que acentúa sus penetrantes ojos azules. Tiene la piel clara, la nariz pequeña y ligeramente torcida y los labios finos.

Cada semana que venía, le conocía un poco más. Cada vez me gustaba más. Me parecía gracioso que, cuando hablábamos, relacionara casi todo con una canción. Siempre cantaba una letra al azar. Es un buen tipo, dulce, y me colma de atenciones. En la mayoría de las circunstancias, eso sería algo bueno, pero cuando lo conocí, mi corazón estaba destrozado y yo no me encontraba en un buen momento. Era fácil evitar hablar de mí misma porque normalmente estaba trabajando durante nuestras conversaciones.

Las primeras veces que me pidió que saliera con él, lo rechacé. Le había dicho que no buscaba una relación. Al final, le dije que sí porque pensé que me ayudaría a llenar un vacío. Pensé que salir con él me ayudaría a superar lo de Massimo. Me equivoqué. Aparte de tener buen sexo con él regularmente, no me ha ayudado. Al contrario, me hace sentir una persona terrible porque básicamente le estoy utilizando para tener sexo, y él no se merece eso. Por no mencionar que sigo pensando en Massimo todos los días. Cada vez que tengo sexo con Nate, es a Massimo a quien veo. Qué gilipollez.

Hemos estado pasando tiempo juntos algunos días a la semana, aunque nunca paso la noche en su casa. Hace poco más de seis meses que empezamos a salir, pero no me comprometo, no puedo comprometerme. Mi corazón no está en ello, lo cual es horrible por mi parte porque él es un gran chico, se merece a alguien que se entregue por completo a la relación. Sé que Nate quiere eso de mí. Cada vez que saca el tema, evito la conversación de alguna manera.

—Hola, guapa —me saluda Nate, tomando asiento en el taburete junto a la barra de servicio.

—Hola. —Dejo una botella de Sam Adams sobre la barra y me apoyo en mi cadera derecha—. ¿Sabes lo que quieres comer, o quieres un menú?

Nate pide su comida, y charlamos un rato entre que sirvo a los clientes hasta que llega la hora de que se prepare para su set de esta noche.

—¿Quieres que quedemos luego? —me pregunta antes de salir del bar, apoyando su mano sobre la mía mientras espera mi respuesta.

—Claro. —Retiro la mano y le doy la espalda, sintiendo su mirada mientras lo hago.

—Quiero más —dice Nate. Estamos tumbados en mi cama, desnudos y destapados, todavía con la respiración agitada por el sexo que acabamos de tener. Ya sé hacia dónde se dirige esta conversación.

—¿Más qué?

—Nosotros. Quiero más. —Se sienta para quitarse el condón, hace un nudo con la parte superior y lo deja en el suelo.

—¿Qué quieres decir? —pregunto, incorporándome para alcanzar mis lentes en la mesilla de noche, agarrando mi camiseta del suelo.

—Sabes exactamente lo que quiero decir. Llevo semanas intentando sacar el tema y siempre encuentras la manera de evitar la conversación. Así que hablemos ahora. —Se acerca a mí, estira la mano y frota la yema del pulgar sobre mi lunar.

Por primera vez, su tacto me da escalofríos; sentir su piel sobre la mía me hace sentir sucia. Nunca debí dejar pasar tanto tiempo. Mi instinto siempre me dijo que esto estaba mal, y lo ignoré. Lo único que hacía era alimentar sus deseos, darle falsas esperanzas de tener una relación conmigo.

—Sabías cuando empezamos a salir que no quería una relación. Nada ha cambiado. Esto es todo lo que puedo darte. —Le miro fijamente, pero desvía la mirada.

—Esto… —hace un gesto con las manos entre los dos—. ¿Qué es?

—Somos amigos con derecho a roce, follamigos, como quieras llamarlo. —Aparto la mano.

Nate entrecierra los ojos y se queda con la boca abierta.

—Llevamos juntos seis meses, ¿y así es como nos llamas?

Jugueteo con los lentes en mi cara y me giro para mirar por la ventana.

—Sí, así nos llamaría porque no estamos juntos.

—Lena, estoy tratando de tener una conversación contigo. ¿Puedes al menos mirarme?

Me muevo y mis ojos vuelven a encontrarse con los suyos.

—Si no estamos juntos, ¿entonces qué somos? —Sus ojos enrojecidos me suplican.

—Acabo de decírtelo. Somos amigos con derecho a roce, nada más.

—¿Por qué no te comprometes conmigo, con nosotros? Podríamos estar bien juntos. —Me roza la mejilla con el dorso de la mano y se me revuelve el estómago.

Me levanto, atravieso la habitación y me detengo junto a la puerta.

—No quiero una relación, no es lo que estaba buscando. Creo que tienes que irte.

—¿Qué? ¿Hablas en serio? —Salta de la cama y cruza la habitación para pararse frente a mí, su proximidad hace que me estremezca y me aleje de él—. Lena, no hagas esto. —Intenta agarrarme la mano, pero se la retiro de un tirón antes de que pueda aferrarse a mí.

—Nate, lo siento. Tienes que irte. No podemos seguir haciendo esto.

—¿Por qué no quieres hablar conmigo, abrirte? Lo estoy intentando. Lánzame un hueso, algo.

—No lo intentes, Nate. No valgo la pena. No tengo nada que darte. —Cruzo los brazos.

—No me dejas hacer preguntas. No quieres hablar conmigo. Al principio eras cerrada, pero pensé que con el tiempo se te pasaría, te abrirías conmigo y estarías dispuesta a tener una relación. Aquí estamos, seis meses después, y sigues siendo la misma chica cerrada. ¿Qué te ha pasado?

—No voy a hablar de eso contigo. Ahora, ¿puedes irte, por favor?

—Sabes, Lena, lo que estás haciendo está muy mal. ¿Ha sido esta tu intención todo el tiempo, usarme para follar?

—Sí. —Puedo ver el dolor que se extiende por su cara ante mis palabras, me siento fatal por decirle eso. Pero tengo que terminar con él porque no puedo darle lo que quiere. Estoy vacía por dentro y no tengo nada que ofrecerle.

—Vaya. —Recoge sus jeans del suelo. Una vez vestido, sale de mi habitación y se dirige a la salida. Le sigo.

Antes de abrir la puerta para irse, se detiene y dice—: Sabes, no esperaba que la respuesta a esa pregunta fuera un sí. Eso duele mucho, y ni en un millón de años te creí capaz de ser una perra tan fría y despiadada. —Abre la puerta y se va, dando un portazo tras de sí.

Tiene razón. Soy una perra sin corazón. Lo perdí el día que dejé a Massimo.

Estoy conduciendo hacia Winterset, Iowa, la ciudad donde se encuentran todos los puentes cubiertos de *Los puentes del condado de Madison*, los puentes que me llevaron a escapar a Des Moines en primer lugar. He estado aquí varias veces desde que me mudé a Des Moines el año pasado, y disfruto del trayecto de cincuenta kilómetros. Lo suficientemente largo como para despejarme, pero lo suficientemente corto como para hacerlo con regularidad. La radio suena de fondo y por los altavoces suena *Life Will Go On* de Chris Isaak, como si me estuviera cantando.

Este paseo en carro me recuerda a los que Massimo y yo solíamos hacer a Crane Beach, en Ipswich, ya fuera para pasar el día o para quedarnos unas noches. Salíamos a cenar y paseábamos por el paseo marítimo, hiciera el tiempo que hiciera. Los dos somos amantes del mar, y Crane Beach era nuestra favorita. El pasado septiembre fue la última vez que estuvimos allí juntos, ya que no tuvimos tiempo de ir el invierno pasado.

# EL AÑO PASADO

—Lena, nos vamos a la playa. Alquilé una habitación en el hotel que nos gusta por un par de noches.

—Tengo que trabajar mañana por la noche. No puedo ir.

—Tengo tu turno cubierto. Haz la maleta.

Estábamos a mediados de septiembre y aún hacía calor para ir a la playa. Durante el verano, Massimo y yo solíamos ir a la playa una vez a la semana. A veces íbamos los dos solos, otras veces con un grupo de amigos o familiares. Él sabía que me relajaba; el aire salado y las olas del mar eran terapéuticos. A Massimo le gustaba decir que es por mí, pero cada vez que estábamos sentados en la arena, le miraba a hurtadillas y veía su cara visiblemente relajada. Siempre estaba ocupado y en movimiento, ya sea con los restaurantes o con su familia, y casi ni dormía.

—¿Por qué el viaje de última hora?

—¿Por qué no? Hemos estado muy ocupados las últimas semanas con el ajetreo turístico del final del verano, y quiero pasar unos días los dos solos. ¿Qué mejor lugar que la costa norte para una escapada rápida con mi chica, tranquila, romántica y con algunos de los restaurantes de mariscos que nos gustan?

Me abrazó y me besó en la sien.

A Massimo le gustaban las sorpresas y los viajes de última hora. Era espontáneo, y eso me encantaba de él.

—Vale, ya sabes que me encanta estar allí. Nunca diré 'no' a la playa. —Fui a mi armario a buscar mi bolsa de fin de semana para hacer la maleta.

Extendimos la vieja sábana sobre la arena y nos tumbamos sobre ella. El sol de septiembre calentaba, y quería disfrutar de él hasta el último momento, porque el frío se acercaba sigilosamente. Era martes por la tarde y la arena que nos rodeaba está casi vacía. Atrás habían quedado los días de verano que llenaban la arena de sombrillas protegiendo a los bebés del sol, niños construyendo castillos de arena desiguales o cavando agujeros para llenarlos de agua, neveras llenas de bebidas y embutidos para los bocadillos.

Massimo siempre llevaba su radio a la playa. Ese día escuchábamos su música italiana favorita. Suena *Questo Piccolo Grande Amore* de Claudio Baglioni. La primera vez que la oí, le pregunté qué significaba la letra, y me dijo que trataba del amor juvenil de verano y las intensas emociones que lo acompañan. Me dijo que su madre la ponía a menudo porque le recordaba cuando ella y su padre eran jóvenes, y Massimo era un niño. Ojalá entendiera bien la letra, porque la melodía era preciosa.

Había una pareja cerca de la orilla sentada en sillas de playa, dejando que el agua les salpicara los pies mientras observaban a un niño pequeño jugar. Dos personas corrían por la playa, uno descalzo y el otro en tenis. Estaba apoyada en los codos, mirando al horizonte, con la cabeza de Massimo apoyada en mi vientre. El océano estaba en calma, no rugía como de costumbre, que hacía chocar las olas a un ritmo furioso.

—Así seremos cuando tengamos hijos. Voy a comprarnos una casa en la playa para descansar y relajarnos.

—Suena perfecto.

Massimo me dio un beso rápido y se levantó de un salto antes de decir—: Tengo hambre, voy al *Snack Shack* por unos rollitos de langosta y patatas fritas. ¿Quieres algo más?

—No, está bien. Todavía tenemos algunas bebidas en la hielera.

Los rollos de langosta eran mi comida favorita del verano. Siempre han sido una tradición en Nueva Inglaterra. Me gustaban fríos. A Massimo le gustaban calientes con mantequilla. Siempre debatimos sobre cuál sabía mejor.

Después de comer nuestros rollitos de langosta, descansamos en la playa hasta que el sol empezó a caer y el frío nos obligó a marcharnos. Los días de relax nosotros solos eran escasos. Con los horarios que teníamos, rara vez pasábamos tiempo de calidad así juntos, aunque vivamos en el mismo apartamento. Me alegraba de que hayamos hecho un último viaje a la playa antes de que llegara el invierno.

Winterset es una ciudad pintoresca y tranquila. Primero me detengo a desayunar en el *Northside Cafe*, un lugar histórico en el centro de la ciudad que tiene unos huevos benedictinos para morirse. Después de desayunar, conduzco hasta el *Holliwell Covered Bridge* Es mi favorito de los seis puentes. El puente en sí es precioso, con su madera pintada de rojo y blanco, pero es mi favorito porque está situado sobre el río Middle, y escuchar el agua correr río abajo me tranquiliza. Necesito un lugar tranquilo para pensar y aclarar mis ideas.

Cuando aún vivía en Boston, ese lugar era una de las playas cercanas. Winthrop o Revere siempre funcionaban, aunque no fueran mis favoritas. Las olas y el aire salado hacían maravillas para despejarme. El río Middle está muy lejos del mar, pero es relajante. Me siento en la zona rocosa junto al río, a la izquierda del puente, y respiro hondo varias veces. Me escuecen los ojos por las lágrimas y me duele el corazón por el aplastante peso de lo que he dejado atrás y en lo que se ha convertido mi vida.

Me siento desesperada, sola y vacía.

Romper con Nate fue lo correcto, así que ¿por qué me siento tan mal por ello? Sé que tenía que hacerlo, sobre todo por él, pero también por mí. En los últimos seis meses, hemos tenido mucho sexo. Pero, a pesar de disfrutar del sexo con él, yo estaba distante. Mi corazón estaba fuera de los límites. Rara vez era capaz de mirarle a los ojos, y nunca expresé ningún sentimiento hacia él. Puede que el sexo con Nate me satisficiera físicamente, pero me agotaba emocionalmente. Lo peor es que le había utilizado y empezaba a odiar a la persona en la que me estaba convirtiendo. Jodida como es, sentí que estaba traicionando a Massimo, lo cual es ridículo, considerando que lo dejé. Sin importar cuánto tiempo pasé con Nate, no puedo dejar de pensar en Massimo.

Día tras día, el arrepentimiento me corroe. No puedo quitármelo de encima, y ya ha pasado más de un año. Creía que a estas alturas al menos se habría atenuado, que la distancia lo haría más fácil de olvidar. En lugar de eso, la desesperación me roe la piel, y todo lo que pensé que sería no es. Todos los planes que me hice se desbaratan. Robert Burns lo dijo mejor que nadie: los mejores planes de ratones y hombres a menudo se tuercen.

Incluso trabajar en La Última Gota me recuerda a Massimo. Es la escena del bar, mezclar bebidas, almacenar el inventario, las cosas cotidianas que conlleva el trabajo. Aunque trabajaba de cantinera antes de conocer a Massimo, era nueva en esto. Fue Massimo quien me animó a unirme a su negocio familiar. Echo de menos todo y a todos en mi antigua vida. Estoy entrando en una espiral de depresión y necesito hacer algo para detenerme.

—Hola, Luci —la saludo después de que responde a mi llamada al segundo timbrazo—. Me alegro de que hayas contestado. Ahora mismo necesito una amiga de verdad. —Me siento en el sofá, cruzo las piernas y me tapo con una manta.

—¿Qué pasó, Lena? ¿Está todo bien?

—Sí. No. No lo sé. Estoy tan sosa últimamente. No sé qué hacer conmigo misma.

—¿Por qué no vienes a casa?

—Aún no estoy preparada para hacerlo.

—Entonces, ¿supongo que tampoco estás lista para decirme por qué te fuiste?

—Ugh. No, pero por favor no me sermonees, no hoy. He tenido una semana terrible y sólo necesito una amiga.

—Eso es lo que hacen los amigos, Lena. Te sermonean cuando eres terca y haces estupideces. ¡Es literalmente la descripción de mi trabajo!

—¿Vendrás a visitarme?

—¿Qué? ¿Vas a decirme dónde estás?

—Sí, pero tienes que prometerme que nunca se lo dirás a Massimo ni a nadie de su gente.

—No los veo ni hablo con ellos. ¿Cómo se lo diría? Además, soy tu mejor amiga. Puedes confiar en mí.

—Lo sé, pero nunca se trató de que no confiara en ti. Se trataba de protegerte de la persistencia de Massimo. Ya sabes cómo es.

—¡Siempre! Fue casi todos los días después de que te fuiste, pero no he visto o escuchado de él en meses. Supongo que siguió adelante.

—¡Le echo de menos! ¡Tanto, joder! Me duele el corazón por él.

Sólo oigo la respiración constante de Luci. Sé que intenta morderse la lengua porque no siente ninguna simpatía por mí en lo que respecta a mis sentimientos por Massimo.

—¿Recuerdas a Nate, el tipo que mencioné que estaba viendo?

—Sí.

—Rompí con él. Seguía pidiéndome compromiso, y yo no podía hacerlo, no podía darle más.

—¿Pensé que te gustaba?

—Es un buen tipo, pero nada más. Siempre le había dicho que no quería una relación, pero se imaginó que cambiaría de opinión. Pensé que el sexo sin ataduras sería fácil, pero no lo es. Es tan complicado como una relación, quizá más. Cuanto más tiempo pasábamos juntos, peor me sentía conmigo misma. Empecé a sentir vergüenza porque lo estaba usando para saciar mis ganas de sexo. Yo no soy así.

—Al menos lo has reconocido y sabes que no debes volver a hacerlo.

—Supongo. ¿Cómo de jodido es que sintiera que estaba traicionando a Massimo? —Dejo caer la cabeza hacia atrás, soltando un largo suspiro.

—Tienes que superarlo.

—Fue el mayor error de mi vida del que me arrepiento profundamente, y no puedo volver atrás, joder. —Las lágrimas gotean de mis ojos ardientes.

—Te quiero, Lena, pero te has hecho la cama. Todo esto es obra tuya. Elegiste ser egoísta, así que no lo siento por ti. Siento no tener palabras más amables, pero tienes que dejar de lamentarte y seguir adelante.

—Sé que tengo que hacerlo, pero me siento como atrapada en una rueda de hámster. —Mis latidos aumentan y exhalo fuerte para intentar calmar mis nervios.

—Haz algo al respecto. En todos los años que te conozco, nunca has sido de los que se sientan a pensar. ¿Qué vas a hacer para cambiar tu estado de ánimo?

—He estado pensando en buscar un nuevo trabajo, pero realmente no creo que eso sirva. Quiero decir, cantinera es cantinera. Incluso eso me recuerda a Massimo.

—Cuando éramos pequeñas, solías hablar de ser abogado, e ibas a hacer el LSAT antes de irte. ¿Lo has pensado?

—Sinceramente, no he pensado en nada. Últimamente tengo el cerebro hecho papilla. Necesito salir de este puto bache en el que estoy.

—¿Por qué no lo investigas de nuevo? Te graduaste en la universidad con un promedio perfecto. Eres luchadora, y puedes discutir con cualquiera. Oh, y en caso de que no lo sepas, eres un poco terca. Serías una gran abogada, ¡y estoy segura de que entrarías en la facultad de derecho! Te conozco de toda la vida y siempre has conseguido todo lo que te has propuesto.

Esto no es diferente.

—Cierto. Sé que ahora estoy en mi cabeza. Necesito salir de mi propio camino. Necesito averiguar cómo seguir adelante a pesar de esta persistente palpitación en mi pecho. Tampoco he estado haciendo ningún tipo de ejercicio. Definitivamente, eso tampoco ayuda.

—Mira, no sé por qué te fuiste, y tal vez nunca lo sepa, pero obviamente fue algo que consideraste lo suficientemente importante como para alejarte del hombre que amas.

—Lo es.

—De acuerdo. Ya está. Con eso basta. Recuérdate a ti mismo que todo este dolor de cabeza que causaste y por el que te hiciste pasar, por el que nos hiciste pasar a todos, fue por un propósito y deja de darle vueltas al hubiera, hubiera podido, hubiera debido.

—Hablar contigo siempre me hace sentir mejor, incluso cuando me sermoneas.

—Lo sé, soy increíble —ella afirma. Prácticamente puedo verla radiante a través del teléfono.

—Realmente lo eres. No sé qué sería de mi vida sin ti, Luci, de verdad. Te besuqueo.

—Te besuqueo más.

—Entonces, ¿vendrás a visitarme? Estoy en Des Moines.

—¿Iowa? Nunca hubiera imaginado que te habías

escapado allí.

—Precisamente por eso lo elegí.

—Inteligente. Probablemente pueda salir en unas semanas. Déjame revisar mi horario de trabajo, y veré si puedo tener una semana libre. Te lo haré saber en unos días.

—Estoy muy emocionada por verte. No veo la hora de abrazarte. Avísame en cuanto lo sepas para que pueda tomarme los días libres en el trabajo.

—Yo también estoy emocionada chica, y lo haré. Hablamos pronto. Adiós.

—Adiós.

—Cenemos en el nuevo sitio mexicano que han abierto. Me vendrían bien unas margaritas. Además, necesito detalles sobre por qué rompiste con Nate —me dice Stevie.

Stevie y yo tenemos libres los lunes por la noche y quedamos para cenar todas las semanas. Ella insistió en ello después de forzar su entrada en mi vida. Me alegro de que lo hiciera. Stevie ha sido una gran amiga. Me recuerda a Luci en muchos aspectos. Sé que se querrán cuando se conozcan dentro de unas semanas cuando Luci venga de visita.

Stevie tiene el cabello largo y rubio, grueso y liso. Utiliza un rizador para rizar las puntas en grandes rizos sueltos. Su rostro en forma de corazón siempre está maquillado con base y colorete. En sus ojos almendrados nunca falta el delineador ni el rímel, y sus labios afilados están pintados con carmín. Rara vez la veo sin maquillar.

Le conté a Stevie lo de Massimo y la mayor parte de mi historia de cómo acabé en Des Moines, excepto que ella no conoce mi secreto. No estoy lista para compartir eso con ella ni con nadie.

Pedimos nuestras margaritas y la cena, y le cuento a Stevie los detalles de lo que pasó con Nate la otra noche, ya que no hemos tenido mucho tiempo para charlar desde entonces.

Suspiro y bebo un sorbo de mi margarita.

—Has estado muy rara últimamente. Quería preguntarte qué te pasa.

—He estado deprimida y me siento estancada.

—Bueno, sí he aprendido algo de ti desde que te mudaste aquí el año pasado, harás algo. No puedes quedarte quieta.

Bebo un poco de mi margarita, lamo la sal del borde y me la esparzo por la boca.

—¿Por eso terminaste con Nate?

—No lo sé. —Me encojo de hombros y juego con

la pajita que flota en mi margarita—. Creo que más que nada terminé con él porque se merece a alguien que corresponda sus sentimientos. Esa nunca seré yo. Además, empezaba a sentirme fatal conmigo misma.

—Pensé que te gustaba.

—Es un buen tipo, pero no quiero una relación. Al menos no ahora.

—Sé que amabas a Massimo, pero necesitas seguir adelante.

—Eso es lo mismo que Luci me dijo el otro día. Es más fácil decirlo que hacerlo.

—Sí, pero no puedes seguir así para siempre.

—Ya sé. Creo que voy a solicitar plaza en la facultad de Derecho.

Stevie abre mucho los ojos.

—¿Facultad de Derecho? Vaya, eso es intenso.

—Sí, seguro que sí. Iba a hacerlo antes de dejar Boston, pero entonces mi vida se vino abajo y me mudé. Pero ahora me viene bien el reto y creo que estoy preparado para hacerlo.

—Suena genial. Deberías hacerlo. ¿Dónde lo solicitarías?

—Quiero quedarme aquí. Aunque necesite un cambio en mi vida, no me apetece volver a mudarme. La Facultad de Derecho de la Universidad Drake está aquí, en Des Moines, y tienen un programa a tiempo parcial. Voy a conducir hasta el campus esta semana para recoger un paquete de admisión.

—¿Cuánto dura el programa?

—No estoy segura, pero creo que cuatro años.

—Qué emocionante. —Stevie extiende su mano para apretar la mía.

—Lo es, y me siento muy bien por ello. Por primera vez en mucho tiempo, estoy realmente deseando algo y emocionándome.

—Bueno, cualquier cosa que necesites, estoy aquí para apoyarte. —Brindamos con nuestras margaritas y bebemos.

# CAPÍTULO 12

*Primogénito*

## Marialena

MAYO 2009

El nombre de Luci parpadea en la pantalla de mi teléfono.

—Hola, Luci.

Es sábado por la tarde y hago una pausa en mis estudios para prepararme un bocadillo. Miro el reloj: La una de la tarde. Tengo que ir a trabajar a las cuatro y media. Puedo estudiar un par de horas más antes de irme.

Mi último examen final es el martes que viene, y luego tendré una semana libre antes de que empiecen las clases de verano. Sigo trabajando de cantinera en La Última Gota, pero ahora sólo hago turnos los fines de semana o para sustituir a alguien cuando Hank necesita ayuda. El dinero extra siempre es bienvenido.

El verano pasado empecé a trabajar en un bufete de inmigración como asistente jurídica del abogado que lleva los casos de inmigración penal. Cuando terminó el verano, el abogado me ofreció un puesto a tiempo parcial para seguir en el bufete. Como era estudiante a tiempo parcial, acepté. La reducción de sueldo de cantinera me dolía, pero la experiencia era necesaria para estar preparado para ejercer la abogacía después de hacer el examen de acceso a la abogacía. Para ayudarme, pedí préstamos adicionales que me ayudaran con los gastos de manutención. Si seguía asistiendo al mismo número de clases, terminaría la carrera de Derecho en diciembre, un semestre antes de lo previsto. Tomé clases extra de verano cada verano para lograrlo. Estoy lista para terminar los estudios.

La facultad de Derecho es tan intensa como esperaba, lo que resultó ser algo bueno. Una mente ocupada no tiene tiempo para pensar en otra cosa que no sea la tarea que tiene entre manos. Las constantes tareas escolares mantuvieron los pensamientos de Massimo al mínimo. Entre las clases, el estudio y el trabajo, tenía poco tiempo para otra cosa. Stevie y yo trasladamos nuestras citas de los lunes al *brunch* de los domingos. Es la única cosa constante que esperaba cada semana.

—Hola. ¿Qué haces? ¿Tienes unos minutos? —

Luci pregunta.

—¿Qué pasa?

—Vi a Dom anoche. Vino a mi bar con una chica con la que tenía una cita.

—Oh, ¿cómo está?

—Bien. Tiene buen aspecto, como siempre. Le pregunté por Massimo.

—¿Por qué harías eso?

—¿Qué quieres decir? ¿Por qué no iba a hacerlo? Hace años que no le veo ni sé nada de él, y quiero saber qué se trae entre manos.

—¿Y?

—¿Estás sentada?

—¡Dímelo de una vez!

—Tiene un hijo de seis meses que nació el pasado diciembre.

Las palabras de Luci son una bofetada. Es lo que menos esperaba oír de ella. De repente se me quita el apetito. Deslizo una silla por debajo de la mesa de la cocina y me siento.

—Lena, ¿me has oído?

—Sí.

—Bueno, ¿vas a decir algo?

—¿Qué quieres que te diga? Sabía que llegaría este día, pero eso no disminuye el escozor.

—¿Estás bien?

—Sí, estaré bien. No le dijiste nada a Dom sobre mí, ¿verdad?

—No, claro que no.

—Bien, que siga así.

—Llamé a tu madre el otro día. Quiero empezar a planear nuestro viaje para tu graduación a finales de año.

—Ella me lo dijo. Tendré la fecha exacta de la graduación en unas semanas y te enviaré un mensaje. Así podrás comprar los vuelos.

—Marcus también está esperando las fechas, así que cuanto antes, mejor. —Me alegro de que Marcus también venga a mi graduación. Pasamos de trabajar juntos varias noches a la semana a hablar por teléfono un par de veces al mes. Le echo mucho de menos.

Luci y yo permanecemos al teléfono unos minutos más antes de colgar. Debería volver a los libros, pero ahora mismo no puedo centrarme en Entidades Comerciales. Sólo puedo pensar en lo que me ha dicho Luci. Massimo tiene un hijo.

## HACE OCHO AÑOS

—María va a hacer una barbacoa el cuatro de julio.

Podemos ir en carro el día anterior y pasar unas noches en Cape Cod —me dijo Massimo mientras cambiamos las sábanas.

María era prima de Massimo, y tenían una casa en Yarmouth a dos calles de la playa. Era el primer verano que estábamos juntos como pareja, y aunque había visto a María varias veces en eventos familiares, sería la primera vez que pasaría unos días con su familia.

—Vale, pero tenemos que salir temprano el día tres para evitar todo el tráfico. Si no, estaremos atrapados en él durante horas.

—*Zio* Massimo, ¿nos llevarás al agua? —preguntó Emilia.

Emilia era hija de su primo, pero ella y su hermano Nico le llaman *Zio*. Emilia tenía siete años y Nico cinco, y a Massimo le encantaba cuando estaban cerca. Pasó el rato con ellos, juega y corre por el patio. Hace todas las cosas divertidas que los niños quieren hacer. Estábamos en la playa por la fiesta del cuatro de julio, y estaba abarrotada. Nuestra sombrilla y nuestras sillas estaban desplegadas no muy lejos de la orilla.

Massimo se levanta de donde está sentado.

—Por supuesto, *Bella*. Vamos.

Los niños saltaron.

—¡Sí! —Cada uno de ellos agarraba una de sus manos y se dirigían hacia la orilla. Sin duda, el agua estaría fría. Por mucho calor que haga fuera, el agua estaba helada.

—A los niños les encanta. Cuando les dije que venían unos días, empezaron a gritar de emoción —dijo María—. Nico preparó su balón de fútbol y de baloncesto porque sabe que Massimo jugará con él durante horas.

—Es muy bueno con ellos —respondí. Siempre se le iluminaba la cara y, después de pasar tiempo con ellos, me dice que está deseando ser padre.

—Está emocionado de que tengan hijos. Dice que espera que su primogénito sea un niño y que empiecen a intentarlo la noche de bodas.

—¿Noche de bodas? Ni siquiera estamos comprometidos. —Sacudí la cabeza.

—Ya le conoces. Siempre confiado cuando habla de su futuro, como si fuera un hecho.

Riendo, dije—: ¡Cuánta verdad!

La graduación se celebra en el auditorio de la escuela, ya que la generación de diciembre es pequeña: sólo somos cuarenta y siete alumnos. Mis padres, Luci y Marcus llegaron ayer en la tarde. Luci y Marcus volverán a casa el martes por la mañana, pero mis padres se quedarán aquí por Navidad, ya que será la primera que pasemos juntos desde que me fui de Boston. Luci alquiló un todoterreno para que pudiéramos pasear todos juntos mientras todos están aquí.

Cuando termina la ceremonia, nos subimos al todoterreno y nos dirigimos a Jesse Embers, uno de mis restaurantes BBQ favoritos, que está a cinco minutos en carro al otro lado de la ciudad. Stevie y su novio se reunirán con nosotros allí.

Una vez en la mesa, pedimos bebidas y comida. Cuando la mesera nos deja las bebidas, mi padre hace un brindis.

—Nena, estoy muy orgulloso de ti. Siempre supe que lograrías grandes cosas. Serás una gran abogada.

—Gracias, Papi. Gracias a todos por estar aquí. Estoy muy feliz de que hayan venido a apoyarme. Realmente significa mucho. —Miro alrededor a todos los que están sentados en la mesa redonda. Mi padre está sentado a mi derecha, luego Mami, seguida de Luci y Marcus. Stevie está a mi izquierda y su novio Andrew, al lado de Marcus.

—Entonces, ¿cuáles son tus planes ahora? —Luci pregunta.

—Me tomo vacaciones hasta Navidad, ya que mis padres se quedan hasta el veintiséis. Cuando se vayan, empezaré a estudiar para el examen de abogacía, que es el último martes y miércoles de febrero. No voy a trabajar durante el tiempo de estudio, así que pedí un préstamo de estudios para ayudarme con los gastos de manutención durante los próximos dos meses. Quiero hacer un examen y acabar de una vez.

—¿Has dejado el trabajo? —pregunta Marcus, con los ojos muy abiertos.

—No, sólo me tomé tiempo libre para estudiar. De hecho, mi jefe me ha animado. Ya me ha ofrecido un trabajo después del examen. Probablemente me tome unos días para relajarme justo después y empiece a trabajar la semana siguiente.

—Nena, que bueno, ya tienes trabajo —interviene Mami.

—Sí, y además a tiempo completo. Es decir, oficialmente trabajaré como pasante de abogado porque no seré abogado colegiado hasta que apruebe el examen de acceso a la abogacía, pero estar en el entorno de un bufete me ayudará.

—¿Qué haces como asistente jurídico? —pregunta Andrew.

—Principalmente investigo y escribo para los abogados del bufete y ayudo a redactar documentos judiciales, aunque de vez en cuando ayudo a los asistentes jurídicos o a las secretarias si lo necesitan. Aprender lo que hacen es muy útil e importante porque no es lo que aprendí en la facultad de Derecho. Además, mi objetivo es trabajar por mi cuenta cuando tenga suficiente experiencia.

—Definitivamente puedo verte trabajando por tu cuenta —añade Stevie.

Luci se aclara la garganta y pregunta—: ¿Tienes planes de volver a casa?

Respiro hondo y me ajusto los lentes.

—Con el tiempo, pero todavía no. Necesito más experiencia y no quiero tener que hacer otro examen. Quiero aprobar el de Iowa a la primera, trabajar aquí un par de años y luego volver. —Tampoco estoy preparada para enfrentarme a la realidad en Boston, pero Luci no necesita saberlo—. Al final pediré la admisión en el colegio de abogados de Massachusetts, pero tengo que esperar a tener cinco años de licencia. Esa es una de las razones por las que también elegí trabajar en Derecho de Inmigración. Sólo necesito la licencia en un estado, y puedo ejercer en cualquier estado, ya que es federal. Si todo va según lo previsto, cuando me mude a casa, abriré allí mi bufete en lugar de trabajar para alguien.

—Ay sí, Nena, te echo de menos. Me alegro de que

vuelvas. Te echo de menos —dice Mami y extiende la mano delante de mi padre, agarrando la mía.

# CAPÍTULO 13

*El mercado*

## Marialena



DeLuca siempre ha sido uno de mis mercados favoritos porque tiene una gran selección de alimentos importados y gourmet únicos. Después del día que he tenido, lo único que me apetece es un poco de queso y vino, y es el lugar perfecto para conseguir todo lo que quiero para darme un capricho después de un largo día en la oficina. El mercado lleva años siendo un elemento básico en el barrio de Beacon Hill de Boston. Ofrecen productos importados de Italia, una selección de quesos italianos, salami y vinos.

Con un bloque de queso *Asiago*, *soppressata* y galletas gourmet en mi cesta, me dirijo a la sección de vinos para encontrar la botella perfecta. Busco un Barolo o un Sangiovese, ambos tintos suaves, el final perfecto para mi largo día.

Mientras ojeo los vinos tintos, oigo—: Lena, ¿qué haces aquí? —Me pongo rígida al oír su voz, que me sorprende, inesperada pero tan familiar. Sus palabras reflejan incredulidad.

Mis ojos se posan en Massimo y, de repente, siento una opresión en el pecho. Su pelo negro sigue rebelde, pero ahora está salpicado de canas a los lados. Ha envejecido como un buen vino en los nueve años que han pasado desde la última vez que lo vi, y lo único que quiero es bebérmelo.

Levanto los ojos hacia los suyos. Aunque las palabras me fallan, busco sus tonos castaños oscuros. Son salvajes, llenos de ira y dolor, lo que no me sorprende. La última vez que nos miramos a los ojos, le estaba dando un beso de despedida, salvo que él no sabía que sería la última vez que me vería.

Verle de nuevo después de tanto tiempo confirma todo lo que he sentido en los últimos nueve años: le quiero. Soy una tonta por abandonarle. Me rompí el alma por él y sólo puedo esperar que entienda por qué. Siempre fue por él. Sólo por él.

Ahora mismo, el fuego salvaje arde en sus ojos, y es ilegible. ¿Comprenderá mi verdad, o revelar mi secreto más oscuro será un clavo en mi ataúd?

Este encuentro era inevitable, pero hoy no era cuando esperaba que sucediera. A pesar de todos los ánimos que me he dado a mí misma, todavía no estoy preparada para enfrentarme a él. No sé qué me pasa, teniendo en cuenta que sabía que este día llegaría.

—Lena, ¿qué mierda? ¿Cuánto hace que has vuelto? —Sus palabras me sacan de mi trance.

El tono de Massimo es tenso. No hay indicios de comprensión o perdón cuando habla. En cambio, sus palabras rezuman ira y amargura.

—Unas semanas —digo en voz baja, me cuesta hablar, a pesar de tener mucho que explicar.

Se me hace un nudo en la garganta y me siento mareada. Me agarro a la estantería para estabilizarme. Todo me da vueltas y no puedo controlar la fuerza de mis emociones.

—¿Pensabas venir a verme? —me pregunta en un tono más suave, sus ojos siguen clavados en los míos, suplicando que diga algo, lo que sea.

Con el dorso de la mano derecha, me ajusto las gafas.

—Yo... —Las palabras se me escapan y soy incapaz de completar una frase. Verle después de tanto tiempo me ha impactado de una manera que no esperaba. Por muchas veces que imaginara este día y lo que diría, nada podía prepararme para este momento.

Por mirar a los ojos al hombre que amo.

Por la pesadez de mi corazón.

Por las palabras que tendrían que salir de mis labios.

—Lena, contesta a la pregunta —replica irritado mientras se acerca un paso a mí.

—Sí… —Asintiendo para imitar mis palabras—. Pensaba hacerlo una vez que me instalara en el trabajo y en mi apartamento.

Está a unos centímetros de mí, escrutándome con la mirada. Siento el impulso de alargar la mano y tocarlo, de pasar los dedos por su piel suave y cálida, aunque no tenga derecho a hacer nada de eso.

Empiezo a extender la mano derecha hacia él, que se encuentra a medio camino. Veo cómo su mano envuelve la mía y sus dedos acarician mi piel. Cierro los ojos, recordando su tacto, y se me eriza la piel al recordarlo. Cuando los abro, sus ojos están húmedos y suaves. ¿Es amor lo que veo? ¿Es posible que, después de todo el daño que he causado aún pueda amarme?

—Massimo, yo…

—Papá, aquí están las galletas. Son las que compra mamá. —Dos niños pequeños se acercan corriendo y le dan una caja cada uno. Retiro la mano y miro a los dos niños, que me miran con curiosidad. Son indudablemente suyos, con los mismos bonitos ojos color chocolate, el cabello negro como la tinta y sonrisas resplandecientes.

Desplazo de nuevo mis ojos hacia los de Massimo, donde veo una turbulenta tristeza y rabia. Me llevo la mano a la boca para tapar el sollozo que se me escapa. Sacudo la cabeza y me alejo corriendo hacia la entrada de la tienda. Cuando me voy, oigo que me llama por mi nombre. Me detengo momentáneamente, pero me lo pienso mejor y le ignoro.

Dejo la cesta llena de comida en la puerta y salgo corriendo antes de que Massimo pueda alcanzarme. Corro calle abajo y doblo la esquina para alejarme de él todo lo que puedo.

Como lo he dejado todo y he salido corriendo, llamo a un taxi para que me lleve al otro lado de la ciudad a ver a Luci, que esta noche ejerce de cantinera en *The Pour House*. Si necesito una copa antes de ver a Massimo, ahora la necesito aún más.

Una vez dentro de la cabina, ya no puedo contener las lágrimas. Respiro profunda y acompasadamente para intentar calmar mi corazón errático.

Me había convencido a mí misma de que estaba preparada para verle.

Lista para decir mi verdad.

Lista para pedirle perdón.

Si lo que acaba de pasar en DeLuca sirve de indicador, no estoy preparada para nada. Se me escapa un sollozo y el taxista me mira por el retrovisor.

—¿Todo bien, señorita? —me pregunta.

Asiento. Una mentira descarada teniendo en cuenta mi flujo constante de lágrimas. ¿Era eso un destello de amor en los ojos de Massimo, o me lo estoy imaginando porque es lo que quiero ver? Y si es así, ¿qué significa eso para nosotros? ¿Existe siquiera un nosotros? Tengo que dejar de adelantarme a los acontecimientos. Lo primero es lo primero, tengo que controlarme. Su mera presencia hoy me sacudió de una manera que nunca imaginé que lo haría.

*The Pour House* es un bar de mala muerte, oscuro por dentro, con decoraciones pasadas de moda esparcidas por todo el local y en la parte superior de la barra. Hay un mural de ladrillos a lo largo de todo el lado izquierdo, viejos bolos, un esqueleto, trofeos, bandejas de bebidas de plástico pegadas a las rejillas de ventilación y una máquina de pinball. Aunque es un bar de mala muerte, lleva años funcionando, y la comida del bar es fenomenal, especialmente sus hamburguesas. Los locales, orgullosos de su equipo con gorras de los Medias Rojas o los Patriotas, llenan los reservados a lo largo de la pared de ladrillo o en la trastienda.

Cuando Luci me ve, se acerca sonriendo, pero al acercarse ve la tensión y la ansiedad escritas en mi cara y me pregunta—: ¿Qué ha pasado?

—Sírveme un *Grey Goose* con agua mineral, fuerte, con dos limones y pídeme una hamburguesa de champiñones, mediana con aros de cebolla, y ya te contaré —le digo mientras me quito la chaqueta para colocarla en el respaldo de mi taburete.

Luci y yo hemos sido mejores amigas desde tercer curso, y casi la perdí cuando estábamos en el primer ciclo de secundaria. En octavo, Luci fue rescatada del incendio de la casa de su familia. Ella y su hermana dormían en su dormitorio con la puerta cerrada. Su padre se había quedado dormido en el sofá mientras fumaba un cigarrillo. Luci me contó que la despertaron los bomberos desde la ventana, gritando que retrocedieran porque iban a entrar por la ventana del dormitorio para rescatarlas. Más tarde se enteraron de que su dormitorio no había sufrido daños porque la puerta estaba cerrada. Por suerte, su madre estaba trabajando esa noche y su padre estaba bien. Después, sus padres se divorciaron y fue una época difícil para ella y su familia.

A pesar de nuestra amistad de toda la vida, también la traicioné cuando dejé a Massimo hace tantos años. La mayoría de las veces me ha perdonado el daño y la traición, y le estoy agradecida por su amor. Ahora sé que mi decisión hizo daño a mucha gente. Ahora, en retrospectiva, puedo verlo.

—Suéltalo, Lena —bromea mientras vierte el *Grey Goose* sobre el vaso lleno de hielo y lo completa con agua mineral antes de dejar caer dos limones y deslizarlo hacia mí—. El ajetreo no empezará hasta dentro de una hora. Tenemos tiempo para charlar antes de que se llene —me dice, clavando sus ojos en los míos con una fuerza que dice—: No me jodas.

Oigo *What It Takes* de Aerosmith en la máquina de discos que tengo detrás. Qué apropiado, cantando sobre dejar ir y seguir adelante. Agarro el vaso y le doy una vuelta al popote antes de beber un sorbo. Es fuerte, me quema al tragarlo, justo lo que necesito.

—Fui a DeLuca después del trabajo para recoger algunas cosas. Massimo estaba allí, y se enfrentó a mí. Me agarró con la guardia baja y me fallaron las palabras. Aún no estaba preparada para verle. Básicamente hui como una niña asustada. Ah, y sigue tan sexy como siempre—. Suspiro antes de dar otro sorbo al líquido que se arremolina en mi vaso.

—Más despacio, Lena. ¿Qué quieres decir con que se enfrentó a ti?

—Me preguntó qué hacía aquí y si pensaba verle.

—¿Y?

—Y nada. Apenas murmuré una frase completa. Cuando me estaba armando de valor para decir algo, aparecieron sus dos hijos, y me asusté —escupo, exasperada pensando en el encuentro.

—Qué diablos, López. ¿Qué demonios te pasa?

—No lo sé, Luci. Massimo es el único que me hace actuar como una tonta. Siempre ha tenido ese efecto en mí —le recuerdo—. Supongo que todavía lo hace —digo, encogiéndome de hombros mientras vuelvo a dar un sorbo a mi bebida.

—Sinceramente, Lena, has vuelto hace unas semanas y aún no sé por qué te fuiste. No puedo imaginar lo que está sintiendo. ¿Puedes culparle? —replica negando con la cabeza. Se inclina hacia mí y baja la voz—. ¡Estabas a dos meses de tu boda cuando desapareciste y le dejaste un montón de mierda que limpiar! ¡Una que yo ayudé a limpiar! Lo jodiste bastante.

La fulmino con la mirada porque necesito que ahora sea mi amiga y no me regañe, aunque me merezco todo lo que me está echando encima, y más.

—Luci, yo...

—Nada de *Luci*, Marialena. Mira, yo te quiero. Eres mi mejor amiga, pero una pala es una pala, y la cagaste. Ahora asúmelo y ve a hacerlo bien.

—Quiero hacerlo, pero no sé cómo.

—Oh, no sé, tal vez hablar con él en lugar de huir.

Se me escapa un largo suspiro.

—*Touché*. —Sorbo el líquido que queda en mi vaso.

Decido volver andando a casa desde *The Pour House*. Hace una noche templada y necesito aire fresco. Antes de girar a la izquierda, saco el iPod del bolso, me pongo los auriculares y le doy a reproducir con *Someone Like You* de Adele.

Cómo he echado de menos mi ciudad. Volver es como ver a una vieja amiga; te recibe con los brazos abiertos. Boston es la vida de una gran ciudad con un aire de pueblo. Es anticuada pero contemporánea, tradicional pero elegante. Aquí prospera una mezcla perfecta de lo antiguo y lo nuevo.

La calle Boylston está relativamente tranquila esta noche y, mientras paseo hacia casa, no puedo evitar mirar a la *Prudential Tower* iluminando el cielo. Back Bay es una de las zonas que más me gustan, con todas sus cafeterías, boutiques y restaurantes. Cuando estaba en la universidad, iba a menudo a este barrio porque la Biblioteca Pública de Boston está en Copley Square. Luci y yo pasábamos horas estudiando en la sala de lectura de Bates Hall. Parece que fue hace toda una vida.

Las palabras de Luci me golpean fuerte—: Lo has jodido bastante. —Aunque sé que he hecho daño al único hombre al que he amado, no creía que estuviera tan jodido por ello. Quiero decir, está casado, tiene hijos. De sólo de pensar que le pertenezca a otra persona me dan náuseas.

El encuentro en DeLuca se repite en mi mente. Ni siquiera pude hilvanar una frase. Es el efecto Massimo. Es como un mago que me tiene hechizada desde el primer día que se sentó en mi bar, chulesco y arrogante, pero tan sexy. Aún recuerdo el día que lo conocí como si fuera ayer.

# HACE TRECE AÑOS

Cortar limones y fruta para los tarros de guarnición que había en la barra era lo que más odiaba de ser cantinera. Cuando escuché la campanilla de la puerta principal, detuve el cuchillo a medio cortar y alcé la vista. Massimo entró en el Florentine y se pavoneó por el restaurante. Llevaba lentes de sol, sonrió al saludar a la mesera y recorrió la barra siguiendo su curva hasta que se deslizó por el último taburete junto al mostrador de cantineros. Mis ojos le siguieron todo el tiempo. Cuando caminaba, llamaba la atención. Era alto y delgado, sus brazos eran firmes, la tinta negra de su brazo izquierdo sobresalía de su camiseta negra ceñida.

Cuando se sentó, me acerqué a él y a su amigo, colocando dos servilletas de cóctel sobre la barra.

—Hola chicos, ¿qué les sirvo? —pregunté, sonriéndoles a los dos, pero Massimo estaba hablando con su amigo cuando llegué.

Al oír mi voz, levanta la vista, me mira fijamente a los ojos y dijo—: Hola. —Se hizo el silencio entre nosotros. Nuestras miradas permanecieron fijas el uno en la otra durante lo que pareció una eternidad.

Su amigo rompió nuestro trance diciendo—: Tomaremos dos wiskis, secos, por favor.

—¿Cómo te llamas, cariño? —Massimo preguntó.

Me ajusté los lentes para centrarlas en el puente de la nariz.

—Lena —respondí, en un intento de flirteo que se queda en nada cuando mi voz se quiebra por los nervios. Se rio entre dientes.

—Hola, Lena, soy Massimo, y éste es Dom —dijo, señalando a su derecha—. Encantado de conocerte —continuó, tendiéndome la mano. Miré su mano unos instantes antes de darme cuenta de que debía ofrecerle la mía.

—También estoy encantada de conocerte —respondí y pongo mi mano sobre la suya, dándole un delicado apretón. Nuestras manos permanecen unidas allí, al otro lado de la barra, durante más tiempo del que debería durar cualquier apretón de manos.

—Oye, Cassanova, deja que nos traiga las bebidas, ¿quieres? —Dom le dijo a Massimo.

Retiré la mano.

—Discúlpenme —dije—. Enseguida vuelvo con sus bebidas. —Y di media vuelta para romper el hechizo antes de empezar a babear.

Durante el resto de la noche, me sentí como una perra en celo rodeando esa zona del bar todo lo que podía. Cada vez que me acercaba a esa esquina, podía olerle. Su aroma único era seductor y me erizaba la piel. El sonido de su voz me ponía la piel de gallina y me apretaba las piernas por el deseo lascivo que despertaba en mí.

Dom y él se sentaron en la barra durante unas dos horas. Massimo me echaba miradas furtivas durante toda la noche y sonreía cuando nuestros ojos se cruzaban. Después de que pagó la cuenta, me despedí. Massimo se levantó, dio un paso a la izquierda y se colocó delante de la entrada de los cantineros a la zona del bar, tendiéndome la mano. Me acerqué, le agarré la mano y lo miré, imponente sobre mí. Mido uno ochenta y él era varios centímetros más alto que yo. Era raro encontrar a un hombre más alto que yo, sobre todo uno tan guapo como él.

Me besó, mejilla con mejilla, primero la derecha y luego la izquierda. Antes de soltarme la mano, me mira a los ojos y me dijo—: Lena, gracias. Volveré a verte pronto. Puedes contar con ello. —Me dio un beso en el dorso de la mano antes de soltarme. Se dio la vuelta, recorrió todo el bar y salió por la puerta principal mientras yo permanecí inmóvil bajo su hechizo.

Esa noche me fui a casa y, mientras me duchaba, me masturbé pensando en Massimo y en las guarradas que quería que me hiciera.

El mero recuerdo de aquella noche hace que se me mojen las bragas. Fue el comienzo de una hermosa relación. Destrocé nuestra relación cuando me alejé de él, de nuestra vida, de nuestro futuro imperfecto. La culpa y el arrepentimiento han dominado mis pensamientos cada día durante nueve años, y siguen siendo emociones crudas dentro de mí como si no hubieran pasado nueve años. La angustia y las lágrimas están hoy en primer plano, tan intensas como el primer día, si no más.

El arrepentimiento es un sentimiento que odio. Se me mete en la piel, me impregna todo el cuerpo, engendra autodesprecio y me agobia. Normalmente no me arrepiento de las decisiones que tomo, sino que las asimilo, las acepto y aprendo de ellas.

Pero esta decisión, dejar a Massimo hace nueve años, está cargada de remordimientos y me pesa como una tonelada de ladrillos, a pesar de que sé que fue la decisión correcta para él. Me arrastra, me amarga y me corroe por dentro, día a día. Por mucho que lo he intentado, no puedo superarlo ni aceptarlo.

Necesito arreglar esto de alguna manera, encontrar la llave de mi redención.

# CAPÍTULO 14

*De vuelta al principio*

## Massimo

—Papá, ¿quién era esa señora? —me pregunta Lucio.

—Una amiga, hijo —le digo.

Lucio y Leandro son mis dos hijos. Ambos tienen el cabello oscuro, cejas gruesas y sonrisas torcidas: sin duda son mis hijos. Aunque Lucio tiene cuatro años, es un alma vieja. Le gusta escuchar música clásica, tocar el piano, jugar al baloncesto y le estoy enseñando a jugar al ajedrez. Leandro tiene tres años e imita a su hermano cada vez que puede, pero le gusta la guitarra, y estoy deseando que empiece a aprender mejor cuando sea un poco mayor. Mis dos chicos son músicos de corazón.

—Vamos. Terminemos de comprar la comida que vinimos a buscar y vayamos a ver a *Nonna*. Nos está esperando —les digo.

Ver a Lena en DeLuca tiene mi cabeza dando vueltas. No puedo creer que haya vuelto. Su belleza me sigue dejando sin aliento. Sus rizos caen en cascada alrededor de su mandíbula cuadrada y sus labios carnosos están pintados con un carmín vibrante. La tristeza y el arrepentimiento brillaban en sus ojos verdes ocultos tras la montura azul. Cuando le agarré la mano, su piel ardía como el día que la conocí, y los recuerdos me invadieron. Ella ha vuelto, y así como así, mi mundo ha vuelto a girar sobre su eje.

Necesito verla. Hablar con ella. Entenderla. Dijo que necesitaba instalarse en su apartamento y trabajar, así que debería ser fácil encontrarla. A pesar de que habían pasado nueve años desde que Lena desapareció de mi vida, nunca dejé de pensar en ella, aunque al final desistí de buscarla.

Hay una parte de mí que falta, una parte de mi corazón que siempre pertenecerá a Lena. Ahora que está aquí, me debe una explicación, y pienso pedírsela.

Imágenes de ella se agolpan en mis pensamientos durante nuestro paseo desde DeLuca hasta el apartamento. Llevamos dos meses pasando la mayor parte del día con mis padres porque el cáncer de mi madre se ha extendido y ha interrumpido el tratamiento. Quiero que los niños pasen todo el tiempo posible con ella, crear todos los recuerdos que podamos.

—Hola, papá —digo al entrar en casa.

Tras mudarse aquí desde Italia, mis padres compraron un edificio en el norte de la ciudad porque es donde viven muchas familias italianas después de emigrar a Estados Unidos. Se instalaron en este barrio e hicieron aquí un hogar para su familia. Es el único hogar que han conocido mis padres.

Mi padre ha envejecido muchísimo en el último año, desde que a mi madre le diagnosticaron cáncer y el médico recomendó que su tratamiento fuera agresivo. Las arrugas alrededor de sus ojos se han triplicado y las ojeras son oscuras. Su cabello solía ser una mezcla de blanco y negro. Ahora, su melena es blanca como la nieve, aunque sigue siendo espesa. Mi padre siempre ha sido robusto, alto y con una barriga de años de comer pasta casera y carne, y de beber mucho vino tinto. Desde que mi madre enfermó, su barriga ha desaparecido y ha adelgazado. Puede que mi madre sea la enferma de cáncer, pero mi padre se está consumiendo al mismo ritmo que ella.

—¡*Nonno*! —Tanto Lucio como Leandro corren hacia mi padre para abrazarlo.

—¿Dónde está mamá? —pregunto.

—En la cama. Hoy no se encuentra bien. Llamé al médico y le pedí que viniera a casa.

—¿Y?

—Ella estará aquí más tarde esta noche. Dijo que después de terminar sus rondas.

—Bueno, voy a ir a la cancha con los chicos, y volveré más tarde para cuando llegue el médico.

—De acuerdo, hijo.

Dom, Nick y Paulie ya están jugando al baloncesto cuando llego.

—Siempre llegando tarde —dice Paulie.

Paulie y yo hemos sido amigos toda la vida. Nuestros padres emigraron juntos de Italia a finales de los sesenta, donde vivían en Frascati, a unos veinte kilómetros al sureste de Roma. Son amigos desde la adolescencia. Paulie es un año mayor que yo, el hermano mayor que nunca tuve. Fuimos juntos al colegio St. John's y pasamos juntos la mayor parte de las vacaciones. Aunque no somos parientes de sangre, la gente nos dice constantemente que nos parecemos.

—Sabes que siempre tiene que estar guapo —responde Dom.

—Gilipollas —digo.

Jugamos a la pelota dos contra dos durante algo más de una hora antes de que Nick y Paulie tengan que irse. Dom y yo caminamos hacia la casa de mis padres. Su apartamento está a dos calles de ellos. Él y yo nos hicimos amigos cuando ambos trabajábamos juntos en el restaurante de mi tío. Yo trabajaba de cantinero cuando él empezó.

Se había graduado en la Universidad de Suffolk y no sabía qué quería hacer, así que trabajaba de camarero. Salíamos varias noches a la semana después del trabajo, tanto si nos sentábamos en un bar a beber como si íbamos a uno de los clubes. Nos hicimos muy amigos y encajó perfectamente en mi equipo. Ahora es propietario de *Gemelli's Liquor Distillery*, uno de los mayores distribuidores de licores al por mayor de la ciudad.

Mientras marchamos por la calle Prince, le pongo al día de la salud de mi madre. Antes de separarnos, le digo—: Lena ha vuelto. —Incluso decirlo en voz alta es surrealista. Son palabras que nunca pensé que diría.

—¿Qué? —pregunta mientras se detiene, frente a mí—. ¿Cuándo?

—Fui a DeLuca hoy a recoger algunas cosas para llevar a la casa, y allí estaba ella, buscando vino. No podía creerlo, Dom. Después de nueve años, ha vuelto.

—¿Qué ha dicho?

—Nada, en realidad. Apenas podía hablar. Intentaba hacerle preguntas, pero no me decía gran cosa. Ha vuelto hace unas semanas, tiene un apartamento y está trabajando. Eso es todo lo que sé.

—¿Cómo fue, verla de nuevo después de todo este tiempo?

—Joder, amigo. —Siento una opresión en el pecho sólo de pensar en ella, y un torrente de emociones me golpea. Sus ojos, de un verde penetrante con motas de amarillo dorado rodeando sus pupilas, brillan con tristeza y amor—. Está tan guapa como siempre. Sigue teniendo ese cabello largo y rizado, con rizos alrededor de la cara; sus lentes son más grandes que los que llevaba antes.

Estoy destrozado porque todavía estoy cabreado por cómo se fue, desapareció de mi vida y se esfumó en el aire, pero cuando la vi, sólo quería besarla sin sentido.

—La cabeza me da vueltas otra vez. Es como si volviera al principio. Pero estaba con los niños y no había mucho que pudiera decir o hacer.

—¿Sabe lo de Camila?

—No, no lo creo, pero no tengo ni idea.

—¿Vas a verla?

—Voy a intentarlo. Estaba a punto de decir algo,

pero los niños nos interrumpieron. Cuando los vio, se congeló y salió corriendo.

—Bueno, debe ser duro para ella verte con niños. Quiero decir, ustedes dos siempre hablaron de formar una familia juntos.

—¡Pero eso es mentira! Todo esto es obra suya.

—Eso puede ser cierto, pero no hace que verte con niños que no son suyos sea más fácil.

Levanto la cabeza hacia el cielo oscuro y suspiro profundamente.

—¿Qué sigue? —Dom pregunta.

—Tengo que encontrarla. Voy a hacer unas llamadas, a ver si aparece en una búsqueda de Google.

—Muy bien, amigo, dime qué puedo hacer por ti. Lo que necesites. —Me choca el puño y nos separamos.

Cuando vuelvo a casa de mis padres, mi padre me dice que la doctora Bova está en el dormitorio con mi madre.

—¿Te ha dicho algo ya?

—Todavía no, hijo. Pidió ver a tu madre primero, luego hablaría conmigo.

—¿Dónde están Lucio y Leandro?

—Tu hermana los llevó a *Modern* a comprar unos pasteles. Necesito concentrarme en lo que tiene que decir la doctora.

Nos sentamos en el sofá y charlamos unos minutos. Mi padre y yo no teníamos una gran relación cuando yo era pequeño. De pequeño, me asustaba cuando causaba problemas, lo que ocurría a menudo porque me castigaba en cuanto tenía ocasión. Como soy el mayor, se aseguraba de que yo diera ejemplo a mis hermanos. Era duro, me pegaba mucho cuando me metía en líos o le desobedecía a él o a mi madre. A veces con los puños, otras con el cinturón de cuero. No tenía pelos en la lengua y nunca dudaba en recordármelo. Cuanto más crecía, más se agravaban nuestras peleas, porque empecé a rebelarme contra sus intentos de controlarme. Al final, me echó de casa cuando tenía dieciséis años y acabé viviendo con mi tío y trabajando en su restaurante. Ahora miro atrás y me doy cuenta de que probablemente no sabía nada mejor porque así es como le habían educado. Era otra generación.

Durante años estuve resentido con él, pero cuando nació Lucio empezó a actuar de forma diferente. Al principio desconfié, me preocupaba que su comportamiento no hubiera cambiado. Pero era más suave con Lucio, y luego con Leandro, de lo que nunca había sido conmigo. Quería una mejor relación con él para mis hijos. Cuando a mi madre le diagnosticaron cáncer, eso catapultó nuestra relación. Incluso me pidió perdón por haber sido tan duro conmigo de niño. Aunque seguimos discutiendo, me alegro de haber podido conocer al hombre que mi padre es en realidad.

La doctora Bova entra en la sala y tanto mi padre como yo nos ponemos de pie.

—Señor DeLorenzo —le dice a mi padre—, Rosa no está bien; se acerca el final y no le queda mucho tiempo.

Mi padre palidece y se tambalea. Alargo la mano y le agarro del brazo para ayudarlo a estabilizarse.

—¿Cuánto tiempo le queda? —pregunta mi padre con voz temblorosa.

—Es difícil de decir —dice, extendiendo la mano para estrechar la de mi padre entre las suyas—. A veces es rápido, cuestión de horas o días. Otras veces puede ser cuestión de semanas. Debido a la incertidumbre, te recomiendo que avises a tus familiares y seres queridos de que deben venir a despedirse. Debe ponerse en contacto con el sacerdote; que le administre la extremaunción.

Mi padre gime ante las palabras del médico y yo le ayudo a sentarse porque está demasiado tembloroso para seguir de pie.

—Lo siento mucho, señor DeLorenzo —dice la

doctora Bova, palmeando el brazo de mi padre en señal de simpatía.

—Gracias, Marina —le digo. Marina y yo crecimos juntos aquí en el barrio. Fuimos juntos a St. John's y, después del instituto, Marina se licenció en la Universidad de Boston antes de estudiar medicina. Desde que la conozco, siempre ha hablado de ser médico, y aquí está, tratando a mi madre.

—Lo siento, Massimo —me dice—. Conozco a tu madre desde que éramos niños y es una mujer maravillosa. Muchos la echarán mucho de menos. ¿Te parece bien que le diga a mi madre que tu madre no está bien? Sé que le gustaría venir a despedirse.

—Ni siquiera tienes que preguntar eso.

—Ya que soy su médico, sólo quiero asegurarme. Massimo, de nuevo, lo siento. Ojalá pudiera hacer más por ella. —Me abraza, me rodea con sus brazos, ofreciéndome consuelo.

—Gracias, Marina. De verdad. Has sido una gran doctora, una buena amiga. Te lo agradecemos más de lo que te imaginas —le digo.

—Gracias, Massimo. Buenas noches. —Sale silenciosamente por la puerta principal.

Mi padre solloza, con los ojos rojos e hinchados.

—¿Qué voy a hacer sin ella? Ella es todo lo que conozco. Cuarenta y ocho años llevamos casados.

—No lo sé, papá. Pero ella sigue aquí. ¿Por qué no te sientas con ella? Le gusta que le cuentes historias.

—Ella no puede verme así. Ve a verla y yo iré en un momento.

Mi madre yace en su cama, con las mantas recogidas justo debajo de la barbilla. Es frágil, delgada, tiene las mejillas hundidas y los lentes le quedan grandes. No le queda cabello en la cabeza, que ahora lleva cubierta con un gorro rojo para mantenerla caliente. De fondo suena música clásica.

Me encanta la música por mi madre. No importaba lo que estuviera haciendo o dónde estuviéramos, siempre había música sonando, ya fuera clásica, ópera o sus músicos italianos favoritos.

—Hola, mamá.

—Massimo, ven, *siediti.* —Da unas palmaditas en la cama a su derecha.

Cierro la puerta tras de mí y me acomodo en la cama, frente a mi madre.

—*Figlio*, Marina, me dice que no tengo mucho tiempo.

—Lo sé. Ella también nos lo dijo.

—Tienes que ser fuerte por tu padre. Él no lo está haciendo bien, por eso te envió aquí. No quiere que lo vea. ¿Ves lo delgado que está? No come lo suficiente.

—Lo sé, mamá. No quiero que te preocupes por él.

Todos cuidaremos de él. —Se me escapa una lágrima.

—¿Y quién cuida de ti, Massimo? —Levanta la mano y la apoya en mi mejilla—. Ya no estaré aquí, Mamma *se ne va*. —Esas palabras de su boca me hacen soltar un sollozo, las lágrimas gotean de mis ojos mientras me tumbo sobre mi lado izquierdo para mirarla, envolviéndola con mis brazos.

—Vi a Lena hoy.

—¿Lena? ¿Dónde la has visto?

—Estuve en DeLuca antes de venir aquí y me la encontré allí. —Mi corazón se acelera al oír el nombre de Lena.

—¿Habló contigo?

—No, la verdad es que no. Se sorprendió al verme y salió corriendo antes de que pudiera decir nada.

—Massimo, esperas años para verla. No te quedes callado ahora. ¿Entiendes? —Sus dedos huesudos acarician mi mejilla—. Sigue a tu corazón. Camila, ella es una buena madre para mi Lucio y Leandro, pero tú no la amas. Lo veo en tus ojos desde hace tiempo. *La vita è corta*. No pierdas más tiempo.

Mi madre siempre sabe qué decir. Me conoce mejor que nadie y la echaré de menos, nuestras charlas y sus consejos. Incluso echaré de menos que me regañe porque a menudo me recuerda que sigo siendo su hijo pequeño a pesar de ser un hombre adulto. Soy el hombre que soy hoy gracias a ella, al amor que me inculcó y al amor que me ha dado.

—Te quiero, mamá. Todavía no estoy listo para que te vayas. Lucio y Leandro se van a perder tantos recuerdos increíbles contigo. —Las palabras se apagan en medio de mi llanto.

—*Figlio mio*. Yo ya viví mi vida, y soy vieja. Aún tienes una larga vida por vivir con mis niños. *Ricordati*, sigue a tu corazón. *Ti amo* —me dice, frotándome el brazo con la mano, consolándome.

En ese momento, mi padre entra en el dormitorio. Levanto la cabeza y veo a mi madre intentando levantar la suya.

—Nino —dice, las líneas de su sonrisa se mezclan con las arrugas de sus mejillas hundidas.

Me levanto de la cama, beso a mi madre y les doy intimidad. Me muero de hambre y voy a la cocina a comer algo. Encuentro pizza de Umberto y la caliento. Estoy en la mesa comiendo cuando los niños entran por la puerta.

—Papá, mira lo que nos ha comprado *Zia* Stella. Cannolis y galletas de la pastelería —chilla Lucio.

—Y yo tengo una cola de langosta —añade Leandro.

—Vaya, tienen una pinta deliciosa. ¿Por qué no recogen sus cosas y se comen los pastelitos antes de irnos a casa? —les digo. Salen corriendo de la cocina a recoger sus cosas.

—¿Qué dijo la doctora Bova? —pregunta Stella. Stella es dos años más joven que yo. Estamos muy unidos, desde que éramos pequeños. Siempre he sido muy protector con ella y la considero mi mejor amiga. Es la persona a la que acudo cuando tengo un dilema o tomo una decisión importante. Fue Stella quien me recompuso tras la marcha de Lena. Para sacarme de mi depresión tras la marcha fantasma de Lena, Stella me hizo empezar a correr con ella. Es una ávida corredora y ha corrido la maratón de Boston varias veces.

Pongo a Stella al corriente. Cuando le digo que mamá podría dejarnos en cualquier momento, se le saltan las lágrimas y la abrazo.

—Llamaré a Rocco y se lo diré. Tenemos que estar aquí para Pa. Tenemos que asegurarnos de que no esté solo cuando ocurra. Estoy preocupado por él —le digo.

Cuando los chicos terminan de comerse sus pasteles, empiezo a recoger sus cosas para irme a casa. Hoy ha sido un día jodido y necesito un poco de paz y tranquilidad. Nos despedimos de mis padres y de mi hermana y salimos hacia el carro. Les pongo el cinturón y me subo al asiento del conductor.

—Papá, ¿se pondrá bien *Nonna*? —pregunta Lucio.

—No lo sé, hijo, pero espero que sí —es todo lo que puedo decir a mis hijos esta noche.

Antes de empezar a conducir, pongo la radio en WZLX. Son más de las nueve de la noche, llego justo a tiempo para escuchar *Getting the Led Out* la entrega nocturna de tocar tres canciones seguidas de Led Zeppelin. Led Zeppelin siempre es bueno para el alma.

Son casi las nueve y media cuando entro en el garaje. Veo a Camila abrir la puerta principal. Espera en el porche mientras desabrocho a los niños y les ayudo a salir del carro. Cuando la ven, se emocionan.

—Mamá, mamá, *Zia* Stella nos ha comprado pasteles —grita Leandro mientras los dos corren a sus brazos.

# CAPÍTULO 15

*Un caballero*

## Marialena

### UNA SEMANA DESPUÉS

—Lena, tu cita de las tres, el señor Caballero, está aquí, y ha rellenado su hoja de admisión. Avísame cuando estés lista y lo llevaré —me dice mi ayudante Natalia por el altavoz.

—Vale, gracias. Dame un minuto para terminar estas ediciones —le digo.

Después de estudiar Derecho y aprobar el examen del colegio de abogados de Iowa, trabajé en un bufete local de Derecho Migratorio, en la división penal, ayudando a clientes que se enfrentaban a la deportación. Debido a que mi madre es inmigrante, me sentí atraído por la Ley de Inmigración. Esta área de práctica también me permite trabajar en otros estados además de

Iowa con sólo mi licencia de abogado de Iowa porque es una práctica federal. Esto me permitió volver a Boston cuando yo estuve lista sin la necesidad de tomar el examen de Massachusetts.

Antes de volver, me puse en contacto con una abogada que era cliente habitual del bar del restaurante de Massimo. Recuerdo que tenía su despacho a unas calles de allí. Cuando hablé con ella y le recordé dónde nos habíamos conocido, se acordó de mí al instante. Le había comentado mi intención de volver a Boston y que quería alquilar un despacho para poner en marcha mi bufete. Resultó que tenía un despacho disponible en su suite, y así fue como acabé aquí, en la planta veintisiete del número sesenta de la calle State.

Cuando termino de editar el documento en el que estoy trabajando, lo meto en la carpeta de trabajo para dárselo a Natalia cuando vuelva con el cliente. Agarro el teléfono y marco su extensión.

—Natalia, ya puedes traer al cliente, gracias —le digo.

Momentos después, oigo que Natalia llama a la puerta y levanto la vista. Natalia es menuda y tiene el cabello castaño claro hasta los hombros. Cuando decidí volver a Boston, un amigo me la recomendó como mi ayudante. Ha sido una bendición.

Se me queda la cara desencajada cuando le veo

entrar a zancadas en mi despacho detrás de ella. Massimo tiene cara de satisfacción, pero en sus ojos sigue apareciendo la ira.

—Señor Caballero, le presento a la señora López, la abogada. Por favor, siéntese —le dice Natalia, indicándole que se siente en una de las sillas frente a mí. Me entrega la hoja de admisión de clientes.

—Natalia, toma… —Extiendo la mano y le doy la carpeta de trabajo con los documentos en los que estaba trabajando—. Está lista para archivar. —Agarra la carpeta y sale, cerrando la puerta tras de sí.

Miro fijamente a Massimo.

—El señor Caballero, ¿eh? —pregunto, entrecerrando los ojos mientras hablo—. Debería haber sabido que vendrías así. —Arrugo la hoja de admisión de clientes y la tiro al cubo de basura que hay a mi derecha.

—Siempre consigo lo que quiero, pero eso ya lo sabes, ¿verdad, abogada López? —dice recostándose en la silla, con una sonrisa de satisfacción en su hermoso rostro. La barba incipiente que le crece a lo largo de la mandíbula está salpicada de canas y sus ojos tienen ojeras y patas de gallo en las comisuras.

Me quedo mirándole unos instantes antes de decirle—: ¿Por qué estás aquí, Massimo? Este es mi despacho. No puedes estar haciendo esto. —Apoyo el codo izquierdo en el reposabrazos de mi silla y me ajusto las monturas en la cara.

Se inclina hacia delante, apoyando los codos en las piernas. Sus ojos no se apartan de los míos y sonríe antes de preguntar—: ¿Por qué estás tan nerviosa?

—No lo estoy. —Intento mantener la calma, pero no es fácil con él tan cerca. Puedo oler su aroma único, y al igual que la primera vez que lo conocí, me produce un cosquilleo en la piel.

—¿Has olvidado que lo sé todo de ti y que juguetear con tus lentes es tu delator? —dice más que pregunta y se relame los labios.

Aparto las manos de los marcos y me las llevo a las piernas. Quiero arrancarle la cara de suficiencia de un bofetón.

—¿Por qué estás aquí?

—¿De verdad me estás haciendo esa pregunta?

—Sí, así es. Tengo un asunto que atender y trabajo que hacer. —Me apresuro a responder, en un débil intento de disimular el temblor de mi voz.

—Mira, sé que no te importo. Lo dejaste bien claro cuando te fuiste a hacer Dios sabe qué. Pero merezco una explicación. Llevo nueve años esperándola, y hasta que no la tenga, no voy a dejarte en paz. —Sus palabras están impregnadas de ira y dolor, incluso todos estos años después.

Su declaración duele. Nada de lo que cree es cierto.

Pero tiene razón, se merece una explicación, pero no ahora. No puedo dársela aquí, en mi despacho, con mi ayudante al otro lado de la puerta y una oficina llena de gente a la que apenas conozco. Es una conversación demasiado emotiva para tenerla aquí. No puedo tener una crisis en mi oficina.

—A pesar de lo que piensas, Massimo, eso no es cierto —digo, las palabras una declaración silenciosa que cae de mis labios. Las lágrimas arden en mis ojos, suplicando ser liberadas.

—Entonces, Lena, ¿por qué no me iluminas? —bromea mientras acerca su silla para apoyarse en el escritorio—. ¿Cuál es la verdad tras tu repentina e inesperada desaparición de mi vida?

—Massimo. —Me muevo hacia delante en la silla y apoyo los brazos en el escritorio, acercando mi cara a escasos centímetros de la suya. Estoy jugando con fuego, y con Massimo me quemaré. Nunca he podido resistirme a su energía y a la atracción que ejerce sobre mí—. Sé que mereces saber la verdad, y voy a dártela, toda. Pero eso no puede suceder ahora, por muchas razones, pero sobre todo porque tengo una reunión después de que te vayas.

—Muchas razones —repite, contemplando mis palabras. Massimo inclina ligeramente la cabeza hacia la derecha, frunce los labios y se pasa los dedos índice e índice por el labio inferior. Sus ojos no se apartan de los míos mientras busca una respuesta en ellos, estudiándome. Pone las manos sobre mi escritorio y se levanta, empujando la silla hacia atrás con la pierna.

Da un paso a su derecha, arrastrando la mano izquierda por el escritorio mientras lo rodea lentamente hasta situarse a mi izquierda. Con la mano derecha, hace girar mi silla y me levanta la barbilla, guiando mi cabeza hacia arriba. Tiemblo bajo su contacto. Su mano se detiene cuando mis ojos se clavan en los suyos.

Se inclina, acerca sus labios a mi oreja izquierda y susurra—: Lena. —Cierro los ojos y recuerdo todas las veces que me ha susurrado al oído palabras de amor o deseo sexual. Hace una pausa, su aliento me hace cosquillas en la oreja—. Si quieres más tiempo —me roza suavemente el lóbulo de la oreja con los labios—. Te daré tiempo, aunque no te lo merezcas.

Su aliento es caliente mientras habla, y mis ojos vuelven a cerrarse como respuesta. Aprieto las piernas para calmar el hormigueo. Sus labios rozan la piel de debajo de mi oreja y los arrastra por mi mandíbula hasta que se cierne sobre mi boca.

Apoya su frente contra la mía, ojo con ojo, nariz con nariz, respiración con respiración. Nos quedamos quietos varios segundos, y es una maldita tortura lenta.

Me estalla el corazón.

Acelerándose.

Palpitante.

Mi respiración es corta y rápida.

Massimo aviva el fuego en mi interior acercando sus labios a los míos y posándolos allí, con su aliento abrasándome.

—Lena —murmura.

—Massimo —le susurro.

Tan rápido como sus labios rozaron los míos, se han ido, y de repente siento frío.

Y así como así, Massimo ha presionado todos mis botones. Estoy borracha de deseo y necesidad. No puedo pensar con claridad después de sentirle cerca de mí. Mi corazón se acelera y mi mente es un torbellino de pensamientos, pensamientos nublados por la anhelante necesidad de él.

—Lena —vuelve a decir, separándose de mí, con un brillo en los ojos y una sonrisa arrogante en la cara—. Tienes hasta mañana después del trabajo. Podemos vernos donde quieras, pero ya no esperaré más —ordena mientras se levanta y se aleja de mí.

—Oh… vale —tartamudeo, todavía bajando de mi subidón inducido por Massimo.

—A las seis en La Bóveda, en Water Street —dice mientras empieza a alejarse.

Massimo se detiene y me mira.

—No llegues tarde —dice y sale de mi despacho.

Después del trabajo, conduzco hasta Newton para visitar a mis padres. Hace una semana que no los veo, y mi padre me ha llamado esta mañana para invitarme a cenar. El camino hacia el oeste por la Pike está atestado de tráfico. Nunca había estado tan mal.

Mi iPod está en modo aleatorio y la música me hace compañía. Aunque hace muy poco por acallar los pensamientos de Massimo. Cuando empieza a sonar *Sad* de Maroon 5, subo el volumen. Como de costumbre, la canción me hace cuestionarme si elegí el camino correcto o no, y si alguna vez encontraré a otro hombre como Massimo. Las lágrimas resbalan por mis mejillas, la letra se hace eco de mis emociones.

Verle hoy ha sido inesperado y, de nuevo, me ha puesto de nervios. Tengo que ponerme las pilas para mantener una conversación normal con él sin ponerme nerviosa. Me he dado cuenta de que no llevaba alianza. ¿Llevaba una el otro día en el mercado? No me acuerdo y tendré que prestar atención cuando le vea mañana. ¿Significa que no está casado? Todo lo que recuerdo de él me dice que es el tipo de hombre que llevaría un anillo. No quiero hacerme ilusiones, pero la esperanza es lo único que me queda ahora mismo.

Cuando llego a casa de mis padres, en Newton Corner, me siento en su entrada durante unos minutos para recuperar la compostura. No quiero que sepan que he venido llorando. Siempre tienen un montón de preguntas. No necesito darles más munición.

Mis padres se mudaron a Newton a principios de los años setenta, tras trasladarse a Boston desde Puerto Rico. Querían mudarse a un barrio con buenas escuelas donde pudieran criar a sus hijos. Hasta que se jubiló hace unos años, mi padre trabajó en una fábrica de armas en la ciudad vecina. Mi madre era ama de llaves de varias familias de Newton y pueblos vecinos.

Soy la menor de seis, y hay dos o tres años de diferencia de edad entre uno y otro. Newton Corner, me dijo mi padre, era la única parte de Newton en la que podían permitirse comprar una casa, ya que Newton se consideraba una ciudad más acomodada. Sin embargo, esta parte de la ciudad era de clase trabajadora, lo que nos permitía asistir aquí a las escuelas públicas, que estaban entre las mejores del país. Nuestra familia latina era sólo una de un puñado de familias latinas en la ciudad, que era predominantemente judía e italiana cuando yo crecía.

Aún recuerdo cuando empecé preescolar y el primer día de colegio no hablaba inglés. Cuando mi madre me recogió ese día, la profesora le dijo—: Señora López, tiene que hablarle en inglés a su hija porque no entiende nada de lo que estamos haciendo. No habla inglés. —Mis padres hicieron caso omiso de las instrucciones de la profesora e insistieron en que en casa solo habláramos español. A pesar de ello, aprendí inglés en pocas semanas.

Pero crecer como latina en Newton no siempre fue fácil. Con una piel aceitunada y un nombre como el mío, a menudo me preguntaban niños y adultos—: ¿Qué eres? O ¿De dónde eres? —Me cohibía. Siempre tenía un aspecto diferente al de la mayoría de las chicas con las que iba al colegio, debido a mi estatura y a mi pelo grande y encrespado. Sin embargo, cuando di el estirón en el primer ciclo de secundaria, destaqué mucho. Era más alta que todos los chicos, tenía caderas y muslos con curvas, un culo grande y redondo, rizos flexibles y labios carnosos. Odiaba ser adolescente porque siempre me sentía diferente y no sabía cómo quererme.

El ascenso por las escaleras traseras me deja en la cocina, donde mis padres están preparando la cena: los aromas me recuerdan a mi infancia. Huele delicioso y el aroma del adobo inunda el ambiente. Mi padre está de pie sobre los fogones, dándole la vuelta a algo en la sartén, y le doy un beso.

—Hola, Papi. Huele rico, ¿qué estás haciendo? —pregunto.

Mi padre tiene setenta años, pero lleva bien su edad. Es más alto que yo, mide 1.80 metros, tiene el cabello grueso y rizado, las canas mezcladas uniformemente con el negro, y las arrugas que surcan sus ojos muestran años de experiencia.

—Hola, Nena. Ahora mismo, chicharrones —dice—. Sé que te encantan. El resto de la comida está casi lista. Te estábamos esperando.

—Mmm, cueritos de cerdo. Gracias, papi —digo, antes de girarme hacia dónde está mi madre, de pie junto al mostrador—. Hola, Mami. —Me inclino y le beso la mejilla. Mi madre, que también tiene setenta años, es menuda, con el cabello rubio oscuro y unos llamativos ojos verdes.

—Hola, Nena —dice. Está lavando lechugas y espinacas, probablemente para hacer una ensalada.

—¿Puedo ayudar?

—Sí —dice Mami—. Corta un poco de pan. Está en la mesa del comedor. —Hace un gesto a su izquierda.

Agarro el pan de la mesa y veo una foto de Massimo y mía que mi madre tiene en un marco metálico sobre la vitrina de porcelana. Me pregunto por qué habrá conservado esta foto. Estamos muy elegantes, él con un traje negro y yo con un vestido morado. Llevábamos saliendo cerca de un año y le pedí que fuera mi acompañante en la boda de mi amiga Gina, a un par de horas de la ciudad. Alquilamos una habitación de hotel para pasar la noche, ya que íbamos a beber en la boda.

# HACE ONCE AÑOS

—¿Me subes la cremallera de la espalda del vestido? —pregunté.

Massimo se acercó a mí, su frente a mi espalda, y me acarició bajo la oreja con la nariz.

—Preferiría quitarte este vestido ahora mismo —dijo, depositando besos a lo largo de mi cuello entre cada palabra.

—Sabes que a mí también me encantaría, pero vamos a llegar tarde. Tendrás que dejarlo para más tarde.

Las manos de Massimo se separaron de mí y subió la cremallera.

—Voy a tener una puta erección toda la noche viéndote con ese vestido. —Su voz era profunda y ronca.

Después de subirme la cremallera, me giré y vi su camisa abotonada excepto el último, con la corbata morada colgando del cuello. Era tan guapo, esbelto y escultural, era altísimo y tenía una mandíbula cincelada y una nariz griega. Podría quedarme mirándolo horas y horas.

—¿Estás listo para irnos? —pregunté.

—Sólo necesito arreglarme la corbata.

Le observé cerrarse el botón superior y ajustarse la corbata, con la mano izquierda sujetándola mientras la derecha apretaba el nudo. Sus manos eran grandes y morenas, con venas prominentes a lo largo de la parte superior. Me encantaba sentirlas sobre mi piel. Tan masculinas, pero él es tan delicado cuando explora mi cuerpo con ellas, cuando sostiene mis manos entre las suyas al caminar.

Más tarde, en la iglesia, vimos entrar a los novios. Yo estaba sentada más cerca del pasillo y Massimo estaba a mi derecha. Nos pusimos en pie para ver a mi amiga entrar del brazo de su padre, con su vestido de novia de corte recto y sencillo y una larga cola. Massimo se inclinó hacia mí y me susurró:

—Estarás preciosa cuando me case contigo.

Me besó suavemente en la mejilla.

Me sonrojé ante su afirmación, con las preguntas arremolinándose en mi cabeza. En lugar de eso, le sonreí y seguí observando a Gina marchar hacia su novio.

—Nena, ¿dónde está el pan? —Las palabras de mi madre me devuelven al aquí y ahora.

Me encanta el recuerdo que me ha evocado esta foto. Si Massimo hubiera sabido entonces que le iba a destrozar el alma, nunca me habría pedido que me casara con él.

—Ya voy —respondo. Agarro el pan de la mesa y vuelvo a la cocina.

Disfrutamos de la cena en la gran mesa de la cocina, como siempre hacíamos cuando yo era pequeña. Nos reuníamos todos alrededor de la mesa, en un espacio reducido en el que nos apretujábamos los seis con mis padres. La mayoría de las noches cocinaban juntos porque los dos trabajaban todo el día, así que era el momento de ponerse al día el uno con el otro. Se besaban cuando creían que no mirábamos. Por aquel entonces, me daba asco ver a mis padres besándose o siendo cariñosos el uno con el otro. En retrospectiva, fueron un gran ejemplo de lo que es el amor.

—Mami, la foto de Massimo y mía, ¿por qué aún la tienes ahí?

—Porque me gusta —responde con naturalidad.

—A mí también me gusta, pero ya no estamos juntos.

—¿Has visto a Massimo? —pregunta mi padre.

—Todavía no —miento. No tienen por qué saber que ha estado hoy temprano en mi despacho. Lo único que haría sería tener que explicarles cosas que aún no puedo decirles.

—Sabes —dice—. Nunca te dije lo que sentía por lo que hiciste, dejando a Massimo en secreto. Nunca quisiste oírlo, siempre ponías alguna excusa porque no vivías aquí o estabas en la facultad de Derecho, y yo no te presionaba. Pero ahora, vas a oírlo, no más excusas. Lo desaprobamos. Nunca nos dijiste por qué lo hiciste o qué pasó. La verdad es que la razón no importa. Estuvo mal. Él vino aquí pidiendo nuestra ayuda, pero tú también nos dejaste fuera porque sabes lo que yo habría dicho si me hubieras contado tus planes. Sabes que le habría ayudado a encontrarte. Massimo es un buen hombre, y no se merecía lo que le hiciste. Y no es la forma en que te criamos. Espero que comprendas el daño que causaste, el daño que infligiste, y busques el perdón —sermonea.

Mi padre me mira fijamente, con decepción en los ojos. Espera a que responda a su admonición.

—Perdóname, Papi. Siento haberte hecho daño… —Me giro hacia mi madre—. A ti también. —Extiende la mano por encima de la mesa y me da unas suaves palmaditas en el brazo.

—No es a nosotros a quienes debes pedir disculpas —dice mi padre antes de beber de su botella de cerveza.

A pesar de tener treinta y cinco años, me siento como una niña petulante por las palabras de mi padre.

# CAPÍTULO 16

*El deseo del corazón*

## Marialena

**AL DÍA SIGUIENTE**

—¿Qué pasa, Natalia? —le pregunto cuando llama a mi despacho.

—El señor Caballero está en la línea uno para usted. ¿Quiere hablar con él o le tomo el recado?

—Hablaré con él —le digo sonriendo. Miro el reloj y veo que son las cuatro y media. Dentro de menos de dos horas le veré y tengo mariposas en el estómago.

—Hola, señor Caballero. ¿En qué puedo ayudarle? —pregunto en voz baja y entrecortada.

—Lena, mi madre falleció.

—Oh, Massimo, lo siento mucho.

—Yo. Yo. ¡Joder! Lena, mi madre murió —balbucea.

No sé qué decirle. Quiero abrazarle, acariciarle, consolarle. Pero, por desgracia, ya no tengo derecho a hacer nada de eso. Massimo estaba muy unido a ella, sobre todo porque no tenía una gran relación con su padre. Por eso, yo me acerqué a ella durante el tiempo que estuvimos juntos. Era muy cariñosa y tenía un corazón enorme, me acogió como a uno más en cuanto Massimo me presentó a la familia. Era la matriarca, siempre intentando mantener a todos unidos. Me entristece pensar que se ha ido y lo que significa para ellos.

—¿Qué puedo hacer? —pregunto.

—Estoy en la *Taverna* en el norte de la ciudad. ¿Puedes venir aquí?

—Esto… —empiezo, dudando si debería aceptar.

—No te preocupes por eso, Lena.

—No, no pasa nada. Lo siento, estoy conmocionada por la noticia. Por supuesto, iré. Estaré allí pronto.

—De acuerdo —dice antes de que la línea se silencie.

Vuelvo a colocar el auricular del teléfono en el soporte y mi mano se queda allí. Estoy estupefacta al oír que mi casi suegra ha fallecido. La quería y nunca tendré la oportunidad de pedirle perdón por el daño que le infligí a ella y a su familia. La vida es impredecible y puede cambiar en un abrir y cerrar de ojos. La muerte es siempre un duro recordatorio para no dar nada ni a nadie por sentado.

Me duele el corazón por Massimo. Aún no he perdido a ninguno de mis padres, pero la pérdida de uno de ellos es devastadora. Massimo siempre trató de mantener una apariencia dura durante nuestra relación, de no dejar que las emociones le afectaran, al menos públicamente. Pero, a medida que nuestra relación avanzaba, dejó aflorar sus sentimientos. Empezó a abrirse conmigo, a compartir la agitación que le atormentaba, la rabia que llevaba dentro, a dejarme ver el interior de su dura apariencia.

Massimo es el mayor de los tres hermanos y siempre ha sido el líder de la familia. Tanto sus padres como sus hermanos siempre recurren a él para todo. Todos confían en él. Siempre hacía cosas por los demás, daba a los demás, se aseguraba de que todos tuvieran lo que necesitaban… se ponía a sí mismo en último lugar. Es de suponer que su padre y sus hermanos harán lo mismo ahora. Si es así, conociéndole, no se permitirá llorar la muerte de su madre, sino que la interiorizará. En su lugar, intentará ser el fuerte para su padre, sus hermanos y sus hijos.

Es horrible que lo piense, pero qué inoportuno. Ha estado tan preocupado con mi regreso y empeñado en averiguar por qué me fui. Pero necesita lidiar con la muerte de su madre antes de que yo también descargue todo mi equipaje sobre él.

Echo la silla hacia atrás y abro el cajón inferior derecho del escritorio para sacar mi bolso y colocarlo sobre la mesa. Cambio los zapatos de vestir por las botas para ir andando. Después de atármelas, agarro mi bolso y salgo de mi despacho, deteniéndome en el escritorio de Natalia.

—¿Por qué no dejas eso y te vas a casa? —le digo—. Me voy por hoy, y está tranquilo.

—Vale, ¿tienes el expediente para la vista de Gómez de mañana? —pregunta.

—Vendré a la oficina temprano antes de ir al juzgado. Lo agarraré entonces. ¿Algo más?

—Eso es todo. Gracias, Lena. Que pases buena noche.

—Tú también, Natalia —digo mientras doy zancadas hacia la salida de la oficina.

Antes de bajar en ascensor, me detengo para ir al baño. Cuando termino de lavarme las manos, me las paso por el cabello para domar algunos de los rizos locos. Busco mi estuche de maquillaje y me retoco el pintalabios, echando un vistazo a mi barbilla para asegurarme de que no se ve ninguno de esos pelos de alambre que crecen hacia dentro. Después de nuestro encuentro en mi despacho, estoy nerviosa por ver a

Massimo. A pesar de saber que pertenece a otra mujer, quiero estar lo mejor posible, aunque sepa que está mal.

Unos minutos después, salgo del ascensor y me dirijo hacia la salida de la calle State, girando a la izquierda una vez fuera. Tomo la ruta más rápida a través de *Faneuil Hall*. Tiene tres restaurantes con sus hermanos: en el que trabajé en su día, que está en la calle Franklin, a unas calles de mi oficina, otro en el sur y el que voy a visitar ahora, en el norte de la ciudad.

Aún recuerdo cuando abrieron *Trattoria Lorenzo Restaurant & Bar*, y me pidió que fuera a trabajar con él después de que lleváramos saliendo unos meses. Al principio dudé, pero al final decidí hacerlo. Massimo había hablado de ampliar y abrir algunos restaurantes más con bares temáticos y quería que yo fuera la jefa de bar de todos ellos. Adiós a esos planes, otra cosa que arruiné.

Estoy a punto de girar en la calle Salem cuando suena mi teléfono. Lo ignoro porque ahora mismo mi mente está en Massimo. Al acercarme al restaurante, miro a la izquierda antes de cruzar la calle. *Lorenzo's Taverna* está situado en diagonal frente a mí.

Dentro de la taberna, unas cuantas personas están sentadas en la barra a mi izquierda. Hay un hombre mayor, su traje es gris oscuro y los bajos del pantalón están hechos jirones. La corbata naranja le cuelga floja del cuello, tiene los hombros caídos y está sorbiendo un *martini*. La pareja de la esquina, junto a la ventana, es joven. Ambos llevan traje, él negro, ella un traje de falda rojo con medias opacas negras. Parecen recién casados y no se quitan las manos de encima. Sus bebidas permanecen intactas junto a los calamares que se enfrían.

Una mujer joven se me acerca.

—Hola, ¿en qué puedo ayudarle?

—Estoy aquí para ver a Massimo. Me está esperando. Mi nombre es Lena.

—Sí, está en el despacho. Ve por detrás. —Señala la puerta trasera de la esquina derecha. —Y baja por las escaleras. Una vez abajo, atraviesa la cocina y verás la puerta de madera a tu izquierda.

Sigo sus indicaciones y, cuando me encuentro en la puerta del despacho, llamo.

—¿Sí? —oigo decir a Massimo.

La abro de un empujón y asomo la cabeza.

—Hola, ¿puedo entrar?

Me mira desde el sofá, con las manos en la cabeza, que cuelga baja. La radio suena suavemente de fondo.

—Dios, eres colirio para mis ojos —susurra. Me mira durante unos segundos antes de volver a bajar la vista.

Entro, cierro la puerta tras de mí y me apoyo en ella.

—¿Cómo lo llevas? —le pregunto.

—No lo estoy llevando.

—¿Por eso estás aquí encerrado y no en casa de tus padres con tu familia?

—Todavía me conoces después de todos estos años, ¿eh?

—No eres un hombre fácil de olvidar.

—Duele tanto, joder. Anoche no pude despedirme de ella. Sabíamos que se acercaba el final, pero nunca esperamos que fuera tan rápido. Que mi padre me llamaría esta mañana y me diría que murió mientras dormía. No pude decirle tantas cosas que quería decirle. Mis hijos no pudieron despedirse.

Apenas murmura esas últimas palabras, el dolor se apodera de él. Mientras tiembla, veo cómo se aparta la mano izquierda del cabello para secarse las lágrimas que deben de caerle de los ojos. La ausencia de su anillo de casado es evidente, pero no es el momento de ser inquisitiva. Sigue mirando al suelo, se niega a levantar la cabeza, probablemente intentando ocultarme sus emociones, no queriendo exponer su vulnerabilidad.

No tengo palabras para consolarlo. En lugar de eso, me empujo desde la puerta y atravieso la oficina hasta situarme frente a él. Dejo el bolso en el sofá y meto las manos en su melena salvaje, bajo por su nuca hasta su cuello y las extiendo hasta sus hombros para masajearlo suavemente.

Su cuerpo se pone rígido, pero no me detengo, aunque debería. No tengo derecho a hacer esto cuando pertenece a otra persona, pero soy egoísta cuando se trata de Massimo. Sus manos encuentran mis caderas y las agarran con fuerza, su tacto me evoca recuerdos de cuando me hacía el amor. Apoya la cabeza en mi vientre y vuelvo a pasar la mano por su pelo, enredando los dedos entre las gruesas hebras.

Massimo está temblando. Oigo su respiración agitada y los sollozos que sin duda acompañan a las lágrimas que no puedo ver. Se me parte el corazón por él y quiero aliviar su dolor, así que sigo acariciándole el cabello con los dedos. Es lo único que puedo hacer.

Permanecemos en esa posición durante lo que parece una eternidad. El silencio entre nosotros está lleno de emociones no expresadas, acompañadas por *Crash Into Me* de Dave Matthews Band sonando en la radio.

No tengo palabras. No sé cómo consolar al hombre que tengo delante porque ya no es mío. Aparte de nuestros dos últimos encuentros, no he visto a Massimo en nueve años. El último lugar donde esperaba encontrarme es consolándole como lo estoy haciendo ahora. Aún queda mucho por decir entre nosotros, mucho por lo que tengo que disculparme, pero ahora no es el momento de hablar de eso. Necesita llorar a su madre antes de poder hacer nada más.

—Lena —murmura mientras me agarra con más fuerza por las caderas, el ardor entre mis piernas se intensifica bajo su contacto.

—Estoy aquí.

Massimo levanta la cabeza, me mira y deja que su mirada se detenga antes de volver a bajar los ojos a mi barriga. Lleva las manos a la parte delantera y empieza a sacarme la blusa de dentro de la falda hasta dejarme la piel al descubierto. Me acaricia el vientre con los labios, como si fueran llamas lamiéndome la piel.

Mi cabeza me dice que debería pedirle que pare. Mi corazón me suplica que siga.

—Te he echado tanto de menos, no tienes ni idea —murmura, besando la zona por encima de la cinturilla de la falda entre palabra y palabra.

Me arden los ojos al oír su confesión. Echo la cabeza hacia atrás para evitar que se me salten las lágrimas. Debería detenerlo, pero mi autocontrol siempre ha sido débil cuando estoy cerca de él, su presencia me desnuda. A pesar de que hace nueve años que no lo veo, domina mis pensamientos casi todos los días. Soy egoísta y quiero que me toque. Tenerlo tan cerca satisface todos los deseos de mi corazón. Exhalo un largo suspiro y vuelvo a bajar la cabeza para mirarle.

Massimo empieza a desabrocharme la blusa, empezando por el botón de abajo. Pasa al siguiente, sus grandes dedos luchan con los botones pequeños, besando la piel que deja al descubierto con cada uno que se desabrocha. Cuando llega a mi sujetador, me abre la blusa, coloca las manos sobre cada pecho y aprieta.

Estoy febril y gimo por la agradable presión. Sus labios rozan la piel por encima de la cintura de mi falda, su lengua sube lamiendo y se detiene justo debajo de mis pechos, dejando un rastro de calor abrasador a su paso.

Sus besos prenden fuego en mi interior, cada caricia de sus manos es incendiaria. Siento un hormigueo en la piel, que revive bajo sus caricias, al sentir el roce de la barba incipiente que le crece en la cara. Mis manos juegan con su pelo, hacia atrás, hacia delante, alrededor, empujándolo y tirando de él en todas direcciones con movimientos lentos y circulares.

Las manos de Massimo se mueven sobre mis caderas y bajan por los costados de cada pierna, aterrizando en la parte inferior de mi falda, subiéndola hasta que se amontona alrededor de mis caderas. Me besa la piel de los muslos y agarra las bragas entre los dientes. Arrastra sus manos desde mis caderas hasta mi vértice, hasta que su mano izquierda encuentra su camino entre mis muslos y se posa sobre mis bragas, tirando de ellas hacia un lado. Sus dedos índice y corazón de la mano derecha se posan sobre mis pliegues calientes recién expuestos. Empieza a frotarlos hacia arriba, hacia mi nódulo sensible, y hacia atrás, en un lento movimiento de arrastre.

Siseo ante su contacto y las piernas empiezan a temblarme. Joder cómo le he echado de menos, sus manos, sus caricias. Mi respiración es agitada. Tengo los ojos encapuchados por el placer que ha despertado en mí.

Debería detenerlo, pero no quiero.

No debería dejar que esto pasara, pero necesito que pase.

Debería terminar con esto, pero la codicia me domina.

El dedo índice de Massimo se desliza entre mis labios, se abre paso, su pulgar hace círculos, y yo gimo en respuesta. La lujuria nubla mis pensamientos, todo razonamiento del que intento convencerme desaparece. Dentro de mí, su dedo hace círculos, y el dedo corazón se une a él, profundizando más dentro de mí, haciendo que mis piernas se doblen de placer. Tengo que agarrarme a él para no desplomarme.

Mientras me frota y empuja, baja la cabeza y me pasa la lengua por el monte, apoyando allí la punta antes de empezar a dibujar círculos con ella.

Gimo de placer y le tiro del cabello. Él responde lamiéndome los pliegues, arrastrando la lengua hasta mi nódulo y volviendo a bajarla. Mientras tanto, sus dedos me acarician las entrañas, haciéndome caer al borde del abismo. Sigue haciendo círculos con el pulgar mientras sus dedos me frotan desde dentro, llevándome hasta el clímax.

Cuando mi respiración se ralentiza, Massimo aparta sus dedos de mí, y al instante siento el aire frío entre mis piernas, hueca porque echo de menos su tacto.

Lo miro y él mueve la cabeza hacia atrás y se aleja de mí, levantando la mirada hacia la mía. Sus ojos color chocolate están encapuchados, oscuros y ardientes de deseo. Aún puedo ver el amor que vi hace tantos años.

Se lleva la mano derecha a los labios y empieza a chuparse los dedos, sacándolos y volviéndolos a meter lentamente, saboreando mi gusto.

Alimentando mis ansias de probarlo. Sentirlo. Amarlo.

Llevo mi mano derecha desde su cabello hasta su cara y apoyo el pulgar en sus labios, pasándolo de izquierda a derecha y viceversa. Él saca la lengua, se lleva el pulgar a la boca y empieza a chuparlo. Nos miramos fijamente a los ojos y nos acariciamos.

—Massimo, yo…

—Ahora no, Lena, por favor. —Sus ojos me suplican que deje de hablar.

Sus manos se dirigen a mi cintura y me agarran la falda, ajustándola en su sitio antes de abrocharme la blusa. Cuando termina, me aparta y yo retrocedo un paso para que se levante. Se pone de pie, sin apartar los ojos de los míos mientras se levanta del sofá, con su agarre aún firme en mis caderas redondeadas. Los ojos de Massimo emanan un sinfín de emociones: miedo, ira, dolor, tristeza, esperanza, amor.

—Massimo, creo que deberíamos hablar de lo que acaba de pasar.

—Por favor, Lena —dice, sacudiendo la cabeza mientras su pulgar recorre mi labio inferior, de izquierda a derecha, y de nuevo al centro, descansando allí, presionando mis labios—. Hoy no. Déjame tener este momento, a ti, lo que acaba de pasar. Tengo mucho con lo que lidiar ahora mismo, y necesito algo bueno a lo que aferrarme.

Me resigno ante él, su súplica es una que no puedo rechazar.

—De acuerdo.

Su sonrisa traviesa aparece antes de rozar sus labios con los míos.

—Gracias por venir. —Sonríe y guiña un ojo.

—Massimo —hago una pausa, pero decido no

decir nada más porque me ha pedido que espere—. No importa.

En ese momento, se abre la puerta y ambos giramos la cabeza.

—Massimo, ¿por qué no contestas? —dice su hermana Stella al entrar en el despacho. Se detiene en seco cuando sus ojos se posan en mí.

—¿Qué coño estás haciendo aquí? —exige Stella, mirándome fijamente. Si las miradas mataran, yo estaría muerta.

Stella está tan guapa como la recuerdo. Massimo y ella comparten los mismos labios, nariz y espeso cabello negro, pero ella tiene unos llamativos ojos azules redondos como los de su madre, y su piel aceitunada siempre está bronceada.

Ella y yo pasamos mucho tiempo juntas antes de irme, y estaba emocionada de que me casara con Massimo. Me dijo que yo era la hermana que siempre quiso. Estoy segura de que se siente traicionada por lo que hice y está enfadada conmigo por dejar no sólo a Massimo, sino también a ella.

Antes de que pueda responder, Massimo dice—: Está aquí conmigo porque yo se lo pedí. —Me rodea con su brazo, reclamándome.

—¿En serio, después de todo lo que hizo? ¿Dejaste que volviera a nuestras vidas?

—Mi vida —afirma—. Y a quién elijo estar en mi vida es mi decisión. No te metas.

—Como quieras. Si hubieras contestado al teléfono, no habría venido aquí a ver esta mierda. —Hace un gesto con la mano de arriba abajo—. Te necesitamos en la casa. Anthony de la funeraria está de camino. —Sale del despacho dando un portazo.

—Debería irme —digo.

—Sí, yo también tengo que irme. ¿Dónde está tu teléfono?

—Mi bolso.

Me suelta, agarra mi bolso del sofá y mete la mano dentro, buscando mi teléfono. Una vez lo tiene en las manos, desliza la función de desbloqueo y empieza a marcar. Momentos después, suena su teléfono. Tras finalizar la llamada, me lo entrega junto con mi bolso.

Miro la pantalla de mi teléfono, el número de Massimo en la ranura de llamada más reciente.

—Sigues teniendo el mismo número de teléfono —susurro, levantando los ojos hacia los suyos.

—Nunca lo cambié con la esperanza de que algún día me llamaras. —Su revelación escuece, otro recordatorio de lo terrible persona que soy.

—Lo siento —murmuro.

—Tengo que irme —dice—. Te enviaré un mensaje cuando tenga detalles sobre el servicio. Te quiero allí.

—¿Es una buena idea, después de cómo reaccionó Stella?

—Déjame ocuparme de eso.

—De acuerdo. —Después de lo que acaba de pasar, quiero darle un beso de despedida, sentir el calor de sus labios, pero no tengo derecho a pedir nada. Doy un paso hacia la puerta cuando Massimo me vuelve a abrazar. Le correspondo, rodeando su torso con los brazos, sintiendo los firmes músculos de su espalda, acercando mi nariz a su cuello, inhalando su aroma único. Sus manos me rodean la parte baja de la espalda y me besa a lo largo del nacimiento del pelo. Sus brazos me envuelven en seguridad, como si hubiera llegado a casa tras un largo viaje.

Antes de que se me salten las lágrimas, me separo de él y me dirijo hacia la puerta.

—Esperaré tu mensaje —le digo, saliendo del despacho. Las emociones se apoderan de mí, la ansiedad aumenta porque me siento fuera de control de esta situación. Necesito alejarme de él para que se disipe la niebla. Es la única forma de pensar con claridad.

Cuando estoy fuera del restaurante, agradezco el aire fresco. Finales de septiembre es mi época favorita en Boston, con días cálidos y noches frescas. Decido llamar a Luci para ver si puede venir esta noche, pero salta el buzón de voz. Cojo mi iPod, me pongo los auriculares y le doy al play, dejando que *Listen to Your Heart* de Roxette calme mi errático corazón.

Aunque está oscuro y no puedo ver el agua, el océano está enfadado, las olas rompen con furia, reflejando la agitación que siento en mi interior. Parece que se avecina una tormenta. Después de llegar a casa, decidí conducir hasta la playa de Revere para sentarme junto al muro, absorber el aire salado, reagrupar mis pensamientos y cenar unas almejas fritas en Kelly. La comida reconfortante siempre llega lejos.

El aire del mar me calma y me centra. Y después de ver a Massimo, mis emociones están a flor de piel. Lo último que esperaba era que me tocara como lo hizo, que intimáramos. Sé que está mal, que no tenía derecho a permitirlo, pero le he echado de menos, y todo lo que pasó en su despacho me pareció bien. Tenemos que hablar, para que pueda contarle por qué me fui, y podamos discutir lo que acaba de pasar. Si las cosas ya eran complicadas, nuestro encuentro las empeoró.

Aunque le destrocé el corazón, Massimo sigue sintiendo algo por mí. Lo sentí en la forma en que me tocó, lo vi en la forma en que me miró.

Egoístamente, me alegro de ello. Pero mi comportamiento egoísta ya ha causado suficiente destrucción, y no puedo hacer más daño, especialmente a él. Tiene una nueva vida con sus hijos y su madre, y no voy a arruinársela. Excepto, una vez más, me di cuenta de que no tenía un anillo de bodas. Todo lo que sé de Massimo me dice que usaría uno. Es demasiado leal para no hacerlo, y no creo que hubiera intimado conmigo si estuviera en una relación o casado. Estoy tan confundida.

En cuanto haya enterrado a su madre y esté dispuesto a hablar, voy a contarle toda mi historia, para que ambos podamos cerrar el caso y seguir adelante.

# CAPÍTULO 17

*Debiste haber sido honesto*

## Massimo

Anthony, de la funeraria, pasó unas horas con nosotros e hicimos los preparativos necesarios para el funeral de mi madre. El velatorio es pasado mañana, y el entierro, a la mañana siguiente.

Es más, de medianoche cuando entro por la puerta principal, me quito los zapatos de una patada y voy directo a la ducha. Necesito lavarme el día. Abro el grifo y dejo que se caliente mientras me desnudo.

En medio del dolor por la muerte de mi madre y los preparativos del funeral, Lena fue mi punto de luz, como siempre lo fue. A pesar de los años, mi corazón todavía se hincha cuando pienso en ella, la toco, la saboreo.

Femenina.

Sensual.

Deliciosa.

Hoy estaba tan receptiva conmigo. No sabía si me dejaría tocarla, pero la echaba tanto de menos que necesitaba probarla. Es jodidamente adictiva. Cuando no me detuvo, supe que me deseaba tanto como yo a ella. Sé que todavía me ama.

Me meto en la ducha y el agua caliente golpea mi piel. Se me pone dura de pensar en Lena. Ajusto el cabezal de la ducha, me siento en el banco del lado, apoyo la cabeza en la pared y empiezo a acariciarme. Las imágenes de Lena se agolpan en mi mente.

Lo mojada que estaba. Cómo maullaba cuando le frotaba los pliegues, gemía cuando le pasaba la lengua por el clítoris. Me tiraba del cabello cuando la follaba con los dedos y me bañaba en su leche. Su sabor en mi lengua, mis labios y mis dedos no era suficiente.

Soy codicioso y quiero más. Quiero agarrarme a esas caderas curvilíneas y empujar dentro de ella. Sentir cómo se estira a mi alrededor mientras la penetro. Frotar sus paredes cuando estoy dentro de ella. Chuparle los pezones mientras la penetro para llenarla con mi semilla.

—Lena —gruño mientras me corro, acariciándome hasta que mi respiración se estabiliza.

Me flaquean las piernas y tengo que permanecer

sentado un minuto para recuperar fuerzas. Lena está en el primer plano de mis pensamientos. Mi chica ha vuelto y la necesito en mi vida. Tengo que averiguar cómo hacer que eso ocurra.

Cuando consigo levantarme, me ducho, me lavo los dientes y me meto en la cama. Espero poder descansar bien esta noche. Mañana es otro día largo, en el que tengo que planificar el evento posterior al entierro de mi madre.

~~~

Paso la mayor parte del día en el restaurante del norte de la ciudad, ya que es donde todos volverán después de enterrar a mi madre: planificación del menú con el chef, llamadas telefónicas a los proveedores, reuniones de personal para preparar al equipo. Antes de irme a casa de mis padres, envío un mensaje a Lena.

**Massimo: El velatorio es mañana de cinco a nueve en Nardone.**

**Nos vemos allí.**

Llego a la funeraria con mi padre. Insistió en que
~~~

llegáramos más temprano para estar a solas con mamá. Odio los funerales, pero ¿quién no? Aunque es por mi madre, no quiero tener que estar aquí varias horas y saludar al montón de gente que va a aparecer. Tendré que ser sociable cuando lo único que quiero es beber whisky y llorar.

Mi padre y yo entramos en la sala donde está el ataúd de mi madre. Los arreglos florales llenan toda la parte delantera de la habitación, a cada lado del ataúd y detrás de él. A pesar de la magnitud de los arreglos florales, aquí dentro huele a muerte.

Cuando nos acercamos a la entrada, mi padre vacila y gime antes de empezar a llorar. Ver a mi padre derrumbarse de esa manera me hace sentir humilde. Siempre fue tan fuerte, un tipo duro que nunca me dejó olvidar quién manda. Verle sufrir de esta manera, sufrir y llorar de una forma que nunca pensé que fuera posible, es chocante. Con lo duro que había sido cuando yo era niño, verlo ahora, llorando, con los hombros caídos por la derrota, me está jodiendo la cabeza.

Mis padres estuvieron juntos toda su vida. Ella es todo lo que él conoce, y no estoy seguro de cómo va a aguantar sin ella. Es un hombre cambiado ahora que ha perdido al amor de su vida.

Rodeo a mi padre con el brazo y, uno al lado del otro, damos los últimos pasos hasta situarnos ante el ataúd. Le ayudo a bajar para que descanse sobre la barandilla arrodillada, apoyando mi mano en su hombro. Las lágrimas caen de mis ojos, a pesar de mi intento de enjugarlas y evitar que salgan.

La mujer dentro de esa caja no se parece en nada a mi madre. En sus últimos días, estaba delgada, pálida y calva. El cáncer es un hijo de puta y la despojó de muchas cosas. Tenía setenta años, era demasiado joven para irse. Su muerte me ha dado perspectiva, me ha recordado que nuestro tiempo en la Tierra es breve.

He mirado el reloj de la pared más veces de las que puedo contar: ¡aún no son las seis de la tarde! Me quiebro el cuello, cambio el equilibrio del pie izquierdo al derecho y estiro los brazos hacia atrás. La funeraria está llena. Llena de caras que veo todos los días y caras que no he visto en años.

Tías, tíos, primos, primos segundos, cónyuges, sus hijos. Amigos, mis amigos más íntimos, conocidos del barrio, y otros empresarios de la zona. Esta tradición, o lo que coño sea, es demasiado.

Formamos una fila de recepción: primero el féretro, luego mi padre, yo, mi hermana y mi hermano. Mis hijos estuvieron conmigo un rato, pero se cansaron y ahora están sentados con su madre a un lado. He dado las gracias a tanta gente por estar aquí que ya no hago más que pasar de una persona a otra.

La siento antes de verla. La energía de Lena es algo a lo que mi cuerpo reacciona. Ha sido así desde el día en que la conocí. Sé que está aquí, sólo tengo que localizarla. La sala está llena de gente. Todos visten de negro, los rostros están sombríos, la gente susurra para no hacer ruido. Pero los susurros crean una tormenta de ruido en mi cabeza.

Mis ojos recorren la sala de izquierda a derecha y viceversa. La fila para recibirnos se extiende a lo largo del lado izquierdo de la sala y rodea la pared. Ahí es donde la veo. Está de pie junto a Luci; están hablando y aún no ha levantado la vista. Sus rizos oscuros están sueltos y alborotados, con rizos que le enmarcan la cara y le caen hasta la mitad de la espalda. Lleva sus lentes característicos. Hoy son negros, a juego con su vestido negro de escote en pico, por el que asoma la turgencia de sus pechos. Lleva pintalabios de color vino oscuro, que acentúa sus labios de abeja. Es preciosa. Sus ojos se cruzan con los míos y sus labios se curvan hacia un lado.

Mi hermana irrumpe en mis pensamientos y susurra—: ¿Qué coño hace ella aquí?

Acerco mi boca a su oído y le digo:

—No. Aquí no. Lena está aquí por mí. Fin de la historia.

—¡Como quieras! —Pone los ojos en blanco.

Me vuelvo a levantar y desvío la mirada hacia Lena, que se ha dado cuenta del intercambio entre Stella y yo. Lena dice—: Lo siento —aparta la mirada y vuelve a hablar con Luci.

Cuando Lena está de pie ante mí, la envuelvo en mis brazos, apretándolos alrededor de la parte baja de su espalda. Ella me rodea el torso con los brazos y apoya las manos bajo mis hombros.

Cierro los ojos, la tormenta interior se intensifica. La muerte de mi madre, la ausencia y repentina reaparición de Lena y la incertidumbre de lo desconocido que está ocurriendo entre nosotros hacen que algo se oprima en mi pecho.

—Hola —le susurro al oído—. Eres la persona que he estado esperando ver toda la noche. Gracias por estar aquí.

Estrecho mi abrazo, su aroma a coco invade mis sentidos y un escalofrío recorre mi cuerpo. La he echado de menos y volver a abrazarla así me recuerda lo mucho que la he echado de menos.

—De nada —susurra—. Siento mucho tu pérdida. Yo también la quería y me siento fatal por no tener nunca la oportunidad de pedirle perdón por lo que te hice.

Sus brazos me rodean con fuerza.

Las palabras de Lena me abrasan y no quiero soltarla.

—Gracias. Por favor, no te vayas —le murmuro al oído—. Espera a que se vaya toda esta gente. Quiero hablar un rato.

Ella asiente. Cuando se aleja de mí, mis ojos se posan en Camila, que me mira desde el fondo de la sala.

Unos dos años después de que Lena se fuera, Camila vino a cenar a uno de mis restaurantes. Hizo una reserva para dos y esperó en la barra. Me di cuenta de que había estado sentada sola toda la noche y me acerqué a ella. La habían dejado plantada para una primera cita. Me intrigaba que esta hermosa mujer se hubiera quedado esperando sin siquiera una llamada.

Esa noche me enteré de que Camila es argentina. Habla inglés con un marcado acento, tiene el cabello largo y castaño y los ojos color avellana. Nos quedamos en el bar hasta pasada la medianoche, mucho después de que yo cerrara el restaurante. La noche terminó cuando la invité a salir. Era la primera vez que invitaba a salir a una mujer desde que Lena desapareció porque había llegado el momento de seguir adelante. Aunque había dejado de buscarla, seguía sin tener citas. Sólo me había enrollado casualmente con mujeres cuando se presentaba la oportunidad.

Camila y yo empezamos a salir y, al cabo de varios meses, nos convertimos en novios, aunque los pensamientos sobre Lena siempre se colaban en mi vida.

Quería olvidar a Lena, quería dejar de quererla, quería odiarla por abandonarme. Pero el corazón quiere lo que quiere, y no puedes dictar a quién amas.

Cuando Camila me dijo que estaba embarazada, lo tomé como una señal de que tenía que seguir adelante. Al principio, estaba enfadado, más conmigo mismo que con otra cosa. ¿Cómo pude dejar que esto sucediera con una mujer de la que no estaba enamorado? Pero tenía treinta y siete años y deseaba desesperadamente tener hijos. Si Camila estaba embarazada, yo sería el padre del niño. A pesar de no estar enamorado de ella, tuve que hacer lo correcto y nos fuimos a vivir juntos.

Sabía que nunca amaría a Camila como había amado a Lena, pero el amor adopta distintas formas, y pensé que nuestra relación era lo bastante buena como para resistir mi fragilidad. Que ser padres de nuestro hijo ayudaría a que el amor, de alguna forma, floreciera. Me conformé, pensando que mi mente era más fuerte que mi corazón. Intenté hacer lo correcto por mis hijos, intenté mantener unida a mi familia, pero fue desastroso.

Ahora sé que estaba condenado desde el principio, destinado al fracaso, y que fui un tonto por pensar lo contrario. Debería haber sido sincero con ella y conmigo mismo desde el principio.

Lena está sentada con Luci y Dom junto a la pared del fondo cuando salen los últimos visitantes. Antes de ir hacia ellos, me detengo donde Camila está sentada con los niños, ambos profundamente dormidos. Levanto a Lucio en brazos, Camila carga a Leandro y juntos salimos hacia el carro. Coloco a Lucio en su asiento elevado y le abrocho el cinturón. Camila está a punto de abrir la puerta del conductor y pregunta—: ¿Es ella?

—Camila, no. Ahora no, por favor.

—Por una vez, ¿puedes responder a mi pregunta?

—Sí.

—¿Por qué? ¿Puedes al menos responder a eso? —suplica.

—No. Ya hemos tenido esta conversación.

Pone los ojos en blanco, abre la puerta y sube al Escalade. Cierro la puerta tras ella y espero a que se marche antes de volver a la funeraria.

Lena hacía tiempo que había desaparecido de mi vida cotidiana, pero estaba muy presente en mi relación con Camila.

## HACE CUATRO MESES

—Camila, me mudo —anuncié nada más entrar en la cocina.

—¿Qué? ¿Por qué?

—Ya sabes por qué.

—En realidad, no lo sé. ¿Por qué no me lo dices? Me merezco la verdad.

—Tenemos a nuestros hijos y siempre seremos sus padres, pero eso es todo. Ya no somos pareja, hace meses que no tenemos intimidad y me paso el día trabajando muchas horas para no volver a casa y no pelearnos. —Los ojos de Camila se abrieron de par en par porque no esperaba oír esas palabras, pero la verdad era inevitable. Una verdad que he evitado durante demasiado tiempo.

—Sabes, siempre has estado distante, me has ocultado una parte de ti, y nunca he entendido por qué —me dijo.

—No importa.

—¡Sí que importa! —chilló, su voz se hacía más fuerte con cada palabra—. Para mí, sí importa. Llevamos años juntos, tenemos hijos y lo hago todo por nuestra familia, por nosotros. Pero a pesar de esta vida aparentemente perfecta que hemos construido —gritó, levantando los brazos—. ¡No es real! Nos faltan los cimientos. No quieres comprometerte con nuestra familia, no quieres casarte conmigo. No importa cuántas veces te lo pida.

A Camila se le saltaron las lágrimas, y al ver el daño que le había causado me di cuenta de que era un cabrón y de que había actuado de forma egoísta. Sabía que debería consolarla y abrazarla, pero la derrota que sentí por lo que he permitido que se convierta mi vida era demasiado poderosa para permitírmelo, aunque yo fuera la causa de su dolor.

Mi corazón no estaba satisfecho, no lo había estado desde aquella fatídica noche en que Lena desapareció de mi vida. No puedo seguir fingiendo que todo estaba bien entre Camila y yo. Las palabras salieron de mi boca antes de que pudiera detenerlas.

—No estoy enamorado de ti, Camila; nunca lo estaré.

—¿Por qué no puedes quererme? ¿Por qué no me quieres? —gritó, golpeándome el pecho con las manos cerradas en puño.

—No puedo decírtelo porque no lo sé —le dije, alejándome de ella para detener el ataque de su furia.

—¡Eso es mentira, y lo sabes! ¡Lo sabes, pero no quieres decirlo para no herir mis sentimientos! Noticia de última hora, Massimo, ya me has destrozado, ¡así que ahórratelo y dime la verdad!

—¡Por favor, Camila, no hagas esto!

—¡Si vas a arruinar mi vida, al menos sé un hombre y dímelo a la cara!

—¿Por qué? ¡No va a cambiar nada!

—¡Porque esa perra se alejó de ti y destruyó tu corazón! ¡Yo fui quien estuvo ahí para ti! ¡Yo fui quien te dio los hijos que tan desesperadamente querías! Pero sigues siendo incapaz de amarme, de amar a nadie más que a ella. Ella me robó tu amor y robó a tus hijos de tener una familia. ¡Es un fantasma que vive en nuestra casa y duerme en nuestra cama! No entiendo cómo puedes seguir queriéndola, joder.

—No puedo explicarlo. Ni a ti ni a mí mismo, pero la amo —respondí, con los hombros caídos por la derrota.

—¿Sabes qué, Massimo? Que te jodan. Me merezco algo mucho mejor que esto, que tú —replicó, saliendo furiosa de la cocina.

—Tienes razón, Camila. Lo siento muchísimo.

Pero, sobre todo, siento haberte hecho daño. Mañana me habré ido.

De vuelta dentro, Lena sigue con Dom y Luci. Tomo asiento junto a Dom, apoyando los codos en las rodillas.

—Gracias por estar aquí.

—Por supuesto, eres mi hermano, y estoy aquí para ti. Siempre. ¿Puedo hacer algo por ti antes de irme?

—Estoy bien. Gracias.

—De acuerdo. Si necesitas algo, dímelo. Nos vamos —dice Dom mientras Luci y él se levantan. Lo miro a él y luego a Luci antes de mirar a Lena, que frunce los labios y se encoge de hombros. Lena se levanta y abraza a Luci antes de sentarse en la silla junto a mí, con la mano apoyada en la parte baja de mi espalda, acariciándome.

—Un día largo, ¿eh? —dice, más como una afirmación que como una pregunta que necesita respuesta.

—Ni siquiera empieza a explicarlo.

—Había mucha gente. Hice cola durante más de una hora antes de entrar por la puerta. Tu madre era querida, y esta noche ha sido una prueba de ello.

—Sí. —Me pongo de pie, extendiendo mi mano a

Lena—. Vámonos de aquí; ya no quiero estar aquí.

Mi coche está estacionado en el extremo derecho de la funeraria y, cuando llegamos, abro la puerta del acompañante a Lena y le pregunto—: ¿Quieres ir al *South Street Diner*, a tomar un café, quizá algo de picar?

Se levanta la muñeca izquierda, tirando hacia atrás de la manga de la chaqueta, y mira el reloj.

—Son las diez y media. No puedo tomar café ahora porque tengo una vista mañana a las ocho y tengo que pasar antes por la oficina. Lo siento.

—Vale. Te llevaré a casa. —Cierro la puerta y doy la vuelta para sentarme en el asiento del conductor. Su rechazo escuece.

—¿Dónde vives? —le pregunto.

—Beacon Hill, en la calle Pinckney.

—Oh, ¿mucho ha cambiado? —Ambos nos reímos.

—Sólo un pequeño apartamento de un dormitorio en la tercera planta; no pude resistirme a las vistas —dice encogiéndose de hombros.

Antes de salir del estacionamiento, busco en mi teléfono música para poner, algo que le guste a Lena, y me decido por *It's Not Over* de Daughtry. Cuando empieza la música, Lena me mira y me dedica una sonrisa torcida. Alargo la mano y se la pongo en la pierna, apretándola justo por encima de la rodilla.

El trayecto hasta su casa es silencioso, excepto por la música que suena. Aunque estoy con Lena y quería hablar con ella, no tengo ganas de hablar. Entre la muerte de mi madre, Camila, el regreso de Lena, nuestra intimidad de hace unos días y ahora su rechazo, estoy agotado. Parece que ella tampoco tiene ganas de conversar. O tal vez ella todavía me lee como un libro y sabe que estoy en mis sentimientos en este momento.

El trayecto hasta Beacon Hill es rápido y, cuando entro en su calle, aparco el X6 junto a la valla de la plaza Louisburg. Salimos del coche, cruzamos la calle hasta la casa de Lena y nos sentamos en su entrada.

—Gracias por traerme.

—No hace falta que me des las gracias. Sabes que quería pasar un rato contigo.

—No estaré en el servicio mañana porque tengo tribunal. Siento no poder ir.

—Lo sé. Está todo bien. Gracias por estar ahí esta noche. Significa más de lo que crees.

Lena permanece en silencio. Levanta las piernas un paso, acerca las rodillas al pecho y las rodea con los brazos. La noche está fresca y ella tiene frío. La rodeo con el brazo, la atraigo hacia mí y le beso la cabeza.

—¿Estás preparada para hablar de ello? —le pregunto.

—Esta noche no —responde—. Lo siento. Sé que hace tiempo que deberíamos haber tenido esa conversación, pero es tarde, los dos estamos agotados tras un largo día y tenemos que madrugar. La conversación que debemos tener necesita más tiempo del que podemos dedicarle ahora.

Contemplo sus palabras, veo la sinceridad en sus ojos.

—Vale. No me gusta, pero tienes razón.

—Gracias. Voy a entrar. Tengo que acostarme. —Se levanta y yo la sigo.

—Oye, después de enterrar a mi madre, me voy a Newport con los chicos. Necesito unos días para descomprimirme, lejos de todo, de todos. Te avisaré cuando vuelva y nos reuniremos para tener por fin nuestra tan necesaria conversación, ¿vale? —Le rozo las mejillas con los nudillos, enrojecidas por el aire frío del otoño.

—Vale, está bien. —Asiente.

Le acaricio la cara con la mano por debajo de la barbilla y rozo sus labios con los míos. Son cálidos y suaves, como siempre. Estoy ávido y quiero probar más de ella, así que vuelvo a besarla, esta vez con más fuerza, deslizando la lengua entre sus labios para abrirle la boca, y ella me deja entrar, con su aliento caliente.

—Massimo —dice, terminando nuestro beso—. No creo que esto sea una buena idea.

—¿Qué? ¿Por qué?

—Buenas noches. —Saca las llaves del bolsillo y abre la puerta, desapareciendo tras ella. Después de cómo me respondió el otro día, su rechazo es otra bofetada. Sin embargo, vuelvo a por más.

Regreso a mi carro y me apoyo en él, observando el edificio para ver cuándo sube y enciende las luces. No entiendo qué le pasa por la cabeza. Parece como si no supiera qué hacer, pero no consigo entender por qué. Es como si quisiera que la tocara, pero luego me rechazara, y no tiene ningún puto sentido. Su indecisión me atormenta, más de lo que ya estoy, si eso es posible.

Me había resignado a vivir una vida sin Lena, a ser el mejor padre para mis hijos y a aparcar las relaciones. Después de todo el daño que le causé a Camila, tenía que centrarme en ellos. Pero el destino intervino, y Lena regresó. Stella piensa que soy un idiota por siquiera hablar con Lena. Mi cabeza tiende a estar de acuerdo. Ella me destrozó. Pero mi corazón grita de alegría porque ha vuelto, esperando que sea por mí.

¿Estoy imaginando que ella volvió por nosotros? Y si lo hizo, ¿puedo perdonarla por abandonarme? Todo dentro de mí me grita que Lena aún me quiere. Puedo verlo en sus ojos, sentirlo en su tacto y en la forma en que su cuerpo sigue reaccionando ante mí.

La muerte de mi madre me recuerda que la vida es corta y que debemos vivir para nosotros mismos. Hacer cosas que nos hagan felices. Excepto que el rechazo de Lena es algo feroz. ¿Qué coño está pasando? No puedo arriesgarme a que me traicionen, mi corazón no puede soportarlo otra vez.

En cuanto veo la luz de Lena encendida, subo al coche y pulso el modo aleatorio del teléfono. El torrente de emociones que me recorre es abrumador y necesito la música a todo volumen para calmarme.

# CAPÍTULO 18

*La Bóveda*

## Marialena

**UNA SEMANA DESPUÉS**

Anoche, el mensaje de texto de Massimo pedía quedar hoy en La Bóveda, el mismo bar en el que habíamos quedado la semana pasada antes de que falleciera su madre.

Al salir de mi despacho, le envío un mensaje.

**Lena: En camino, nos vemos pronto.**

**Massimo: En el bar-al fondo.**

Mi estómago es un manojo de nervios mientras camino hacia La Bóveda. He estado ensayando cómo decírselo, cuándo debería decírselo, y no importa cuántas veces lo intente, siempre suena mal. Claro que suena mal. Nunca debí irme como lo hice. No debería haberme ido.

Tardo unos minutos en llegar desde mi despacho hasta la entrada del bar. Antes de entrar, respiro hondo y me susurro—: Puedes hacerlo.

Dentro, las mesas a mi izquierda están casi llenas y en la zona de la barra, a mi derecha, sólo hay gente de pie. Todos los asientos están ocupados y la gente abarrota el local. La mayoría lleva traje, se ha quitado la corbata, se ha desabrochado el botón de arriba y se ha quitado la chaqueta. Todos han venido a beber para liberarse del estrés de la jornada laboral. Las voces son fuertes y tengo que abrirme paso entre la multitud para llegar al otro extremo del bar. Al acercarme al fondo del local, veo a Massimo sentado en el penúltimo taburete; me ha reservado el de la esquina.

Lleva su característica camiseta negra, ceñida al bíceps por lo que se pueden ver los tatuajes cubriéndole el brazo izquierdo, hasta la muñeca.

Cuando llego hasta él, se levanta para hacerme sitio y pasar a la esquina.

—Hola —dice, inclinándose para presionar suavemente sus labios sobre mi mejilla.

—Hola, ¿hace mucho que estás aquí?

Sacude la cabeza.

—Conozco a Tom, el cantinero, y hace tiempo que

no le veo. Pensé en llegar temprano para ponerme al día con él y asegurarnos un asiento.

Mientras cuelgo la chaqueta y mi bolso en el respaldo del taburete, oigo a Massimo decir:

—*Grey Goose* y agua mineral, con dos limones para Lena y otro Jack para mí, gracias. —Acerca su taburete al mío y se sienta a un lado; su cara está a escasos centímetros, su aroma es embriagador, su cercanía mareante.

—¿Cómo estás? —pregunto, mirando en la profundidad de su mirada marrón oscuro.

—Mejor, ahora. —Sonríe, mostrando esas arruguitas a cada lado de la cara. Levanta la mano para agarrar uno de los mechones rizados que enmarcan mi cara y lo enrosca entre sus dedos.

—¿Cómo has estado desde que enterraste a tu madre?

—Bien, supongo. No creo que aún lo entienda, ¿sabes?

—La muerte es dura. Hay que tomárselo día a día. Es realmente todo lo que podemos hacer.

—Ni que lo digas.

—Mira ese tatuaje en tu brazo. Es impresionante. Déjame verlo. —Mis dedos trazan la tinta y Massimo levanta el brazo para que pueda verlo mejor. Cuando le conocí, solo tenía una corona de laurel con una gran rosa en el centro. Me había dicho que la corona de laurel estaba relacionada con el apellido de su familia en Italia y que la rosa del centro era para su madre, que se llama Rosa. Dijo que la había colocado en el centro de la corona porque ella es el centro de la familia, la piedra que los mantiene a todos unidos. Ahora, se lo ha añadido en la parte inferior del brazo. Un gladiador romano con los nombres de sus dos hijos inscritos en el escudo y en la parte inferior del antebrazo el Coliseo romano. Levanto los ojos hacia los suyos y digo—: Es increíble. ¿Por qué un gladiador?

—Sabes que Roma es mi ciudad favorita, y soy un amante de la historia. —Sus ojos se desvían de los míos hacia su tinta—. Además, he vivido muchas cosas; los gladiadores son un símbolo de fuerza. Después de que nacieran mis hijos, hice que añadieran sus nombres a lo largo del escudo, al frente de todo.

Me estremezco ante sus palabras sobre haber pasado por muchas cosas, sabiendo que he tenido mucho que ver en causarle tanto dolor.

—No me cabe duda —digo, levantando los ojos para encontrarme con su mirada, en la que brilla el orgullo con el que habla de sus chicos.

—¿Qué tal el trabajo?

—Era trabajo, nada emocionante. —Me encojo de hombros.

—Facultad de Derecho, ¿eh? Por fin lo has conseguido. Siempre supe que estabas destinada a hacer grandes cosas.

Sonrío ante sus palabras.

—Cuando estaba en Des Moines, me encontraba mal, emocional y mentalmente. Me estaba autosaboteando y sentía que me ahogaba en mi propia desesperación. Me fallé a mí misma, a mi familia, a mis amigos… —Hago una pausa para exhalar porque mis emociones se agitan—. A ti. —Aparto los ojos de los suyos, la intensidad de su mirada en este momento es demasiado para mí, y vuelvo a subirme los lentes hasta el puente de la nariz.

Con los ojos ocultos a los suyos, continúo—: Ya nada me satisfacía. No me malinterpretes, me encantaba ser cantinera, pero estaba estancada y, sinceramente, estar detrás de la barra me recordaba a ti y a nuestros planes de tener varios restaurantes. Necesitaba un cambio y algo desafiante, algo que mantuviera mi mente centrada. Hablé con Luci sobre cómo me sentía y, al estilo típico de Luci, me puso en forma. Me dio las palabras de ánimo que necesitaba para salir de la depresión en la que me encontraba. Así fue como acabé en la Facultad de Derecho.

—¿Te gusta ser abogada?

—La mayoría de los días, sí. Trabajo para mí misma, así que eso es importante para mí porque puedo elegir los casos que llevo y el horario en el que trabajo.

El cantinero ha dejado nuestras bebidas en la barra y yo bebo un sorbo de la mía. La sensación de ardor del vodka calma el dolor que me oprime el corazón. Empiezo a pelar las capas para que Massimo las vea, exponiendo mis vulnerabilidades, y necesito que mi bebida me dé valor para continuar. Empujo el hielo con la pajita de plástico que flota en el vaso.

—Autosabotaje, ¿eh? Háblame de eso. —Massimo me aparta el cabello del ojo y, con el índice en la barbilla, me gira la cara hacia él. Sus ojos buscan los míos, diciéndome que me está escuchando.

Llevo años enterrando mis sentimientos y emociones por haber abandonado a Massimo y mi posterior arrepentimiento, así que tardo un momento en reunir el valor para hablar, para darle lo que se merece.

—Me sentía desgraciada y amargada e intentaba ahogar esos sentimientos practicando sexo sin sentido. El sexo me hacía sentir peor conmigo misma. Era un círculo vicioso.

Massimo retrocede ante mis palabras. Traga saliva y su nuez de Adán se balancea. La traición se refleja en sus ojos y en el fondo de ellos se agitan las preguntas, pero no las hace y me deja continuar.

—De todos modos, me hice buena amiga de la

chica que trabajaba en el bar conmigo, Stevie. Cuando confié en ella lo suficiente, compartí la mayor parte de mi historia con ella. Fue mi única amiga en Des Moines durante un tiempo. Cuando me encontraba en un bache, ella y Luci eran las que me sostenían, las que me animaban a hacerlo mejor.

—Son buenos amigos para tener.

—Sí, Stevie es una de las buenas. Cuando Luci me visitó la primera vez, congeniaron y se unieron por su amor a llamarme la atención por mis idioteces. —Sonrío al pensar en mis amigas.

Massimo levanta los ojos ante mis palabras.

—A mí también me gusta hacer eso.

Se inclina a escasos centímetros de mi cara y susurra—: Lena, no tienes ni idea de cuánto te he echado de menos. Ni puta idea. —Sube la mano izquierda. Vuelvo a notar la ausencia de anillo de casado.

Quiero preguntárselo. Necesito saber si está casado, sobre todo desde que intimamos la semana pasada. Los pensamientos sobre él y la madre de sus hijos me han perseguido toda la semana, preguntándome si me estoy entrometiendo en una relación, tomando lo que no es mío, robándole a otra mujer. La semana pasada, en el velatorio, la vi con sus hijos, y es guapísima. Cuando reconocí quién era, se me retorció el corazón y los celos estallaron en mi interior.

Sé que, si se lo pregunto ahora, pensará que estoy desviando el tema y haciendo todo lo posible para evitar tener la conversación que lleva nueve años esperando tener. Me trago la necesidad de preguntar hasta que le digo por qué me fui. Me roza la mejilla con el dorso de los dedos y mis ojos se estremecen ante su contacto.

—Te busqué durante un año. Cada día esperaba que volvieras a mí, pero nunca lo hiciste. —La agonía está en su voz mientras relata el dolor que le causé.

—Lo siento. Y sé que esas palabras pueden no significar mucho, hacer muy poco para aliviar el dolor que te causé, pero quiero que sepas, que tomé la decisión porque pensé que era lo mejor para ti.

—Creo que nunca entenderé cómo el que me dejaras como fantasma fue la mejor decisión para mí. —Su cabeza se sacude al unísono con sus palabras.

El pulgar de Massimo roza mi lunar mientras me habla, en un intento de relajarme. Antes siempre utilizaba el tacto para ablandarme, para atraerme hacia él y derribar mis muros. Sabía manipularme con sus manos, era mi titiritero.

—¿Recuerdas cuando me propusiste matrimonio? —le pregunto.

—¿Cómo puedo olvidarlo? La Pascua no ha sido lo mismo desde entonces.

# HACE DIEZ AÑOS

La cena de Pascua era en casa de los padres de Massimo, e invitaron a mis padres a que nos acompañaran. Sería la primera vez que ambas familias estarían juntas para celebrar una fiesta. Decir que estaba nerviosa era quedarse corto. La madre de Massimo me pidió que hiciera el flan de mi Mami. Se lo había hecho la primera vez que fui a su casa a conocerlos y fue un éxito.

Mis padres llegaron poco después que nosotros. Mi madre hizo arroz con habichuelas para acompañar el cordero que estaba preparando la madre de Massimo, ya que era su tradición comer cordero en Pascua. En mi casa comemos comida tradicional puertorriqueña, pernil, arroz, yuca y ensalada de papas durante las fiestas. Este año iba a ser diferente para ellos, lo que me puso un poco nerviosa porque eran un poco de la vieja escuela y se aferraban a sus costumbres.

Nos reunimos alrededor de la mesa: mis padres, los suyos y sus hermanos. Su padre le pidió a Massimo que se encargara de la oración antes de cenar.

Massimo se levantó de la mesa, retiró su silla y se situó en el espacio vacío antes de arrodillarse.

—Lena. —Me agarró la mano. Por un momento,

estuve confundida hasta que vi que llevaba una cajita en la mano. Mis ojos se abrieron de par en par, la boca abierta, el corazón acelerado.

—Ese primer día que me senté en tu bar, supe que eras mi chica. Eres la mujer que ha abierto mi corazón de una forma que nunca imaginé que fuera posible. Estás en mi mente desde que me despierto hasta que me duermo y en mis sueños cada noche. Cuando estuvimos en la boda de Gina, supe que me casaría contigo, que serías mía. Quiero que seas la señora DeLorenzo y mi compañera de vida. Quiero que seas la madre de mis hijos porque juntos crearemos los pequeños humanos más hermosos. ¿Quieres ser mi esposa? —Abre la caja, dentro un precioso diamante talla cuadrada sobre una fina banda de oro blanco con diamantes incrustados.

Me cayeron lágrimas por la cara y tuve que quitarme los lentes. Me pasé los dedos por debajo de cada ojo para limpiar la humedad e intenté serenarme porque estaba lloriqueando de emoción.

Asentí.

—¡La respuesta siempre es sí!

Deslizó el anillo en mi dedo y me besó, profunda y apasionadamente, allí delante de nuestros padres. Me sonrojé y me aparté, nerviosa por la mirada de todos. Cuando miré a nuestra familia, la alegría inunda la habitación. Mi madre estaba llorando, con una sonrisa dibujada en la cara e inclinada hacia mi padre, que me sonrió con los ojos húmedos por las arrugas.

Stella se levantó de su asiento.

—Levántate. Quiero abrazar a mi nueva hermana —dijo. Cuando lo hizo, me abrazó con fuerza—. Por fin tengo la hermana que siempre quise. Estoy muy contenta. Por ti, por Massimo, por nosotros. Supe que te quería en cuanto te trajo a casa.

—Yo también te quiero, Stella. —Me alejé de ella, y ambas llorábamos lágrimas de felicidad.

—¡No puedo esperar para ayudarte a planear esta boda! Estoy muy emocionada. —Stella estaba extasiada. Ella y Massimo son muy unidos, y debido a su estrecha relación, mi relación con ella se había convertido en una relación de amistad.

Mis padres se levantaron de sus asientos y se acercaron a nosotros.

—Nena, qué alegría. Me alegro mucho por ti —dijo mi madre abrazándome.

—Gracias, Mami.

—Sabes, Massimo nos pidió permiso antes de pedírtelo. Quería asegurarse de que lo aprobábamos —añadió mi padre, mirando entre Massimo y yo.

—¿Lo hizo? —pregunté, mirando a Massimo. Mi corazón estallaba de felicidad al saber que pidió la bendición de mis padres para casarme con él.

Esa noche, cuando volvimos a casa, Massimo empezó a hablar de planes de boda y de bebés.

—No veo la hora de que estés embarazada de nuestro hijo. Aparte de que seas mi esposa, es lo que más quiero en el mundo, hacer bebés con la mujer que me hace sentir vivo.

—¿Qué tiene que ver con esto el día en que te pedí matrimonio? —pregunta, sacando un papel de su cartera y deslizándolo por la barra.

Alargo la mano y la agarro. Es la nota que le dejé cuando me fui de la ciudad. Tiene los bordes rasgados y está arrugada por los años que lleva guardada en la cartera.

—¿Guardaste esto? —No esperaba ver este trozo de papel. Releo la nota que le escribí hace nueve años y me estremezco al ver mis insensibles palabras.

*Massimo,*

*Escribir esto es lo más difícil que he hecho alguna vez. Te amo, y debido a mi amor por ti, me estoy ale-*

*jando. Te mereces mucho más de lo que puedo darte. Para cuando leas esto, me habré ido de Boston.*

*No te molestes en buscarme. Me fui para que puedas vivir tu sueño.*

*Gracias por amarme.*

*~ Lena*

—Lo he leído tanto que lo tengo memorizado. —Tiene los ojos enrojecidos. Una lágrima gotea de su ojo derecho.

Alargo la mano y enjugo la lágrima con el pulgar.

—Massimo, sé que no hay palabras para consolarte por lo que hice, por la forma en que te traicioné. Lo siento nunca será suficiente.

—Lena, dímelo de una vez. ¿Por qué huiste y dejaste esta nota? —Sus ojos me suplican, buscando respuestas que sólo yo puedo darle.

Jugueteo con mis lentes, los enderezo.

—Soy estéril.

—¿Qué?

—No puedo tener hijos.

—Sé lo que significa la palabra. Estoy preguntando

qué, como en, ¿qué, esa es la razón por la que te fuiste?

—Sí, pero lo hice por ti —murmuro, apartando mis ojos de los suyos.

—¿Me dejaste plantado porque no puedes tener hijos? ¿Me estás jodiendo? —Su voz es más fuerte de lo que era hace un momento, haciendo que el hombre a su lado nos mire.

—Massimo, por favor, baja la voz.

Se inclina hacia mí, su cara se cierne sobre la mía.

—¡Increíble! Es bastante egoísta tomar una decisión tan importante tú sola, ¿no crees? ¿Quién coño eres tú para decidir por mí? ¿Y no pudiste mirarme a los ojos para decirme eso? Lárgate de aquí. —Se mete la mano en el bolsillo, saca la cartera y deja caer un billete de cien dólares sobre la barra.

—Massimo, por favor, para. Mírame, déjame explicarte. —Le tiendo la mano, pero me la retira.

Le da una patada al taburete, que emite un fuerte chirrido antes de estrellarse contra la pared. Massimo se da la vuelta rápidamente y coge su chaqueta del taburete. Se abre paso entre la multitud. Las caras de los clientes a los que empuja están enfadadas por su agresividad. Su comportamiento hace que todos los que nos rodean me miren boquiabiertos, sus miradas destilan compasión y los murmullos sobre lo que acaba de ocurrir flotan en el aire.

Me pongo en pie de un salto, busco mi chaqueta y mi bolso e intento abrirme paso entre la multitud con lágrimas en los ojos. Cuando llego a la calle, le veo alejarse corriendo del bar, pero está al final de la cuadra, cerca de Liberty Square, desapareciendo entre la multitud. Me agarro a la pared de mi izquierda para mantener el equilibrio. La derrota me golpea; el dolor me oprime el corazón.

Massimo reaccionó exactamente igual que Stefano: se enfadó y salió furioso del restaurante, humillándome. No es lo que esperaba y es realmente descorazonador. Sabía que se enfadaría, pero reaccionar con tanta ira sin permitirme explicarme, ¡joder!

Una vez recuperada la compostura, empiezo a caminar hasta que veo un taxi disponible y lo paro. Cuando se detiene y me subo de un salto.

—Calle Pinckney, en Beacon Hill, por favor.

Aunque el trayecto es corto, el tráfico es denso y apenas nos arrastramos por Cambridge Street. Massimo había dicho que quería una explicación, y en cuanto se la di, no quiso oírla. Me avergonzó como lo hizo Stefano hace tantos años. Tal vez sea su forma de vengarse de mí, una cruel venganza para que yo sienta la más mínima humillación que él ha sentido todos estos años. Pero eso no parece algo que él haría, al menos no algo que hubiera hecho cuando lo conocí. Tal vez mi partida lo cambió.

¿Ya está? Ahora que sabe por qué me fui, ¿no volveré a verle ni a saber nada de él? Aunque es lo más probable, espero que no sea así, sobre todo después de lo que pasó entre nosotros el otro día.

Tengo que intentar contarle toda la historia. Merece oírla. Así podré cerrar este capítulo de una vez por todas. Si después de eso sigue sin querer saber nada de mí, me sentiré destrozada, pero tendré que aceptarlo. Si eso es lo que decide, será la consecuencia de mi decisión, y no tendré derecho a exigirle lo contrario.

Los truenos retumban mientras el cielo se tiñe de un gris oscuro y ominoso, reflejo de la tormenta que se avecina en mi interior.

Hago que el taxi me deje en el mercado de *Beacon Hill*, a una calle de mi apartamento. Necesito comprar algo para ahogar mis emociones. Deambulo por la tienda y me decido por un empaque de galletas Oreo.

Dentro de mi apartamento, dejo mi bolso en el banco junto a la puerta, me desato las botas y me las quito. Examino mi colección de CD en busca de mi CD *Cautivo* de Chayanne. Chayanne es uno de mis artistas latinos favoritos, cuyas canciones suelen cantar al amor y al desamor. Hace tiempo que no lo escucho, pero ahora mismo la tristeza me ahoga y necesito ahogar mis emociones en música y galletas Oreo.

# CAPÍTULO 19

*Mis razones*

## Marialena

**MARZO DE 2003**

—Hola, Lena. Me alegro de verte. Dime, ¿por qué estás aquí hoy si acabas de hacerte la citología anual hace cuatro meses?

—Hola, doctora Ahmed, yo también me alegro de verla, aunque preferiría no estar aquí. —Me dedica una media sonrisa y se apoya en el mostrador que tiene detrás.

—Hace ocho días que tengo la regla y sigo sangrando abundantemente. Como sabe, mi ciclo es muy irregular y, cuando lo tengo, nunca dura más de dos o tres días. Tengo los dolores habituales de espalda y piernas, pero esta vez los calambres en la zona del vientre son mucho peores. El dolor ha sido horrible.

Tan malo que he estado tomando seis ibuprofenos un par de veces al día, así que pensé que era hora de venir a verte.

La doctora Ahmed anota algunas cosas en la cartilla que tiene en las manos.

—No deberías tomar tanto ibuprofeno. Me alegro de que estés aquí. ¿Puede explicarme qué sientes?

—Un dolor punzante aquí. —Uso mi mano para señalar justo debajo de mi ombligo—. Es como si alguien me estuviera destripando con un cuchillo y retorciéndolo dentro de mí. —Anota algunas cosas más.

—Eso es preocupante. ¿Has sentido algo más?

—Aparte de mi habitual dolor de piernas y espalda, no.

Deja el gráfico en el mostrador detrás de ella.

—Recuéstate. Me gustaría palparte el abdomen, si te parece bien. —Me tumbo en la camilla y me levanto la camiseta, me desabrocho los jeans y tiro de las solapas hacia atrás.

La doctora Ahmed coloca sus manos en la zona de debajo y alrededor de mi ombligo. Sus dedos están fríos.

—Voy a presionar. Si sientes dolor, dímelo. —Me presiona ligeramente en el vientre.

Me estremezco.

—Oh, sí. Me duele mucho.

—¿Es la primera vez que sientes este dolor?

—Sí.

—Vale, puedes sentarte y ciérrate los jeans. —Se aleja de la mesa de exploración y toma notas adicionales en mi historial—. Vamos a tener que hacer pruebas, ver cuál es la causa porque esto no suena como los síntomas típicos del SOP que tienen las mujeres. Empezaremos por sacarte sangre para volver a revisar tus niveles hormonales y una resonancia magnética. Vamos a llevarte ahora mismo. —Saca un librito del bolsillo, encuadernado en cuero negro. Me escribe una orden y me lo entrega—. Esta es la orden para la resonancia magnética. Una de las señoras de recepción puede programársela antes de que te vayas. Te dejaré el formulario de solicitud de análisis de sangre delante.

—Gracias, doctora.

—De nada. Que pases una buena tarde. —Sale del consultorio.

Me dirijo a mi carro, con la preocupación acumulándose en mi vientre, y mi instinto me dice que algo va mal. Cuando la doctora Ahmed me diagnosticó el síndrome de ovario poliquístico (SOP) hace unos años, me dijo que a veces podía sentir dolor si se me rompía alguno de los quistes de los ovarios. Pero hoy no creía que el dolor que sentía estuviera relacionado con eso. Tenía cara de preocupación y no tenía muchas respuestas, lo cual me preocupa. Por suerte pude conseguir una cita para una resonancia magnética para este viernes por la mañana. Tendré que cubrir mi turno de almuerzo e inventar una tapadera para Massimo. No quiero contarle nada de esto hasta que sepa qué está pasando.

Antes de mi cita para la resonancia magnética, paso por el laboratorio para que me saquen sangre. Ocho tubos de sangre más tarde, camino del laboratorio al departamento de Imagen y Radiología del Hospital de Santa Elizabeth. Ya me han hecho varias resonancias magnéticas. No me preocupa el procedimiento en sí. Lo único que me preocupa ahora mismo es que tengo que trabajar esta noche y necesito estar en el restaurante a las cuatro en punto, pero antes tengo que pasar por el apartamento para vestirme. Mientras no tenga que esperar demasiado, no me pasará nada.

Como era de esperar, la realización de la resonancia magnética fue algo rápido, y estoy volviendo a mi apartamento con tiempo de sobra para ir a trabajar. El técnico radiólogo dijo que mi médico recibiría los resultados en aproximadamente cinco días. Cinco días de espera llena de ansiedad hasta que reciba la llamada del Dr. Ahmed.

Llego a Trattoria unos minutos antes y bajo a ver a Massimo a su despacho.

—Hola, cariño —le digo al entrar en el despacho.

—Hola. ¿Cómo está tu madre? ¿Cómo ha ido su cita de hoy? —Deja caer el papel que estaba revisando sobre el escritorio y me mira.

—Está bien y ha ido bien. Los resultados estarán la semana que viene. —Le miento mientras me acerco a él sentada detrás de su escritorio. Me siento fatal por usar a mi madre como excusa, pero sé que así no hará preguntas.

—Me alegro. Ahora déjame besarte antes de que llegue el resto del equipo. —Me acomodo en su regazo y me besa con sus labios suaves y cálidos.

Estoy en la cocina, guardando la compra, cuando suena mi teléfono. Me apresuro a agarrarlo del bolso que cuelga del perchero junto a la puerta principal. Cuando por fin lo tengo en las manos, veo el nombre de la doctora Ahmed parpadeando en la pantalla.

—Hola.

—Hola, Marialena. Soy Katie, de la consulta de la doctora Ahmed. Te llamaba para decirte que ya están los resultados de la resonancia y todo parece normal.

—Oh, bueno, eso es una buena noticia.

—Sí. Sin embargo, a la doctora Ahmed le gustaría programarle una laparoscopia. Es una cirugía ambulatoria, y ella las realiza aquí en el hospital.

—¿Qué tipo de procedimiento es?

—Te hará una pequeña incisión en el abdomen y echará un vistazo al interior con una cámara muy pequeña.

—¿Cuándo quiere que lo haga?

—Tengo una vacante la semana que viene, el lunes. A las diez de la mañana, si te viene bien.

—¿Cuánto dura y puedo ir a trabajar después?

—La intervención sólo dura entre treinta y cuarenta y cinco minutos. Aunque se trata de una cirugía ambulatoria, deberá relajarse una vez finalizada la intervención y tardará al menos dos o tres días en recuperarse de ella. También necesitará que alguien la lleve porque le pondrán anestesia general. —Le hago a Katie algunas preguntas más sobre el procedimiento, que ella responde y termina de darme instrucciones para prepararme para la operación.

Cuelgo, me siento en la encimera de la cocina y pienso en las noticias que acabo de recibir. La doctora está tan preocupada que quiere introducir una cámara en mi interior para ver qué está pasando. Esos nervios del fondo de mi vientre se retuercen y mis tripas me recuerdan que algo va mal. Exhalo un largo suspiro de frustración y preocupación a la vez.

Vuelvo a agarrar el teléfono y llamo a mi madre para pedirle que me lleve a la operación la semana que viene y si puedo quedarme con mis padres unos días. Le digo que, como vivo en el cuarto piso y no hay ascensor, tengo que quedarme en su casa. Joder, será mejor que empiece a tomar notas de todas estas historias que estoy contando.

Es raro que Massimo y yo estemos en casa para cenar. Él prepara la salsa de su madre, albóndigas y linguini, y yo una ensalada. Me encanta cuando cocina, se le da muy bien y disfruta haciéndolo.

A los dos nos encanta cocinar, pero ambos preparamos platos diferentes, él italiano y yo latino. Massimo es sin duda el mejor cocinero de los dos. Los días que estamos juntos en casa, nos gusta pasar tiempo en la cocina experimentando con distintas comidas. Mientras uno prepara la comida, el otro ayuda o prepara bebidas.

Tras sintonizar la radio en Magic 106.7, saco una botella de vino del estante y empiezo a abrir la cápsula. Es un vino suave y de cuerpo uniforme, uno de nuestros favoritos, que Massimo vende en el restaurante. Nos llevamos a casa varias botellas para añadir a nuestra colección.

—Mi madre tiene los resultados de su resonancia magnética. Son normales. Pero el médico va a hacerle una laparoscopia la semana que viene para estar seguro.

—Introduzco el sacacorchos en el corcho y lo retuerzo, lo saco y apoyo la botella en la encimera mientras cojo dos copas de vino del armario de mi izquierda.

—¿Qué es eso? —Me da la espalda y está removiendo la salsa, añadiéndole condimentos.

Me sirvo una muestra del vino, lo hago girar para levantar los aromas y oler mejor el buqué, bebo un sorbo para dejar que los sabores se absorban en mi paladar y nos sirvo una copa a cada uno.

—El doctor echará un vistazo dentro con una camarita. Tendrá una mejor idea de lo que pasa. La llevaré, ya que mi padre trabaja, y me quedaré con ella un par de días mientras se recupera. —Vuelvo a oler el vino antes de darle un sorbo—. Me encanta este vino. No me canso de probarlo. —Le paso el suyo a Massimo.

—*Salute*. —Chocamos nuestras copas.

—Te amo, señora D.— Me roza con los labios y me pasa la lengua para abrirlos.

—Reclamando antes de tiempo, ¿verdad?

—La fecha de nuestra boda sólo lo hace oficial. Ya eres mía. —Profundiza su beso y coloca una de sus manos en mi espalda para que pueda sentir la excitación bajo sus jeans. Deja su copa de vino en la encimera, me quita la mía de la mano y la coloca junto a la suya.

Massimo me levanta y me sube a la isla. Tiene hambre de mí. Sus dedos presionan mis caderas redondeadas.

—Quiero follarte —murmura mientras me besa.

—Todavía tengo la regla —le digo, apoyando las manos en su pecho y apartándolo de mí.

—No me importa. Necesito estar enterrado dentro de ti.

—Sabes que no me va eso. —Salto del mostrador y caigo de rodillas ante él, con los ojos a la altura de su cintura. Le miro mientras mis manos se afanan en desabrocharle el cinturón. Cuando consigo abrirlo, abro el botón y bajo la cremallera, y sus vaqueros caen rápidamente al suelo. Massimo lleva calzoncillos ajustados, que abrazan sus caderas delgadas y planas, acentuando su V y el rastro de vello oscuro que baja desde el pecho y se oculta tras los calzoncillos.

Me pongo de rodillas y le lamo el ombligo. Massimo enreda sus manos en mi cabello, enredando sus dedos en mis rizos. Mi lengua lame el rastro de pelo y, cuando llego a la parte superior de sus calzoncillos, muerdo el elástico para bajarlo. Mis manos tiran de ellos hasta que tengo ante mí su hermosa erección, reluciente. La gruesa vena de su parte inferior es prominente. Se me hace la boca agua.

—¿Es esto lo que quieres? —pregunto, agarrando su longitud con una mano mientras lamo y hago girar mi lengua, sin apartar los ojos de los suyos.

Massimo me agarra del pelo y echa la cabeza hacia atrás.

—Joder, sí.

Mi boca se abre para acogerlo y lo oigo gruñir. Está húmedo, con su aroma único mezclado con la salinidad de su excitación. Me ajusto para introducirlo más, cubriendo su longitud hasta que lo siento rozar la parte posterior de mi garganta. Subo la lengua para hacerle cosquillas, empiezo a retirar la boca lentamente hasta llegar a la coronilla y vuelvo a bajar.

—Me encanta follarte la boca mientras llevas pintalabios.

Le miro de reojo. Sus ojos están oscuros y encapuchados, con la lujuria desatada. Mi boca sigue deslizándose arriba y abajo por su tronco, hundiendo las mejillas para que él sienta la presión de ellas, sus manos guiándome.

Lo saco de mi boca, mis manos sujetan su longitud.

—Quiero bebérmelo todo. —Lo rodeo con los labios y deslizo los dientes lentamente por su pene hasta que lo tengo completamente dentro de la boca, y Massimo grita de placer. Mis labios cubren mis dientes, aliviando suavemente su férrea longitud mientras la deslizo hacia fuera. Oigo gemir a Massimo, que empieza a mover las caderas, tomando el control de los movimientos, lo que significa que su excitación va en aumento, su liberación a punto de estallar.

Aumenta su velocidad, enredando aún más sus dedos en mi pelo, tirando de él hasta que gruñe.

—Lena, voy a correrme. —Muevo mis manos a sus firmes glúteos y lo empujo hacia mí hasta que se deja ir, vaciándose, su crema llenando mi boca. Cuando siento que las piernas de Massimo se relajan y sus manos se sueltan en mi pelo, me retiro y le miro, relamiéndome los labios de satisfacción.

—Joder, mujer, tu boca es mágica. Me vas a matar —proclama mientras me levanto.

—Bien. —Le guiño un ojo—. Déjame ir a lavarme y podemos cenar.

Una semana después, estoy en el hospital Santa Elizabeth para mi laparoscopia. Mi madre espera en la sala de espera mientras yo vuelvo con la enfermera. Una vez en la sala de procedimientos, la enfermera me hace preguntas para asegurarse de que entiendo lo que está pasando. La doctora Ahmed y un anestesista entran en la sala y empiezan a explicarme el procedimiento. Me administrarán anestesia general y estaré dormida durante aproximadamente treinta minutos. El médico hará una pequeña incisión en la zona de mi abdomen e introducirá un tubo con una cámara en el extremo para echar un vistazo y se captarán imágenes.

Cuando me despierto de la intervención, estoy toda mareada y tengo la boca seca y floja. La enfermera me lleva al vestidor, donde me espera mi madre. Mi madre me ayuda a ponerme los pantalones deportivos, la camiseta y la sudadera, y salimos del centro quirúrgico. Cuando llegamos a casa de mi madre, estoy más despierta, pero mi cuerpo está cansado. Me tumbo en el sofá y llamo a Massimo.

—Hola —le digo cuando contesta.

—¿Cómo te fue con tu mamá hoy?

—Bien. Ahora está descansando. Probablemente voy a tomar una siesta también ya que nos levantamos muy temprano. Sabes que no soy una persona mañanera. —La mentira se desliza de mis labios con facilidad.

—Sé cómo ponerte en marcha por las mañanas —me dice en voz baja.

—Siempre pensando en sexo.

—Yo no he dicho nada de sexo. Tú lo hiciste —dice.

—Sí, sí. De todos modos, sólo quería reportarme y hacerte saber que todo ha ido bien. Sé que estás en el trabajo. Te llamaré más tarde.

—Vale. Adiós, cariño.

—Adiós.

Cuatro días después, llaman de la consulta de la doctora Ahmed para concertar una cita y hablar de mis resultados. No puede ser bueno que el médico quiera verte en persona. Se avecinan malas noticias.

# CAPÍTULO 20

*Claridad*

## Massimo

OCTUBRE 2012

Mis pies golpean el pavimento mientras corro por el sendero que bordea el río Charles, con *Heaven Nor Hell* de Volbeat sonando en mis auriculares. Correr suele darme claridad y me permite aclarar la tormenta que tengo en la cabeza. Las piernas me arden por los kilómetros recorridos, pero sigo teniendo la cabeza hecha un lío.

Han pasado cuatro días desde que Lena me dijo que no puede tener hijos.

Cuatro días con sus palabras resonando en mi oído.

Cuatro días y todavía no me aclaro.

Cuatro días con un nudo apretado en el pecho.

No puedo entender por qué Lena pensaría que tiene

que irse porque no puede tener hijos. ¿Hay alguna explicación lógica detrás? Incluso si la hay, ¿aceptaré cualquier excusa que me dé para destrozar nuestras vidas?

Sé que tengo que hablar con ella, pero aún estoy tan enfadado por todo que no puedo, todavía no. Tengo que dejar que se me pase la rabia. Si no, no podré tener una conversación normal con ella.

Mi reacción ante su confesión no fue como debería haber reaccionado ante la noticia, pero me cegaron sus palabras, me enfadó que tomara una decisión así sobre mi vida, nuestra vida, sin hablarlo antes conmigo.

Sé que me equivoqué. Probablemente piensa que es mi reacción a su incapacidad para tener hijos, y no es así. Se trata de su capacidad para mentir con tanta facilidad, su insensibilidad a la hora de tomar por sí misma una decisión que cambia la vida. Esperaba que dijera que estaba con otro o enamorada de otro. Probablemente lo habría manejado mejor. ¿A quién quiero engañar? Definitivamente no lo habría hecho.

Miro el reloj; llevo corriendo más de una hora, pero tengo que volver o llegaré tarde a recoger a los niños de sus clases de música en el *North End Music & Performing Arts Center*. Corro hacia la pasarela de Dartmouth Street para cruzar Storrow Drive y trotar las últimas calles hasta mi apartamento.

Después de recoger a los niños de las clases de música, nos dirigimos a la pizzería Regina para cenar. A los chicos les encanta la pizza, y nunca te puedes equivocar con la de Regina. Por suerte, cuando llegamos, no hay cola. Hay veces que la cola se extiende por toda la cuadra en pleno invierno; así de buena es la pizza de este sitio.

Como de costumbre, el interior está lleno. Muchos lugareños mezclados con turistas. Es un lugar informal, casi todo el mundo va en jeans, con gorras o sudaderas de sus equipos deportivos favoritos, y algunos que van después del trabajo todavía van vestidos.

Nos llevan al reservado del fondo, junto a la ventana, donde hay mesas con gente y familias charlando, comiendo y riendo. A los niños les encanta sentarse junto a esta pared porque miran las fotos que cuelgan una al lado de la otra y hacen preguntas sobre las personas que aparecen en ellas, la mayoría celebridades, tanto locales como conocidas. También pueden ver todos los parches de la policía y los bomberos que adornan la pared desde distintos lugares.

Mientras estoy aquí sentado mirando a mis pequeños, no puedo evitar pensar en Lena, y en la última vez que vinimos aquí unas semanas antes de que me dejara.

# HACE NUEVE AÑOS

Su hermana, su cuñado y sus cuatro hijos habían venido de visita desde Florida para pasar una semana durante las vacaciones escolares de los niños, a mediados de marzo. Era la noche antes de que volvieran a casa, y nos reunimos con uno de los hermanos de Lena, su mujer, la otra hermana de Lena, que vive en Medford, y sus padres. Éramos trece y ocupábamos casi toda la zona de atrás. Siempre que estábamos con las sobrinas o sobrinos de Lena, ella se sentó con los niños, vayamos donde vayamos a cenar. Quería estar entre ellos, reírse con ellos, contar chistes, dibujar o escuchar sus historias.

Me gustaba sentarme frente a ella porque cuando estaba con los niños, su cara resplandecía. Sus ojos se volvieron hacia arriba y se iluminaron con una carcajada. Estaba relajada con ellos y los niños se sentían atraídos por ella, todos quieren sentarse a su lado o en su regazo. Estar con los niños era como una segunda naturaleza para ella. Cada vez que la veía, sólo podía pensar en lo buena madre que iba a ser.

—La cena ha sido divertida esta noche. Me encanta cuando toda la familia está junta. Mi corazón se llena cuando estamos todos reunidos alrededor de una mesa —dijo Lena mientras se quitaba los vaqueros en el vestidor—. Ojalá viviéramos todos en la misma ciudad. Echo mucho de menos a esos niños, estoy echando mucho de menos que crezcan.

Me reuní con ella dentro del armario y la agarré en brazos.

—Me muero de ganas de hacer crecer nuestra familia, de poner un bebé en tu vientre —le dije mientras dibujaba círculos en su barriga—. Eres tan guapa —le dije, mientras le doy besos de pimienta por la cara, bajo por el cuello, sobre los pechos, me detengo en su vientre y me apoyo en las rodillas—. Pero cuando te deje embarazada y estés hinchadísima con nuestro bebé, serás… —hago una pausa—. No tengo palabras para describirlo, deliciosa.

Volvió a aullar de la risa. Se me dibujó una enorme sonrisa en la cara porque pensar en Lena con la barriga hinchada, hinchada con mi bebé, un bebé que habíamos creado por amor, hacia que mi corazón estallara de felicidad, hacia que se me pusiera dura la polla.

—Dices las cosas más locas. —Se rio y me pasó los dedos por el cabello. Cuando levanté la vista hacia ella, Lena apartó los ojos de los míos mientras jugueteaba con sus lentes.

—¡Estoy loco! Loco por ti, por nosotros y por la familia que vamos a tener. —Me puse en pie y abrí el último cajón de la cómoda—. Sé que es muy pronto, pero la semana pasada, cuando llevé a mi madre a Target, vi esto y no pude resistirme a comprarlo.

Saqué un pequeño enterito blanco y lo despliego para enseñárselo. Dice cincuenta por ciento mamá, cincuenta por ciento papá, cien por ciento perfecto en letras grandes.

Ella empezó a llorar. Ni siquiera como lágrimas que gotean de sus ojos, sino lágrimas a borbotones y salió corriendo del armario.

—¿Qué pasa? —pregunté, siguiéndola.

—¿Por qué comprarías eso? Ni siquiera estamos embarazados.

—Ya sé que no, pero es que estoy emocionado y no he podido resistirme porque mira qué mono. —Le acerqué el enterito para que lo viera—. ¡No pasa nada! Pronto estaremos embarazados. —La abracé y le besé la cabeza.

—¡No está bien! ¿Qué pasa si nunca nos quedamos embarazadas? —gritó, zafándose de mis brazos.

—Lena, ¿qué te pasa? Nos quedaremos embarazados cuando nos lo propongamos en serio. Deja de asustarte por eso. Es sólo un enterito. En serio, no es para tanto.

—En realidad, sí es para tanto, ¡pero da igual! —gritó mientras cerró la puerta del baño tras de sí.

—Una pizza grande de queso —dice la mesera, colocándola sobre la mesa.

Sirvo a los chicos y agarro un trozo.

—Esperen un par de minutos, chicos. Está muy caliente ahora, no quiero que se quemen la boca. Soplen un poco para que se enfríe.

—Papá, ¿te acuerdas de la vez que me quemé la boca? —pregunta Lucio.

—Sí, hijo. Sí.

—Yo nunca quemé la mía, ¿verdad, papá? —pregunta Leandro.

—No, nunca te quemaste, por eso debes tener cuidado ahora.

Mis pensamientos se remontan a aquella noche en la que le enseñé a Lena el mameluco que le había comprado. Ahora entiendo por qué se puso a llorar y se asustó tanto. Aquella noche ya sabía que no podía tener hijos. ¿Por qué no me lo habría dicho? Nada de esto tiene sentido.

Esa noche, cuando estábamos en la cama, me dijo

que no quería hablar del tema, que estaba cansada y se fue a dormir. No volví a sacar el tema porque no quería disgustarla más de lo que ya lo había hecho. Pensé que cuando llegara el momento hablaríamos de ello. De haberlo sabido, nos habría obligado a hablar. Había vuelto a guardar el enterito en el último cajón. Aún lo tengo, guardado con toda mi ropa deportiva.

Después de cenar, vamos a la *Taverna* de la calle Salem. Rocco está en Cape Cod y Stella en Casa Lorenzo, en el sur de la ciudad. Tengo que cerrar aquí y hablar con Patty, la encargada de la Trattoria del centro, para asegurarme de que está bien y no necesita nada. Mientras caminamos las tres cuadras, le envío un mensaje a Camila para avisarle que puede recoger a los chicos.

**Massimo: Estamos en *Taverna*, los niños están listos cuando tú lo estés**

**Camila: OK, estaré allí en media hora.**

Una vez en la *Taverna*, subo a los niños a los taburetes de la barra y le pido a Antonella, la cantinera, que les traiga un Shirley Temple para beber mientras esperamos a que los recoja su madre.

Es lunes por la noche y el restaurante está tranquilo. Unas cuantas parejas están sentadas a dos mesas a lo largo de la pared derecha. El hombre es calvo, lleva gafas y tiene la mano extendida sobre la mesa. Está acariciando la mano izquierda de su mujer, o de quien supongo que es su mujer, ya que ambos llevan alianzas. En la mesa de dos, en medio de la banqueta, hay dos mujeres jóvenes, quizá de unos veinte años, con aspecto de haber venido a cenar después del trabajo, una vestida con un traje pantalón, la otra con pantalones de vestir y una blusa. En la mesa junto a la ventana hay una pareja joven, ambos mirando sus teléfonos, sin prestarse atención el uno al otro. ¿Qué le pasa a la gente? Han salido a cenar. Deja el puto teléfono y mira a la persona que tienes delante. Nunca sabes cuándo dejarán de estar ahí.

Nos sentamos en la barra mientras esperamos a que Camila recoja a los chicos. Estamos cerca del mostrador de meseros y los chicos hablan con Kelly, una de las meseras. Le hablan de sus clases de música y de que les gusta jugar al fútbol. Kelly es una de las camareras que trabaja en nuestros restaurantes desde que abrí Trattoria en el centro, hace más de diez años. Los chicos la conocen de toda la vida y les encanta verla porque les presta mucha atención. Antes de que nos demos cuenta, Camila aparece y se va con los niños.

Le mando un mensaje a Dom.

**Massimo: ¿Dónde estás? Estoy en Taverna, ven a tomar unas copas**

**Dom: No puedo, estoy con Luci esta noche**

**Massimo: ¿Luci? ¿La Luci de Lena?**

**Dom: Sí.**

¿Dom y Luci? ¿Cuándo pasó eso? He estado atrapado en todo mi drama. No tenía ni idea. Y Dom es tan tranquilo que me deja enfurruñarme, quejarme y sentirme miserable sin decir nada al respecto. Por eso es mi hermano. Siempre está ahí para mí, sin hacer preguntas. Decido mandarle un mensaje a Benny. Necesito compañía esta noche. Beber Jack solo no es suficiente.

**Massimo: Estoy en *Taverna*, ¿tomamos algo?**

**Benny: Estaré allí más tarde, como a las nueve.**

Pasadas las nueve, Kelly ha dejado la cuenta en la última mesa del comedor y he mandado a los demás meseros a casa.

—Antonella, sírveme un Jack solo, por favor —le pido mientras me deslizo en el taburete junto a la ventana. Saco el teléfono del bolsillo trasero y veo una llamada perdida de Lena y dos mensajes.

## Han pasado cuatro días. Tenemos que hablar.

### Lena: Por favor, deja de ignorarme

Me ha estado llamando y enviando mensajes desde que salí furioso de La Bóveda la semana pasada. La he ignorado porque aún no estoy en condiciones de afrontarlo. Mis dedos revolotean sobre el teclado, indecisos sobre si debo responder o no. Sé que tengo que hacerlo, no puedo aplazarlo mucho más.

Quería una explicación, y en cuanto me la dio, no quise oírla. Debe haber algo más en la historia. Una parte de mí todavía está muy cabreada. Cabreada porque tomó una decisión tan colosal por mí, arruinó mi vida y me arrancó el corazón. No tuve nada que decir en nada de eso. Pero, si quiero tener una conversación normal con ella, necesito calmarme.

—¿Qué pasa? —Benny dice, extendiendo su puño, que yo encuentro con el mío.

—Antonella, otro Jack, por favor. Luego puedes irte. Yo cerraré.

Benny se desliza hasta el taburete de al lado, deja caer su fedora sobre la barra y dice—: ¿Qué pasa?

—¿Sabías que Dom y Luci están saliendo?

—Sí, lo mencionó hace unas semanas.

—Debo ser el único que no lo sabía.

Antonella pone dos vasos delante de nosotros, cada uno medio lleno de whisky.

—Has tenido mucho que hacer las últimas semanas. Ya sabes cómo es Dom. Nunca te contará lo que le pasa si sabe que estás pasando por algo.

—Hablando de eso, vi a Lena la semana pasada. Finalmente me dijo por qué se fue.

—Ah, sí, ¿qué tal ha ido? —pregunta antes de dar un sorbo a su bebida.

—Terrible, así ha sido. Como de costumbre, mi temperamento sacó lo mejor de mí, y salí furioso antes de decir cosas de las que me arrepentiría.

—Algunas cosas nunca cambian.

Lo miro de reojo por llamarme la atención, pero es lo que necesito en este momento.

—¿Por qué lo hizo? —pregunta.

—No puede tener hijos.

—¡Eso está jodido!

—Esa fue mi reacción exacta también. No entiendo por qué eso la haría irse.

—Me refería a que no podía tener hijos, en general, y no a que esa fuera la razón por la que se fue. Pero sí, no tiene sentido irse por algo así —aclara.

—Así que no estoy loco por pensar eso. He estado devanándome los sesos al respecto. Quiero decir, ella tomó esta decisión que cambiaría nuestras vidas, excepto que se olvidó de consultarme. Tengo la cabeza hecha un lío. Entre ella y la muerte de mi madre, soy un desastre.

—¿Qué vas a hacer al respecto?

—Me ha estado mandando mensajes y llamando, pero la he ignorado. Dándome tiempo para calmarme porque si no, arruinaré la mierda otra vez.

—Por no arruinar la mierda. —Benny acerca su vaso al mío, y brinda antes de que ambos devolvamos nuestras bebidas.

# CAPÍTULO 21

*La verdad*

## Marialena

### AL DÍA SIGUIENTE

Massimo lleva cinco días ignorando mis llamadas y mensajes. Sé que es su forma de procesar lo que le dije el otro día. Cuando estábamos juntos, siempre se alejaba de la persona con la que estaba enfadado, incluso de mí. Cuando discutíamos, no profundizaba en los temas hasta que tenía tiempo para ordenarlo en su mente y calmarse, pero nunca pasaba tanto tiempo. Por supuesto, la diferencia es que ahora no me debe nada y no tiene ninguna obligación de discutir nada conmigo.

Aunque sé que aún está enfadado y tratando de superar su ira, necesito aclarar las cosas con él. Quiero respetar su necesidad de asimilarlo todo antes de hablar de ello, pero toda la incertidumbre de la situación me produce ansiedad. No he descansado bien desde aquel día de la semana pasada y no consigo concentrarme. No puedo seguir así. Está empezando a afectar a mi trabajo.

Sé que suele estar en Trattoria entre semana. Abro el navegador del ordenador de sobremesa y escribo Trattoria Lorenzo Restaurant en el buscador. Cuando aparece el número, agarro el auricular del teléfono y lo marco.

Después de cuatro timbres, contesta una mujer—: Trattoria Lorenzo.

—Hola, ¿puedo hablar con Massimo, por favor?

—Claro, ¿puedo preguntar quién llama?

Cuelgo el teléfono rápidamente. Empujo la silla hacia atrás, me quito los tacones, los sustituyo por mis Dr. Martens, me los ato, pero los dejo desatados. Agarro la chaqueta y mi bolso y corro hacia la puerta principal.

—Natalia, volveré más tarde. Por favor, reprograma mi conferencia telefónica de las cuatro y media para más tarde esta semana, si es posible. No sé si volveré antes de que te vayas. —Está a punto de decir algo, pero me lanzo hacia la salida antes de que tenga oportunidad.

Una vez fuera de mi edificio, una ráfaga de aire frío me sacude. Me subo la cremallera de la chaqueta y me meto las manos en los bolsillos para mantenerlas calientes. Las nubes cubren el cielo y el día es gris, a juego con mi estado de ánimo. Me dirijo al restaurante, que está a seis cuadras.

La Trattoria sigue llena de gente a la hora de comer, aunque ya son más de las dos. Recorro el comedor en su busca, pero no está.

—Hola, ¿mesa para uno? —me pregunta una joven a la que nunca había visto.

—Vengo a ver a Massimo, ¿Está abajo?

Su postura se endurece.

—Déjame ver. —Descuelga el auricular y marca unos números en el teclado—. Hola, Massimo, hay una mujer que quiere verte—. Se quita el auricular de la boca y pregunta—: ¿Cómo se llama, por favor?

—Lena —digo, exasperada. Sé que está abajo. ¿Me rechazará?

—Se llama Lena —hace una pausa—. Vale. —Cuelga el teléfono.

—Puedes ir abajo. Tienes que ir…

—Sé dónde es, gracias. —Sus ojos se abren de par en par ante mi grosería.

Atravieso velozmente el comedor y, en un santiamén, llego a la puerta de la esquina trasera por la que bajan las escaleras que conducen al sótano. Cuando llego al final de la escalera, la puerta del despacho está a sólo unos metros de mí. Me vienen a la mente imágenes de cuando le visité en el restaurante hace un par de semanas, y aprieto las piernas al pensar en las caricias de Massimo.

—Concéntrate, Lena. Tengo que arreglar las cosas con él y no dejarme seducir —me digo respirando hondo.

Llamo a la puerta antes de abrirla de un empujón. No espero a que responda, entro en el despacho y cierro la puerta tras de mí.

Massimo está sentado detrás de la mesa, con los papeles desordenados. La tenue luz amarilla me hace entrecerrar los ojos, y *Back 2 Good* de Matchbox Twenty suena suavemente de fondo. Levanta los ojos de lo que estaba haciendo. Lleva el cabello alborotado en todas direcciones. Sin duda se ha estado pasando las manos por él, frustrado. Tiene la sombra de las cinco de la tarde y las ojeras gritan cansancio.

Me apoyo en la pared detrás de mí y me bajo la cremallera de la chaqueta, dejando que cuelgue abierta.

—Me has estado ignorando.

—Así es.

—Ignorarme no resolverá esto —digo, haciendo un gesto con la mano derecha entre nosotros.

—Te ignoro porque es lo mejor para ti. —Cruza los brazos sobre el pecho.

—La he cagado. Ya lo sé. Pero ahora no es el momento de que me des una lección. Lo que necesito es que me escuches.

—¿Y por qué debería darte algo que necesites? —Se echa hacia atrás en la silla, entrelaza los dedos y los apoya en la cabeza, con los codos a cada lado. Su mirada es penetrante, desasosiego y agitación emanan de él.

—Querías una explicación. Estoy intentando dártela, así que permíteme. Mereces saber por qué tomé la decisión que tomé. Cuando termine, saldré por esa puerta y no tendrás que volver a verme. —Decir esas palabras me revuelve el estómago.

—Te escucho.

—Siempre hablábamos de niños. Pero después de que te declararas, era casi todos los días. A menudo hablabas de cómo sería nuestra familia, dónde viviríamos, qué cosas haríamos. Hasta elegiste nombres.

—Luca, si tuviéramos un niño; Giulia, si tuviéramos una niña —dice.

—Sí, lo recuerdo. Pero ese es mi punto. Estabas obsesionado con hablar de ello. Tus ojos se iluminaban cada vez que lo hacías. Tu entusiasmo por el tema siempre estaba en el primer plano de cada conversación. —Doy unos pasos por el despacho y me siento frente a él, dejando caer mi bolso en la silla de mi derecha.

—Unas semanas antes de irme, me vino la regla. Era muy abundante. Mi ciclo siempre fue irregular debido a mi síndrome de ovario poliquístico, pero nunca tan abundante.

—¿Por tu qué?

—Síndrome de ovario poliquístico. En lugar de ovular regularmente, los óvulos se quedan en los ovarios y forman quistes. No son dañinos, y no duelen hasta que revientan… De todos modos, provocan graves desequilibrios hormonales, periodos irregulares, a veces causan acné y hacen que crezcan esos molestos pelos de alambre. —Me señalo la línea de la barbilla con el dedo índice derecho—. Cuando mi médico me la diagnosticó, me dijo que sería difícil quedarme embarazada.

Respira hondo y apoya las manos en el escritorio, con los dedos abiertos.

—No sabía nada de eso —murmura Massimo, sacudiendo la cabeza.

—Sangré durante más de una semana, y el dolor y los calambres eran más intensos que nunca.

—Estoy bastante seguro de que eso tampoco lo sabía.

—No te conté nada de eso porque no quería que te preocuparas por mí.

—Qué arrogante eres.

Respiro hondo, sé que debo tener paciencia con él porque está enfadado conmigo y probablemente me merezca todo el sarcasmo que me suelta, pero eso no hace que sea menos frustrante. La tensión en la habitación es tan densa que se podría cortar con un cuchillo.

—De todos modos, fui al médico porque tanta sangre no era normal. Me mandó hacer una resonancia magnética y, cuando salió normal, me mandó hacer una laparoscopia.

¿Qué es eso?

—Es cuando el médico mira dentro para ver qué está pasando. Se hace con un tubo fino con una cámara en el extremo. ¿Recuerdas cuando me quedé con mi madre unos días porque tenía que cuidarla después de una operación? Bueno, fui yo quien se sometió a la intervención y me quedé con ella para recuperarme unos días.

—¡Vaya, así que te has vuelto bueno con las mentiras! —Golpea el escritorio con las manos y yo me estremezco.

—Sabes, lo estoy intentando. ¿Puedes darme un respiro y dejarme terminar?

Su tono y su comportamiento me están cabreando, pero tengo que mantener la calma.

—Por supuesto. —Extiende la mano.

—Los resultados mostraron que tenía endometriosis en estadio cuatro. Eso es cuando el tejido que normalmente crece y recubre el interior del útero crece fuera de él. El estadio cuatro es el peor, por eso sangraba tanto. También explica por qué siempre tenía dolores intensos todos los meses durante la menstruación.

—¿Por qué no me dijiste nada de esto? Creía que lo compartíamos todo. —El sarcasmo drenado de su voz es ahora reemplazado por un tono más suave y preocupado. Sus ojos se suavizan y entrecierran. El dolor se dibuja en el rostro de Massimo, que sacude la cabeza.

—Estoy trabajando en ello. Cuando la doctora me diagnosticó la endometriosis, me dijo que tenían que hacerme una histerectomía y que nunca tendría un hijo. Me sentí entumecida —digo, removiéndome en el asiento. A Massimo se le humedecen los ojos y se le afloja la boca.

Hablar de todo esto es más difícil de lo que imaginaba. Pensaba que lo había asumido todo, pero quizá no lo hice porque estaba enterrado muy profundamente, oculto a todo el mundo, incluida yo.

Exhalo profundamente antes de continuar—: Una cosa es que una mujer decida no tener hijos. Pero cuando te arrebatan esa decisión porque tu cuerpo te falla, es devastador. Me robaron y no tenía ningún control sobre mi cuerpo. Nunca había llorado tanto en mi vida. —Las lágrimas resbalan de mis ojos. El recuerdo es crudo, incluso después de todo este tiempo. Me quito las gafas y las dejo sobre su escritorio, desviando la mirada para evitar la suya.

—Dios, Lena —murmura, pasándose las manos por el cabello, suspirando, la lástima serpenteando en sus palabras. Una lástima que no quiero que sienta. No estoy aquí por eso.

—Sólo podía pensar en ti, en cómo siempre quisiste tener hijos, una familia, ser padre. Iba a aplastar eso. Nunca tendrías la familia que querías si me hubiera quedado. Te habrías resentido conmigo. Yo me habría resentido, sabiendo que te había quitado eso. No podía hacerte eso, no podía vivir con ese resentimiento el resto de nuestras vidas. Nos habría destruido.

—Lena —dice, deslizándose hacia delante en su silla, acercándose a mí—. ¿Por qué pensarías eso?

—Por favor, no he terminado.

Levanta la barbilla, en señal de que continúe.

—¿Recuerdas el novio que tenía cuando nos conocimos, Stefano?

Massimo levanta la comisura del labio y asiente.

—Llevábamos juntos casi un año. Una noche salimos a cenar y conversamos sobre nuestra relación y hacia dónde se dirigía. Como de costumbre, me ponía nerviosa hablar con él de algo importante, pero decidí contarle lo de mi síndrome de ovario poliquístico y lo que me había dicho el médico: que quedarme embarazada sería difícil. En lugar de discutirlo o comprenderlo, se puso furioso conmigo y me dijo cosas realmente hirientes. Gritó e insultó. Me dijo que probablemente había hecho algo en mi vida para merecer ese tipo de karma. Dijo que había perdido el tiempo porque quería una familia y que qué sentido tenía tener una relación con alguien que estaba dañada.

Mientras me escucha, a Massimo se le encienden las fosas nasales, aprieta los dientes y se le endurece la mandíbula.

—Ese tipo siempre fue un imbécil.

—Stefano salió furioso del restaurante, me dejó en la mesa después de que yo me hubiera sincerado con él. Las lágrimas me corrían por la cara, y me avergonzaba la escena que había montado, por cómo me había humillado delante de todo el restaurante. Intenté arreglar las cosas con él. Le llamé, fui a su trabajo, pero no quería saber nada de mí. Ni siquiera me miraba. Su reacción a mi confesión confirmó lo que yo sentía: destrozada. Mirando atrás, ¡fui una idiota! Vi las señales y las ignoré todas. Y para empeorar las cosas, incluso intenté arreglar las cosas con él. No fue hasta mucho después cuando me di cuenta de lo horrible que era conmigo y de que me merecía algo mejor.

Mis amigos siempre intentaron advertirme sobre

Stefano. Nunca les hice caso; quería creer que estaban todos equivocados. A veces, uno no ve lo que tiene delante y sólo se da cuenta de lo que ocurre realmente dando un paso atrás y quitándose las anteojeras de caballo. Después de que Stefano me humillara y dejara de hablarme, empecé a recordar todas las cosas que habían ocurrido a lo largo de nuestra relación. Cuanto más pensaba en ello, más claro lo veía todo. En retrospectiva, él nunca me respetó y, a su vez, yo nunca me respeté a mí misma.

—Lena…

—Por favor, déjame terminar. —Me froto los dedos para aliviar los nervios que me atenazan. Massimo me tranquiliza y se queda callado, pero veo que sus pensamientos se agitan y su mirada me escruta.

—Por lo que pasó con Stefano, estaba hastiada. Eso hizo que encerrara mi secreto y no se lo contara a nadie, ni siquiera a ti —susurro, extendiendo la mano por el escritorio en busca de la de Massimo—. Siento haber dejado que envenenara nuestra relación. Debería haberlo sabido. Debería haber sido más fuerte.

Massimo cubre mis manos con las suyas, sus ojos arden de traición y tristeza.

Exhalo y jalo nuestras manos, dejando que mis dedos se enrosquen alrededor de los suyos.

—Unos meses antes de irme, fuimos a casa de mi

amigo David para celebrar que él y su mujer habían adoptado a un niño, ¿recuerdas?

—Sí.

—En nuestro camino a casa, discutimos.

## HACE DIEZ AÑOS

—Ha sido una bonita celebración para dar la bienvenida a su nuevo hijo. Es una monada —dije, mientras Massimo giraba a la derecha en Main Street. David y Brenda vivían en Woburn y celebraron la bienvenida a casa porque adoptaron a un niño de cuatro años el mes pasado y estaban dispuestos a celebrarlo ahora que se había instalado.

—Sí, supongo —murmuró Massimo.

—Uhh, vale. ¿Por qué lo dices así?

—¿Por qué adoptaron a ese niño?

Me removí en el asiento y le miré fijamente. Su tono me molestaba.

—¿Qué clase de pregunta es ésa? Lo adoptaron porque necesitaba un hogar y porque ella no puede quedarse embarazada.

—No lo sé. La adopción no es algo en lo que pueda meterme. ¿Criar a un niño que no es mío? No, no es para mí.

—¿Nunca adoptarías un niño?

—No. Ya te lo he dicho antes.

—¿Por qué?

—¡Porque no quiero el hijo de otro! Ahora, no quiero hablar más de esto porque no somos nosotros. Fin de la conversación. —Salté cuando levantó la voz.

Sus palabras hicieron que se me saltaran las lágrimas y conducimos el resto del camino en silencio. El tráfico de la interestatal a la ciudad es intenso y tardamos hora y media en llegar a casa. Eché la cabeza hacia atrás y miré por la ventanilla del copiloto, observando cómo las gotas de lluvia se deslizan por el cristal.

No podía creer que Massimo estuviera tan molesto. No podía creer que no esté abierto a la adopción. No podía creer que sea tan cruel como para no querer a un niño que no es suyo.

No le había hablado de mis problemas de salud, y después de esa reacción, ¿cómo podría hacerlo? Probablemente se comportaría como un gilipollas de la misma manera que Stefano: jodidos hombres.

—Me alejé porque sabía que nunca aceptarías que no pudiera tener hijos y que no habría alternativa. No después de la conversación que tuvimos en el carro cuando volvíamos de casa de David. Supuse que reaccionarías igual que Stefano cuando se lo dije. —Ante mis palabras, los ojos de Massimo se abren de par en par y su boca se afloja.

—Lena, yo…

—No he terminado. —Levanto la mano, suspendiéndola entre nosotros, con las palmas abiertas.

—¿Cómo podrías continuar en una relación conmigo, sabiendo que nunca podría darte lo que más querías? No lo habrías hecho. Supuse que habrías reaccionado como Stefano, y…

—¡No soy Stefano! —Sus fosas nasales se agrandan.

—Lo sé. Excepto que la semana pasada reaccionaste como él.

—Eso no es justo. Las circunstancias no son las mismas, pero tienes razón, lo hice y no debí hacerlo. Por eso, lo siento.

—No, no deberías haberlo hecho, pero lo entiendo. Probablemente deberíamos haber tenido esa conversación en un lugar más privado.

—Lena, ¿qué…?

—Déjame terminar, por favor. Llevo años esperando para quitarme esto de encima.

Massimo asiente.

—Siento haber pensado que habrías reaccionado como Stefano. Fue un error por mi parte suponerlo. Pero me sentí fracasada, vacía, fuera de control y menos que una mujer completa. Resulta que Stefano tenía razón. Estoy rota. Nunca tendré un hijo. Ya ni siquiera tengo útero. —Se me escapa un graznido desesperado, las lágrimas brotan de mis ojos y mi pecho se agita. Me seco las lágrimas con la palma de las manos.

—Lena. —Se levanta de la silla, rodea el escritorio y se planta ante mí. Me obliga a ponerme en pie, me envuelve en su abrazo, me alivia con sus manos, me besa a lo largo del nacimiento del pelo. Sus brazos son cálidos y fuertes.

Aquí es donde pertenezco. Inhalo su olor, cómo lo he echado de menos, le he extrañado muchísimo. Ahora que me ha recordado todo lo que solía tener, no sé cómo sobreviviré sin él. Necesito terminar lo que vine a decir y largarme de aquí. Mi corazón no puede aguantar mucho más.

—Te mereces tener los hijos que siempre soñaste —le digo—. Sabía que te dolería, pero con el tiempo me olvidarías, encontrarías a alguien nuevo y formarías una familia. Yo nunca podría darte hijos. Pensé: ¿por qué tenemos que sufrir los dos sin hijos? Te amaba y elegí sacrificar mi amor por ti para que pudieras tenerlos. Es lo único que podía controlar. Supongo que tomé la decisión correcta. El amor es un sacrificio, ¿verdad?

—Lágrimas siguen cayendo por mis mejillas.

Me tiembla el cuerpo.

—Lo siento, Massimo. Siento haberme ido como lo hice, pero lo hice por ti.

—Tranquila, no pasa nada —murmura repetidamente en un intento de consolar mi alma rota.

—Massimo, yo…

—Lena, lo siento. Lo siento mucho por todo.

Los brazos de Massimo permanecen firmes a mi alrededor, su abrazo me reconforta y me tranquiliza. Sus caricias me relajan, como siempre.

Mis lágrimas empiezan a disminuir y, mientras apoyo la cabeza en su hombro, mi nariz rasca su cuello, su aroma embriagador. Los brazos de Massimo son el único lugar que me ha reconfortado, me ha dado cobijo y me ha protegido. Todas y cada una de las veces. Aunque en este momento me siento reconfortada, sé que la sensación durará poco.

# CAPÍTULO 22

*Te liberará*

## Massimo

Lena dejó caer una bomba en mi corazón con su confesión. Sí, la cagó y desapareció, pero pensar que yo podría haber tenido algo que ver con su decisión me hace sentir como un gilipollas. Ella sufrió todo lo que me acaba de contar y yo no sabía nada. Mi corazón se aprieta de dolor. Dolor que siento por el daño que causé, por el dolor que ella sufrió, por la pérdida que padeció y por la pérdida de nuestra relación.

Esta mujer, poseía cada parte de mí, y yo era ajeno a la agonía que vivía. ¿Cómo es posible? Para colmo de males, hice lo mismo que Stefano y la abandoné cuando estaba más vulnerable. Mis acciones demostraron que reaccioné exactamente como ella temía, solidificando que sigo siendo un gilipollas. No puedo lidiar con mi mierda ahora. Todavía necesito respuestas de ella.

La respiración de Lena se ha estabilizado. Ya no solloza, y su aliento está caliente en mi cuello.

—Eh, ¿estás bien? —le pregunto, llevando mis manos a su cara y deslizando mis pulgares por sus mejillas, sobre su lunar.

—Es la primera vez que digo todo eso en voz alta a alguien. Lo he guardado dentro de mí desde el día que me fui. Es un gran alivio dejarlo salir por fin.

—Lena. —Miro al techo y suelto un profundo suspiro antes de volver a girarme para mirarla—. No puedo ni empezar a entender lo que sentiste. Lo que sientes por todo lo que perdiste. No tenía ni idea de nada de eso. Debería haber estado más atento y haber sido más abierto. Por eso, te pido disculpas.

Beso su frente y dejo que mis labios se queden allí.

Le agarro la cara y la miro fijamente a los ojos.

—Siento que nunca tuviéramos la conversación sobre los niños y supusiera que los tendríamos. —Los ojos de Lena se abren de par en par ante mis disculpas por mi comportamiento insensible, algo que no esperaba oír.

—Mis suposiciones te alejaron. Te hicieron pensar que no podías tener una conversación sobre ello o sobre tu salud. Íbamos a casarnos, y deberíamos haber hablado de lo que queríamos, y de lo que te pasaba, con nosotros. Me equivoqué.

Las lágrimas resbalan por sus mejillas.

—Gracias —murmura. Levanta las manos y las apoya sobre las mías, que siguen abrazando su rostro.

—No hay palabras suficientes para expresar cuánto siento haberte hecho sentir que no podías hablar conmigo de lo que te pasaba. Pero no entiendo cómo pudiste pensar que te querría menos. Eso nunca habría pasado.

—Eso no lo sabes. —Sacude la cabeza.

—Eso sí lo sé. Pero, si te quedas con eso, entonces tú tampoco. Me enamoré de ti, de tu corazón. —Pongo la mano sobre su corazón, apoyando la palma en él—. De tu amabilidad, de tu sentido del humor, de tu timidez y confianza, de tu risa y de estos rizos.

Agarro un tirabuzón que le cuelga sobre el ojo izquierdo y lo hago girar entre los dedos.

—Tener hijos habría sido un extra. Sí, quería tener hijos contigo, pero lo habríamos superado juntos. Habríamos hecho una vida sin hijos. Ni siquiera me permitiste hacer eso. Me lo quitaste, nos lo quitaste.

—Lo siento. —Sus ojos se apartan de los míos.

—Lena, mírame.

Vacila antes de volver a dirigir sus ojos hacia los míos, llenos de humedad.

—Ayúdame a entender. Tengo preguntas. ¿Me las responderás?

Ella asiente.

—No más mentiras.

Me devuelve la mirada y asiente.

—La doctora, te dijo que necesitabas una histerectomía, y que nunca tendrías un hijo. ¿Buscaste una segunda opinión?

—Planeaba conseguir una en Des Moines.

—¿Lo tenías planeado? ¿Qué significa eso?

—Llevaba en Des Moines unos cuatro meses. Había encontrado un trabajo, un apartamento, e intentaba normalizar mi vida, establecer una rutina para olvidarte. Me dolía el cuerpo, pero lo ignoraba. Tomé ibuprofeno y trabajé a pesar de todo. Fingía que el dolor era consecuencia de todos los cambios drásticos que había hecho.

## LENA – HACE NUEVE AÑOS

Era un jueves muy ajetreado y, después de trabajar el doble, Hank, mi jefe, me dejó irme a casa temprano. No me encontraba bien y durante casi todo el día tuve dolores punzantes en las piernas a causa de la menstruación, que este mes vuelve a ser abundante. Cuando llegué a casa, me di una ducha para quitarme el malestar y me tomé un par de ibuprofenos para calmar el dolor.

Llevo tiempo queriendo ponerme en contacto con un médico, concertar una cita para obtener una segunda opinión y ver si la doctora Ahmed de Boston tenía razón. Pero seguía posponiéndolo, inventándome excusas para no enfrentarme a la realidad. La verdad es que no me importaba. Me sentía fatal, desde que me fui de Boston y dejé a Massimo. Extrañaba mi antigua vida, extrañaba todo de ella. Pero, sobre todo, extrañaba a mi hombre. Me arrepiento de haberlo dejado, me arrepiento de estar aquí, pero sé que, si vuelvo a Boston, Massimo me dirá que está bien que no pueda tener hijos, y que podemos tener una vida sin ellos. Pero sé que no es así. Él lo resentiría. Sabría que siempre fue infeliz sin niños, y destruiría nuestra relación. Lo dejé porque no puedo soportar la idea de que me deje. Después de todo, no tenía control sobre lo que le pasaba a mi cuerpo, y no puedo tener hijos. Al menos así controlo mi miseria y mi angustia.

En medio de la noche me desperté con dolor abdominal. Las sábanas estaban empapadas. Me acerqué a la mesilla y encendí la lámpara. La sangre saturaba las sábanas. ¿Qué coño estaba pasando? Intenté ponerme en pie, pero las piernas se me doblaban, lo que me obligó a sentarme de nuevo en el borde de la cama mientras la sangre me corría por las piernas. Agarré el teléfono y marqué el número de Stevie.

—¿Lena? Son las cuatro de la mañana. ¿Qué pasa?

—Hola, Stevie. Me he despertado en un charco de sangre y apenas puedo mantenerme en pie. ¿Puedes venir y llevarme a urgencias?

—¿Qué? Sí, por supuesto. Estaré allí en diez minutos. Mantén tu teléfono cerca.

Me volví a tumbar en posición de cuna para aliviar el dolor, con lágrimas cayendo por mi cara. Estoy tan sola. Podría morir y nadie lo sabría nunca. ¿Qué he hecho?

Stevie utilizó su llave para entrar en mi apartamento. Después de entrar en mi habitación, me ayudó a levantarme de la cama y me acompañó al baño para que me limpie. Me dio una toalla húmeda para que me limpiara las piernas mientras ella buscaba ropa interior limpia, pantalones y un top. Mientras me limpié, me di cuenta de que sigo sangrando con coágulos del tamaño de pelotas de golf. Cuando Stevie vuelve al baño y me vio, me dijo—: Lena, esto es demasiado, no puedes seguir sangrando así. Voy a llamar a emergencias.

Minutos después llegaron al cuarto de baño un hombre y una mujer. La mujer me ayudaba a levantarme y me sostuvo mientras cruzábamos la habitación hasta la camilla que esperaba en la puerta del dormitorio. Me acostaron en una camilla, me colocaron una mascarilla de oxígeno en la cara y me ataron. El dolor de estómago era como un cuchillo que se retorcía y lloré de lo mucho que me dolía.

—Lena, nos vemos en el hospital. —La voz de Stevie estaba llena de preocupación.

Una vez en el hospital, los paramédicos me llevaron a una habitación y me transfirieron a una cama. El aire olía a esterilizado y hacía un frío que pelaba. Temblé hasta que alguien me cubrió con una de esas endebles mantas blancas de hospital. Una enfermera empezó a ponerme esos puntitos pegajosos en el pecho y los brazos, me tomó la presión y la temperatura y me pinchó una vía intravenosa en el brazo. Dos médicos entraron cuando la enfermera estaba terminando de ponerme la vía y empezaron a hacerme preguntas.

Les conté mi historial médico, lo que me dijo la doctora Ahmed, y que desde entonces no había vuelto a ver a ningún médico ni hecho ningún tratamiento. Hice todo lo posible por explicar el dolor que sentía en las piernas, la espalda y la zona abdominal. Los médicos me dijeron que me mantendrían en observación e intentarían detener la hemorragia. Pero cuando varias horas después seguía sangrando, los médicos me dijeron que me iban a llevar al quirófano para realizarme una histerectomía de urgencia, pero que hasta que no estuviéramos en el quirófano no sabrían qué tipo de histerectomía van a hacer.

## Massimo

Lena suelta un sollozo. Inclina la cabeza y apoya la frente en mi hombro.

—Dios, Lena, podrías haber muerto.

—Honestamente, no me importaba si lo hacía o no. Así de jodida estaba en ese momento. Nunca me había sentido tan triste y sola. Era como si me estuvieran castigando por lo que había hecho.

—No estabas siendo castigada, estabas enferma, siendo testaruda e ignorando tu cuerpo. No es lo mismo.

Ella frunce el ceño.

Intento calmarla con lo único que siempre ha funcionado, el tacto. Le rodeo el torso con los brazos y deslizo los pulgares hacia delante y hacia atrás por la zona donde descansan. Cuando su respiración vuelve a ser regular, le acaricio los brazos, arriba y abajo, con movimientos lentos y constantes, antes de preguntarle—: ¿Qué pasó después de la operación?

—Estuve seis días en el hospital. La doctora me explicó que me había extirpado el útero, pero me había dejado los ovarios. Dijo que no creía que supusieran un problema y, como no era algo que hubiéramos hablado, no quería extirparlos sin consultármelo antes. También tuvo que hacer una reconstrucción de la vejiga porque la endometriosis estaba creciendo en una parte importante de mi vejiga.

—¿Te dejó los ovarios? ¿Significa eso que todavía tienes óvulos?

—Sí.

—Podrías…

—No, no puedo. No lo digas.

—Eh, para —le digo. Me fulmina con la mirada—. Déjame terminar. Lo que iba a decir es que podrías haberme llamado después de operarte.

—No, no podría haberlo hecho. Porque habrías venido a buscarme, y las cosas seguirían igual. Nunca te daría los hijos que querías.

—¡Qué testaruda!

—Si me hubiera quedado, o llamado, o lo que fuera, no tendrías a tus dos preciosos niños. Olvidando todo lo demás de nuestro pasado, esos dos niños hacen que todo valga la pena para ti, para los dos. Indiscutiblemente eres un padre increíble para ellos, lo que significa que tomé la decisión correcta para ti.

—Quiero que sepas que no estás rota. Que un gilipollas te haya dicho eso no significa que sea así. Que no puedas tener hijos no te hace menos mujer. Tienes un corazón hermoso. Lo sé porque he recibido tu amor.

Se le saltan las lágrimas y su cuerpo se estremece por los sollozos.

—¿Por qué has tardado tanto en volver? —Le limpio las lágrimas de las mejillas con las yemas de los pulgares.

—Cuando supe que tenías un hijo, ¡me dolió mucho! Tuve un examen final unos días después de enterarme y aprobé por los pelos. Estaba muy angustiada. Volví a sentir mucha tristeza y resentimiento, pensando que debería haber sido yo quien te diera un hijo. Debería ser yo la madre de tus hijos. Por supuesto, fue una locura por mi parte pensar eso. —Me oculta la mirada, intentando disimular el sentimiento de culpa que acompaña a sus declaraciones. Sería un hipócrita si le dijera que se equivoca por pensar así, porque ese mismo pensamiento se me ha pasado por la cabeza en numerosas ocasiones y me ha provocado los mismos sentimientos de culpa.

—En cuanto empezaron de nuevo las clases, me centré en la escuela y volví a alejar los pensamientos sobre ti porque tenía que terminar. No estaba preparada para volver y enfrentarme a la realidad, así que me quedé para trabajar un poco y ganar experiencia antes de volver. Esperaba que el tiempo me curara.

—¿Te curó?

—La verdad es que no.

—¿Qué significa eso?

—Significa que me arrepiento de la decisión que tomé. Ese arrepentimiento me ha carcomido por dentro. Todos los días. Es la única decisión que he tomado de la que me he arrepentido. Arrepentimiento con el que viviré el resto de mi vida, aunque sepa que fue la decisión correcta para ti.

Baja los ojos al suelo y aprieta los puños. Aunque dolorosas para ella, sus palabras me dan un rayo de esperanza: nuestro futuro desconocido.

—Si pudieras volver a hacer las cosas, ¿harías la misma elección?

—No lo sé; es difícil de decir. Me gustaría pensar que haría las cosas de otra manera porque no me sentiría tan triste y no sentiría tanto remordimiento. Pero creo que no lo haría. Porque entonces no tendrías a tus hijos.

—*Grazie*.

—¿Por qué me das las gracias? Todo lo que hice fue causar estragos y hacerte sufrir.

—No estoy de acuerdo con la forma en que manejaste todo, pero ahora tengo a Lucio y Leandro. Lo son todo para mí. El amor que siento por esos dos pequeños es indescriptible. La única otra vez que mi corazón se sintió tan feliz fue contigo. No eres su madre, pero sacrificaste tu vida, tu felicidad, el amor que sentías por mí para que yo pudiera sentir el amor de ser padre. Me cuesta aceptar cómo fue todo, que lo que hiciste fue por mí, pero esos dos pequeños hacen que sea difícil no hacerlo.

Lena intenta esbozar una débil sonrisa. Otra lágrima se escapa de su ojo derecho y yo la detengo con el pulgar, la limpio y beso la mancha húmeda que deja.

—Siento haber salido furioso la otra noche de la forma en que lo hice, por reaccionar exactamente como lo hizo Stefano. Debería haberte escuchado, haberte dejado explicarte y contarme tu historia. Estaba furioso y no podía controlar mi temperamento. Me lo dijiste justo después de la muerte de mi madre. No estaba en el estado de ánimo adecuado para escuchar lo que dijiste. Entre la muerte de mi madre y tu reaparición, mi cabeza da vueltas. No es una excusa válida, pero es la verdad. Gracias por venir hoy y obligarme a tener esta conversación. Lo necesitábamos.

—Bueno, pensándolo bien, probablemente fue bueno que te fueras. ¿Viste la mirada sucia que te lanzó el tipo del bar cuando levantaste la voz? Imagínate si me hubiera visto sollozando como lo acabo de hacer, probablemente habría querido noquearte o algo así. —Lena intenta hacer un poco de humor, y me alivia ver que su sentido del humor sigue ahí debajo de todo el dolor y la angustia.

Levanto la muñeca para mirar la hora. Tengo que cerrar el equipo del almuerzo, pero no estoy listo para que Lena se vaya. Aún tenemos cosas que hablar. Hay cosas que necesito saber, errores que corregir. Tenemos que recuperar el tiempo perdido.

—Lo siento. Sé que tienes cosas que hacer. Yo me iré.

—No. Bueno, sí, tengo que cerrar el equipo de almuerzo arriba, pero no hemos terminado aquí.

—¿No? —Sus ojos se abren de par en par.

—Ni siquiera cerca. ¿Cenarías conmigo mañana por la noche? —Frunce los labios y me mira fijamente, con los ojos arrugados. Puedo ver los pensamientos que le pasan por la cabeza—. Lena, no es una pregunta difícil de responder.

—No estoy segura de que sea una buena idea.

—Por supuesto que sí. Nos vemos mañana en *Billy Tse*, seis y media.

Se le escapa un profundo suspiro.

—De acuerdo, allí estaré.

Agarro la cara de Lena y rozo mis labios con los

suyos.

# CAPÍTULO 23

*Arreglándolo todo*

## Marialena

Salgo del restaurante de Massimo y camino hacia la Plaza de Correos para sentarme en el parque. Necesito asimilar todo lo que acaba de ocurrir. Mientras paseo por la calle Franklin, me siento más ligera. Nuestra conversación fue emotiva y catártica. Lo he mantenido enterrado durante tanto tiempo que me pesaba. Es lo que necesitaba para empezar a curarme de toda la destrucción que he causado.

La reacción de Massimo en el restaurant la semana pasada fue inesperada y me sentí como una bofetada en la cara. La forma en que me fui fue bastante jodida, así que lo entiendo. No es que pueda culparlo. Si nuestros papeles estuvieran invertidos, quién sabe cómo habría reaccionado yo. Además, su madre acababa de fallecer y él ya estaba de duelo.

Me preocupaba cómo reaccionaría ante mí por presentarme en su restaurante y exigirle que tuviéramos una conversación, pero resulta que fue una decisión acertada. No creí que lo entendiera, pero parece que se dio cuenta e incluso me pidió disculpas. Su disculpa fue inesperada, pero bienvenida. Me alegro de que reconociera su papel en mi decisión. Durante mucho tiempo sólo me culpé a mí misma, pero con el tiempo me di cuenta de que su comportamiento no me inspiraba confianza en que me aceptaría tal como soy: una mujer que nunca le daría hijos.

A pesar de todo el daño que causé, seguía siendo él quien me consolaba, lo cual no debería sorprenderme. Echando la vista atrás, siempre fue así, y no sé por qué no me di cuenta cuando estábamos juntos. Una parte de mí piensa que debería haberle dicho la verdad, que habríamos afrontado lo que viniera porque entonces probablemente habríamos continuado nuestra relación. Pero la otra parte de mí sabe que mi incapacidad para tener hijos habría sido algo que habría provocado una ruptura entre nosotros, aunque Massimo piense que no. A estas alturas, no importa lo que ninguno de nosotros piense.

Se tomaron decisiones, se trastocaron vidas, se dañaron relaciones, y nada de ello puede deshacerse.

Al final, soy mi peor enemiga, porque siempre me habría preguntado si estaba resentido conmigo. Habría criticado todo, creado un drama que probablemente no existía. Habría buscado un significado oculto en sus palabras o acciones, y eso me habría enfadado y amargado. Me autosaboteé porque Stefano me hizo sentir inútil, no querida y rota. Nunca me curé de ello, y una parte de mí creía que Massimo era capaz de lo mismo. Por supuesto, en retrospectiva, es ridículo pensar eso, ya que Massimo es muy diferente a Stefano. No tenía nada que hacer comparando lo incomparable. Esto es lo que pasa cuando me meto en mi propia cabeza.

No estoy segura de a dónde vamos a partir de aquí, pero sé que estamos en vías de recuperación después de la conversación que acabamos de tener. Espero que Massimo me perdone por todo el daño que le causé. Aún lo amo, una parte de mí siempre lo hará, y dados nuestros últimos encuentros, creo que Massimo siente lo mismo. Excepto que está la madre de sus hijos.

Me duele el corazón sólo de pensar en ella y en que ahora puede formar una familia con el hombre que amo. Pensar en ella hace que los celos asomen su fea cabeza. No hemos hablado de ella, de su relación y de la ausencia de su anillo de boda. Aunque me dijo que su corazón sólo se ha sentido feliz con sus hijos y conmigo. ¿Qué significa esto? ¿Hay esperanza para nosotros? Mañana por la noche tendré que preguntárselo porque no quiero romper una familia. Ya he cruzado demasiadas líneas con él sin saber su estado sentimental. No puedo ser parte de eso.

Encuentro un banco vacío para sentarme al sol, que por fin ha hecho su aparición, miro al cielo y dejo que los rayos me calienten la cara. El aire es frío, pero aún es octubre y el sol calienta cuando está despejado. Cierro los ojos y respiro hondo. Necesito descomprimirme y despejar la cabeza antes de volver a la oficina. De lo contrario, no podré hacer nada, y ahora necesito concentrarme. Uno de mis clientes tiene una audiencia de expulsión la semana que viene, y he estado revisando el expediente y preparando las pruebas para reunirme con él y preparar su testimonio.

Mi teléfono vibra en el bolso y, cuando lo encuentro, veo un mensaje de texto de Massimo.

**Massimo: Gracias por venir hoy. Lo necesitábamos.**

Miro fijamente mi teléfono. Sí, lo necesitábamos. Debería habérselo dicho hace mucho tiempo. ¿A quién quiero engañar? Probablemente nunca debí hacerlo, pero no puedo quedarme en el pasado. Sólo puedo seguir adelante. Pienso en el mensaje que quiero enviarle, en lo mucho que me gustaría decirle, pero decido no complicarme.

## Lena: De nada.

Guardo el teléfono en el bolso, me levanto y vuelvo a la oficina. Por primera vez en mucho tiempo, siento algo de paz en mi interior.

Miro la hora. Son casi las ocho. Tengo que irme. He quedado con Luci y Marcus para cenar y voy a llegar tarde. Dejo todo desparramado por mi escritorio, así que mañana puedo retomarlo donde lo dejé. Unas horas más de preparación y estaré lista para la reunión con mi cliente.

Cuando salgo del edificio, el frío me golpea y el viento aúlla en la calle Congress. Por suerte, la parada de taxis está en la acera, frente al edificio, y hay unos cuantos carros disponibles en la cola. Corro hacia el primero, abro la puerta trasera y subo.

—Hola. Giacomo en el sur de la ciudad, por favor. En Columbus. —Abro mi bolso y busco mi teléfono para mandarle un mensaje a Luci.

## Lena: Se me hizo tarde. Acabo de tomar un taxi y llegaré en 15 minutos.

Luci responde al instante.

**Luci: OK. Nos vemos pronto. Yo y M ya estamos bebiendo vino.**

Claro que sí. Luci es la razón por la que empecé a beber vino. Nunca me había gustado, pero eso era porque nunca sabía qué pedir. Salíamos a cenar y ella elegía un vino para maridar con mi comida. Con el tiempo, pasamos a beber botellas con la cena.

Cuando empecé a trabajar en el Florentine, durante nuestra reunión previa a la cena, teníamos una comida de empleados, que siempre iba acompañada de una cata de vinos. El propietario quería que el personal conociera los vinos que vendíamos porque así sería más fácil hacer la venta de ellos.

Cuando empecé a trabajar en el lugar de Massimo, le sugerí que hiciera lo mismo porque en el Florentine se notaba la diferencia en las cifras de ventas. Al principio se mostró reacio, pero decidió intentarlo. Después de eso, contrató a un sumiller de vinos para trabajar en el turno de cenas cuatro noches a la semana, y rápidamente vio un aumento en las ventas.

El sumiller era impresionante. El restaurante tenía más de mil variedades de vino. Cada noche, nuestra comida estaba maridada con un vino blanco y un tinto, y teníamos una degustación acompañada de unas breves instrucciones. Nuestras copas sólo contenían dos o tres sorbos de vino, pero era suficiente para girar el vino, percibir su aroma y saborearlo. Aprendíamos cuáles eran los mejores vinos para complementar las especialidades y los platos del menú. Esto hacía que la experiencia de trabajar en un restaurante fuera agradable y entretenida.

El comedor de Giacomo está lleno, como era de esperar. Es una gran sala con unas quince mesas y un mostrador alto en la parte de atrás, frente a la cocina. Sirven comida italiana, especializada en marisco y platos de pasta.

Luci y Marcus están sentados junto a la pared izquierda. Hay una botella de *Pinot Grigio* Santa Margherita sobre la mesa y sus copas están medio llenas. Cuando me acerco a la mesa, Marcus se levanta y me abraza.

—Lena, te he echado tanto de menos. —Me aprieta fuerte.

—Yo también —digo. Sé que hablamos a menudo, pero no es lo mismo—. Se siente bien estar en casa de nuevo.

—Yo también estoy muy contento de que hayas vuelto —dice Marcus.

—Hola, Luci —le digo. Se desliza por el asiento y me inclino para darle un beso en la mejilla.

—Hola, Lena. Casi nos hemos acabado la botella esperando tu culo —me dice riéndose.

—Eso está bien. Seguro que hay muchas más de donde vino esa. Luci, tu cabello está increíble. ¿Cuándo te lo hiciste?

Luci lleva el cabello recién cortado, el típico corte corto, muy corto por detrás con trozos más largos por encima, y de color castaño.

—Fui a ver a mi tío el sábado. Ya sabes que le encanta experimentar con mi cabello.

—Me encanta, como siempre —le digo.

—¿Todo bien en el trabajo, Lena? —Marcus pregunta.

—Ha sido un gran día. Pero primero, vino. —Acerco una silla y me acomodo junto a Marcus. El restaurante es pequeño y hay poco espacio. Me quito la chaqueta y la cuelgo en el respaldo de la silla mientras Luci me sirve un poco de vino.

—¿Qué ha pasado ahora? —Levanta su copa, esperando a que yo levante el mío.

—Salute. —Chocamos nuestras copas y doy un sorbo a mi vino—. El trabajo me hizo llegar tarde. Tengo una audiencia de expulsión la semana que viene para la que me estoy preparando.

—¿Qué es eso? —pregunta Marcus.

—Es básicamente un juicio para alguien que tiene

una orden de expulsión. En la audiencia de expulsión, mi cliente tiene la oportunidad de exponer sus argumentos de por qué no debería ser deportado.

—Suena intenso.

—Lo es. No hablemos de trabajo. Ya pienso en eso todo el día. Me muero por ponerme al día con vosotros ya que no hemos tenido tiempo desde que he vuelto. Marcus, ¿qué tal el trabajo? ¿Te gusta trabajar en Mistral? —Mistral es un bistró franco-mediterráneo de lujo y de moda a unas calles de donde estamos ahora.

—Está bien. Echo de menos trabajar en el Florentine. Gano más dinero en Mistral, pero es un ambiente diferente, ¿sabes?

—Me sorprendió cuando me dijiste que dejabas el Florentine. Trabajaste allí durante años —dice Luci.

—Catorce años, para ser exactos —añade Marcus.

—¿Crees que te quedarás allí? No hay nada peor que trabajar en un sitio que no te gusta —le digo.

—En realidad, llamé al gerente del Florentine y le pregunté si había alguna posibilidad de que volviera. Iba a hacérmelo saber. Supongo que no son muy fan del cantinero que me sustituyó. Sabré más en unos días.

El mesero viene a nuestra mesa y toma nota de nuestro pedido, y yo les cuento a Luci y Marcus lo que ha pasado con Massimo, dándoles todos los detalles de nuestra conversación, incluida la razón por la que me fui.

—¿Te fuiste porque no puedes tener hijos? ¡Dios, Lena! ¿Por qué no compartiste eso conmigo? Soy tu mejor amiga y nunca te habría juzgado. —Luci tuerce la boca de incredulidad, tiene los ojos llenos de agua y lucha contra las lágrimas. Otra de mis víctimas.

—Luci, lo siento. Sé que esas palabras no hacen mucho para quitar el dolor que causaron mis acciones, pero quiero que sepas que no es porque no confiara en ti o porque temiera que me juzgaras. Simplemente sabía que Massimo iría a verte y te presionaría, y no quería ponerte en esa situación. —Extiendo ambas manos por encima de la mesa y agarro su mano derecha entre las mías.

—Vaya, Lena, ni siquiera sé qué decir ahora mismo. Me mentiste durante tantos años sobre algo tan monumental. Entiendo por qué lo hiciste, pero es tan jodido.

—Nunca te mentí. Solo que nunca te dije toda la verdad —le digo.

—Semántica. Mentiste por omisión. ¡Es lo mismo, joder!

—Lo siento. —Le aprieto la mano—. Nunca quise hacerte daño. Te quiero y espero que algún día me perdones por el dolor que te causé.

—No voy a mentir y decir que no estoy dolida y

que te perdono porque necesito algo de tiempo para asimilar todo esto. Pero estoy segura de que al final lo entenderé. Y yo también te quiero, incluso cuando haces cosas que no deberías. —Me aprieta la mano.

—Chicas, me van a hacer llorar, y no he venido a derramar lágrimas esta noche. Sé que se besarán y se reconciliarán. Ahora bebamos —dice Marcus y levanta su copa—. Por nosotros, por nuestra amistad y por volver a estar juntos. —Esa es una de las cosas que me gustan de Marcus, Siempre aligera el ambiente cuando la conversación se pone seria.

—Brindo por ello —digo, mirando primero a Marcus y luego a Luci. Mi mirada permanece fija en Luci, esperando que pueda ver que la quiero de verdad. Hemos sido amigas toda la vida, es mi hermana, aunque no lo sea de sangre, y sé que la he herido. Espero que pueda comprenderme y perdonarme.

—Yo también —dice Luci, y su labio se curva hacia un lado.

—Me muero por saber lo tuyo con Dom —le digo—. Los vi muy platicadores en el velatorio de la madre de Massimo, pero la verdad es que no le di mucha importancia. Sólo pensé que estaban platicando por las circunstancias. Pero cuando se fueron juntos, me quedé intrigada. ¿Son pareja ahora o qué?

Luci se muerde el labio.

—Hemos salido algunas veces, todavía nada oficial.

—Chica, escupe. Sabes que no vamos a estar satisfechos con eso —proclama Marcus.

—¡Exacto! Quiero todos los detalles —añado.

—Hace unas semanas, estaba en el norte de la ciudad recogiendo una tarta de *ricotta* y unos cuantos pasteles en Modern para una cosa de trabajo, y me encontré con él. Hablamos un rato y, cuando tuve que irme, me preguntó si podía llamarme. Ese día no me di cuenta de que quería decir que quería invitarme a salir. No pensaba en él de esa manera. Me llamó al día siguiente. Al principio me sorprendió saber de él tan pronto, pero luego me invitó a cenar. Desde entonces hemos salido varias veces.

—¿Te gusta? —Tengo tantas preguntas para ella.

—Sorprendentemente, sí. Lo conozco desde hace años, pero nunca pensé en una relación con él. Pero es un encanto. —Luci se encoge de hombros y bebe un sorbo de vino.

Marcus bromea—: ¿Te has acostado con él? ¿Es bueno en la cama?

—No te contengas, Marcus —añado.

—¡Oh, basta! Sabes que quieres saberlo tanto como yo —responde, y yo suelto una risita, sacudiendo la cabeza.

—Bueno, sí, pero supuse que trabajaría mi camino a esa pregunta.

Luci abre mucho los ojos. Sacude la cabeza.

—¡No tienen vergüenza! Quieren ir directos al grano.

—Eso es, ahora escúpelo. ¿Cómo es en la cama? —Marcus insiste y se ríe.

—Teniendo en cuenta que volví por el segundo y el tercero. —Luci se encoge de hombros, sonriendo.

—¿Dónde fue tu primera cita? —le pregunto.

—Su amigo tiene un restaurante en Woburn, así que cenamos allí.

—¿Cómo fue? —pregunto.

—Increíble. Cada vez que he quedado con él, siempre ha sido callado, pero es bastante conversador. Quiere invitarme a salir por mi cumpleaños dentro de unas semanas y, por supuesto, le dije que sí. Hacía tiempo que no salía con alguien en serio, y me gusta. No es insistente, tenemos buena conversación y, como le conozco desde hace años, sé que no es un asesino en serie.

—¡Olvidaste mencionar que está bueno! —añade Marcus.

—Sí, eso también —confirma Luci.

Luci resplandece cuando habla de Dom. Tiene los ojos entornados y sonríe cuando habla de él y del tiempo que pasaron juntos. Me alegro por ella. Sólo ha tenido un par de relaciones serias a lo largo de los años. Me gustaría pensar que el destino le tenía preparado algo más con Dom. Llegué a conocerlo relativamente bien cuando estaba con Massimo, y me gustaba. Siempre fue educado, tiene buen sentido del humor, es un amigo leal, siempre estaba ahí para Massimo o cualquiera de sus amigos cuando más lo necesitaban, y es un tipo guapo. Además, Massimo es amigo suyo, y es raro con los amigos que deja entrar en su círculo íntimo, lo que dice mucho de Dom.

—Luci, me alegro por ti. Dom es un tipo estupendo y espero de verdad que les vaya bien —le digo.

# CAPÍTULO 24

*Siempre fuiste tú*

## Massimo

Estoy ansioso por ver a Lena esta noche. Después de que ella apareciera aquí inesperadamente ayer, hicimos progresos para empezar a aplastar nuestra historia negativa. Me molestó que Patty estuviera fuera y tuviera que sustituirla porque eso acortó nuestra conversación. Espero que ahora que Lena me contó por qué se fue, no se cierre en banda. Después de nuestra conversación, hacer el trabajo fue una tortura, y tardé el doble de tiempo en cerrarlo todo.

El trabajo era lo más alejado de mi mente. Sólo pensaba en nuestro intercambio. Me ocultó muchas cosas sobre su salud y no puedo evitar preguntarme qué podría haber hecho de otra manera para que se abriera a mí. Tuve mucho que ver con su decisión de desaparecer de mi vida. Durante años culpé a Lena de todo. Pero yo era tan responsable de nuestro dolor como ella. Es una píldora difícil de tragar.

Incluso con todo lo que aprendí, se me retuerce el estómago cuando pienso en lo que hizo. Pero cuando pienso en el porqué, casi lo entiendo, lo cual es jodido. ¿Qué dice eso de mí? ¿Significa que tiene razón, que estaría resentido con ella porque no habríamos podido tener hijos? Me gustaría pensar que no, pero tengo fama de gilipollas y la verdad es que no sé lo que habría hecho. Tengo la cabeza muy jodida por todo este asunto, aunque a estas alturas, supongo que no importa. Lo hecho, hecho está: podría, habría, debería y todo eso.

Me siento fatal por haber reaccionado exactamente como ella predijo que lo haría y haberla dejado de la forma en que lo hice. Ojalá pudiera retractarme, pero por suerte aceptó mis disculpas.

Y qué puto gilipollas es Stefano. Sabía que el tipo era malo y que las cosas entre él y Lena acabaron mal, pero nunca supe hasta qué punto. Le jodió la cabeza, y eso se extendió a mi relación. Debería haberle partido la cara cuando tuve la oportunidad. Déjame dejar de pensar en ese gilipollas antes de que se me agrie el humor.

El reloj de pared marca las cuatro y veinte. El personal debe de estar comiendo y reunido antes de su turno, así que me uno a ellos. Antes de subir, le envío un mensaje a Lena.

## Massimo: ¿Sigue en pie lo de cenar en BT?

El sumiller está haciendo su habitual cata de vinos con el personal mientras cenan, y aprovecho para hablar con Patty.

—Salgo pronto y no estaré por aquí esta noche. Por supuesto, si es absolutamente necesario, llámame o mándame un mensaje, pero intenta no necesitarme —le digo, dedicándole una media sonrisa.

—Estaré bien, pero eso ya lo sabes. Haz lo que tengas que hacer y no te preocupes por nosotros.

—Lo sé, Patty. Confío en ti, pero sabes que soy un adicto al trabajo y al control.

—¿Tú? ¿En serio? Gracias por dejarme saber. No tenía idea. —Ella pone los ojos en blanco y se echa a reír, luego vuelve a la reunión de personal.

Patty ha sido mi jefa desde el primer día. Trabajaba conmigo en el restaurante de mi tío como mesera y me enseñó casi todo lo que sé. Le ofrecí el puesto de gerente cuando abrí porque sabía que podía confiar en que llevaría este local como si fuera suyo, y así es.

Me acerco al final de la barra, saco una botella de Jack del último estante y me sirvo un trago. Necesito relajarme. Siento vibrar mi teléfono en el bolsillo y lo cojo.

**Lena: Sí, hasta pronto.**

Estoy sentado en la pared de ladrillo del restaurante cuando veo a Lena cruzando la calle. Lleva una bufanda negra alrededor del cuello y una chaqueta de cuero negro. El pelo le cae en cascada por la espalda. Como de costumbre, lleva los labios pintados, hoy de rojo oscuro. Joder, su belleza sigue brillando. Cuando está cerca, me paro.

—Hola. Parece que tienes frío —le digo besándole la mejilla. Tiene la nariz roja y las mejillas sonrojadas.

—Había olvidado lo loco que es el tiempo en Boston. Un día hace calor, y al siguiente, hace frío. —Se frota las manos.

—Vamos —le digo, agarrándole la mano y caminando hacia la entrada.

Billy Tse forma parte del barrio desde los años noventa. La comida es fenomenal y lo ha sido desde que el restaurante abrió sus puertas. Con un bar completo y un salón nocturno, mis amigos y yo veníamos mucho aquí después del trabajo para comer algo y tomar unas copas cuando trabajaba con mi tío.

—¿Quieres sentarte en la barra o en una mesa? —le pregunto.

—Vamos a agarrar una mesa en la parte de atrás por si se llena más tarde. —Hace un gesto hacia la parte de atrás levantando la barbilla mientras se desabrocha la chaqueta.

La anfitriona nos lleva a una mesa y somos las dos únicas personas en el comedor. Las seis y media es temprano para cenar en la ciudad, y este sitio suele llenarse más tarde, lo cual está bien porque nos dará la intimidad que necesitamos.

Una vez sentada, Lena dice—: Hacía años que no venía por aquí. Tenemos muchos buenos recuerdos de aquí. —Sus ojos se arrugan y se vuelven hacia arriba en las esquinas mientras mira a su alrededor—. Nada ha cambiado. Parece literalmente igual que hace tantos años, con paredes amarillas y todo. —Se ríe entre dientes.

Yo vivía al otro lado de la calle, en los apartamentos *Lincoln Wharf*, cuando Lena y yo empezamos a salir. A veces nos sentábamos en el bar a tomar unas copas y comíamos dentro, y a menudo nos encontrábamos con algún conocido y pasábamos un rato juntos.

—Yo también hace tiempo que no vengo, creo que tal vez el año pasado —digo.

—Espero que las tortitas de cebolleta sean tan buenas como siempre. Nunca encontré ninguna en Des Moines que mereciera la pena. La mayoría de los sitios no las tenían, y las que las tenían simplemente no valían.

—¿Quieres mirar el menú, o nos pido lo de siempre?

—Lo de siempre. Nunca nos equivocamos. Además, me muero de hambre.

Llega la mesera, una mujer asiática delgada con el cabello recogido en una coleta baja.

—Hola, bienvenidos a Billy Tse. ¿Estás listo para ordenar o necesitas unos minutos?

—*Grey Goose* y agua mineral con dos limones, una cerveza Tsingtao y dos vasos de agua, por favor. En cuanto a la comida, un pedido de tortitas de cebolleta, rollitos de primavera, cangrejo rangoon y pollo *Chun Liu* con arroz blanco. Si puedes, trae toda la comida junta, por favor.

—Como guste. Gracias. —La mesera se marcha, me vuelvo hacia Lena y extiendo mis manos a través de la mesa, enroscando mis dedos con los suyos, nuestras miradas se encuentran.

—Después de nueve años de ausencia, aquí estás sentada delante de mí. Es tan surrealista. No pensé que volvería a tener esta oportunidad —le digo. Sus ojos son suaves, de un verde vibrante detrás de unos marcos rojos.

—¿Crees que alguna vez serás capaz de perdonarme por dejarte?

—Ese día en el restaurante, no sabía si podría. Estaba tan enfadado contigo. No podía creer lo que había oído. Pero con el paso de los días, pensé que tenía que haber algo más en la historia, y así fue. Después de todo lo que me contaste ayer, una parte de mí se enfada porque tomaste una decisión tan importante sin contar conmigo, una decisión sobre mi vida—nuestra vida— y no tenías derecho a hacerlo. Me quitaste esa elección, excepto que yo desempeñé un papel enorme en la decisión que tomaste, y estoy furioso conmigo mismo por ello, porque no me di cuenta. Hasta ayer, siempre te culpaba de nuestra destrucción, pero ahora sé que yo también fui responsable. Es una lección de humildad. No eres la única que necesita pedir perdón.

Las comisuras de sus labios se inclinan hacia arriba y me aprieta las manos.

—También entiendo por qué me dejaste. Sacrificaste todo por mí, y te estoy muy agradecida porque ahora tengo a mis hijos. Si no me hubieras dejado, Lucio y Leandro no habrían nacido. ¿Que yo entienda tus acciones significa que estaría resentida contigo? No lo sé. Mis sentimientos sobre toda la situación están por todos lados, y no puedo reconciliarlos. Tengo la cabeza hecha un lío, ¿sabes?

—Y ahí está el enigma. Eso es con lo que he estado viviendo cada día desde que la doctora Ahmed me dijo que necesitaba una histerectomía: arrepentimiento a pesar de saber que era la decisión correcta para ti. Sé exactamente lo que sientes y cómo te retuerce por dentro. —Baja la cabeza, mira hacia la mesa y sus dedos trazan las líneas de las palmas de mis manos.

En ese momento, la mesera vuelve con nuestras bebidas y las coloca sobre la mesa. Lena me suelta las manos y agarra su vaso, exprime uno de los limones y remueve antes de dar un sorbo con la pajita.

Tiro de la botella de cerveza antes de decir—: Por favor, mírame. —Ella levanta la cabeza sin rechistar y me mira. Vuelvo a tomar sus manos entre las mías y entrelazo los dedos.

—Me rompiste, dejaste mi corazón en pedazos. Antes de conocerte, nunca imaginé que amaría como te amé a ti. Cuando volví del casino y te habías ido, yo era un desastre. Te odiaba, me odiaba a mí mismo, dejaba de lado a mi familia y amigos, y era un completo gilipollas con todo el mundo. Sin ti, nada tenía sentido. Destrozaste mi mundo en un instante y dejaste un vacío en mi corazón del que nunca me he recuperado. No sabía cómo afrontar tu pérdida. Un año entero esperando que volvieras. El amigo de Benny trabaja como investigador privado, pero no tuvo suerte encontrándote. Y entonces no teníamos los smartphones de ahora, así que no fue fácil.

—No quería que me descubrieran, por eso nunca le conté mis planes a Luci ni a mis padres.

Sus palabras me cortan. Es como si me clavara una daga en el corazón, a pesar de que sé la razón.

—Has hecho un buen trabajo.

—Probablemente no te sirva de consuelo, pero me sentía miserable. Suspiraba por ti. Pensaba en ti todos los días. Siempre eras tú. —Se lame los labios antes de fruncirlos.

—Tienes razón. No es ningún consuelo.

—Nunca habrá palabras suficientes para expresar cuánto lamento el dolor que te causé. Ahora que sabes la verdad, acepto lo que venga.

—¿Qué quieres decir con eso?

—No tienes que perdonarme. No tienes que aceptar nada de mí. No tengo derecho a exigirte nada. Si decides perdonarme o no, es cosa tuya, y yo tendré que vivir con tu decisión, aunque no me guste.

Nos sentamos en silencio. Las palabras flotan en el aire mientras nos miramos fijamente, mis manos aún sujetan las suyas, con nuestros dedos entrelazados. Se me contrae el corazón y se me retuerce el estómago.

Nuestra torturada historia mezclada con mis sentimientos agita la tormenta en mi interior. Nunca dejé de amarla. Por su culpa, nunca pude comprometerme con Camila, a pesar de haberlo intentado durante años. Ahora tengo la oportunidad de resolver todo eso, de arreglar por fin el caos que Lena dejó a su paso tras marcharse.

La mesera rompe nuestro silencio cuando empieza a poner la comida en la mesa y nos soltamos las manos. Hablando de mal momento. Tenía hambre, pero como nuestra conversación es tan pesada que estoy en mis sentimientos, se me ha quitado el hambre.

—¿Por qué has vuelto a Boston? —le pregunto.

Me mira fijamente, deja que su respuesta se tambalee en sus labios antes de decir—: Por ti. Cuando me fui, sabía que era lo correcto para ti, aunque supiera que nos destruiría, que me destruiría. Volví para aclarar las cosas y decirte la verdad que merecías oír. Sabía que lo necesitabas. Yo la necesitaba. Quería disculparme y pedirte perdón. Ninguno de los dos habíamos cerrado lo que necesitábamos para seguir adelante.

—Ahora que lo has hecho, ¿cómo quieres seguir adelante?

Ella niega con la cabeza.

—No, Massimo. Esta vez no. Ya no tomo decisiones por los demás. Decide tú.

Contemplo sus palabras, la sinceridad en ellas, y digo—: Llámame masoquista, pero a pesar de que destrozaste mi corazón, nunca pude dejarte ir.

Sus ojos se abren de par en par ante mi confesión.

—Oh. Entonces, ¿qué significa eso?

—Quiero que lo intentemos de nuevo.

Juguetea con sus lentes y se las ajusta para que se asienten sobre el puente de la nariz.

—¿Qué hay de tu relación con la madre de los chicos?

—¿Camila? ¿Qué pasa con ella?

—Uhh, es la madre de tus hijos, y tienes una relación con ella.

—Ella es su madre, y eso nunca cambiará, pero ya no estamos juntos.

Lena se queda con la boca abierta.

—¿No?

Sacudo la cabeza con fervor.

—Camila y yo hemos terminado desde hace mucho tiempo, pero lo hice oficial y me mudé a principios de este año. Es una madre increíble para nuestros hijos, y se merece a alguien que la quiera por completo, pero ese no soy yo.

Lena tiene la cara inmóvil, los ojos muy abiertos.

—La conocí un par de años después de que te fueras y creí que estaba listo para seguir adelante. Lo intenté. Pensé que una nueva relación me ayudaría a sacarte de mí sistema, de mi cabeza y de mi corazón. Entonces se quedó embarazada y lo tomé como una señal de que debía dejarte marchar, sobre todo porque deseaba desesperadamente tener hijos. Para entonces, llevabas fuera casi cuatro años. Quería que nos fuera bien por Lucio. Durante un tiempo nos fue bien, o eso creí, y por eso acepté tener otro hijo con ella. Pero por mucho que intenté convencerme de que debía comprometerme con ella, mi corazón no te dejaba marchar. Es como si faltara una parte de mí.

—Oh.

—¿Es tan difícil de creer?

—Es que pensaba que estabas casado.

Sacudo la cabeza.

—No podía comprometerme. Ella no paraba de pedirme que nos casáramos, quería oficializar nuestra familia, y yo no podía hacerlo. Quería hacerlo, por ella, pero me sentía un farsante, un fracasado. Cuando pensé en casarme con ella por nuestros hijos me sentí mal y engañado porque mi corazón no estaba en ello.

—¿Sabe ella por qué no pudiste comprometerte?

—Al principio, no se lo dije. Pero ella quería saberlo, así que al final lo hice, aunque fuera a regañadientes.

—Lo siento.

—No lo sientas. Fue la mejor decisión para ella. Nunca habría sido capaz de entregarme por completo, y eso habría sido un error injusto. Ya había cometido demasiados errores y la había herido bastante. Todavía está enfadada conmigo, pero acabará superándolo y encontrará a un buen hombre que la quiera por completo. Mientras tanto, tenemos que criar a nuestros hijos. Seremos los mejores padres que podamos ser en dos hogares.

—Entonces, ¿a dónde vamos desde aquí?

—No lo sé, pero has vuelto, y de repente siento como si una oscuridad se hubiera disipado. Incluso con todo lo que he aprendido últimamente. El agujero en mi corazón ya está empezando a sanar. Quiero verte, volver a pasar tiempo contigo. —Extiendo la mano sobre la mesa, acariciando su lunar, y ella se inclina hacia mí—. Tal vez todo lo que recuerdo de nosotros no sea más que historia de la que siento nostalgia —le digo—. Pero quizá podamos enterrar el pasado y empezar de cero. Estábamos jodidamente bien juntos. No sé, estoy pensando en voz alta.

—Vaya. No voy a mentir, es sorprendente y no es lo que esperaba oír.

—¿No? ¿Qué esperabas?

—Teniendo en cuenta que pensaba que estabas casado, no es que quisieras pasar tiempo conmigo.

Pero si te digo que la idea de pasar tiempo contigo y volver a intentarlo no me excita, estaría mintiendo. —Tiene las mejillas sonrosadas y los ojos llorosos.

—Mira, no puedo prometer nada y no sé cómo acabará. Al menos podemos ver cómo van las cosas. ¿Qué me dices? —Apoyo los codos en la mesa y abro las dos manos, con las palmas hacia delante, esperando su respuesta.

—Me gustaría —susurra. Sus manos se encuentran con las mías y nuestros dedos se entrelazan. Le beso el dorso de la mano antes de soltársela.

—Ahora vamos a comer. Me muero de hambre.

Nos levantamos de la mesa y nos ponemos las chaquetas. Una vez me he puesto la mía, me acerco a Lena y le pregunto—: ¿Quieres venir conmigo a mi casa?

Sus ojos se suavizan antes de asentir.

Estaciono en mi plaza del callejón de detrás de mi edificio, salimos y nos dirigimos a la puerta.

—¿Por qué has vuelto a este barrio? —pregunta.

—Camila y yo vivíamos en Brookline, pero cuando me mudé, decidí volver a la ciudad para estar más cerca del trabajo. Era más fácil, y esto está bastante cerca de ella y de los chicos. Además, me gustaba vivir en este barrio.

Subimos las escaleras hasta el segundo piso. Meto la llave y abro la puerta, empujándola con el pie.

—Ponte cómoda. Voy a poner música. —Saco el celular del bolsillo, lo conecto al sistema de audio y le doy a aleatorio. Dentro hace frío, así que cojo el mando y enciendo la chimenea. Corro las cortinas para tener intimidad.

Lena está sentada en el sofá, con las piernas cruzadas. Me agacho y le tiro del cabello, levantando su cara hacia la mía, arrastrando mi pulgar por su boca.

—Joder, cómo te he echado de menos. —La beso y le abro los labios. Ella accede y me pasa la lengua por los dientes, haciendo que mi polla se tense dentro de los jeans.

Llevo años esperando a esta mujer: quiero arrancarle la ropa para follármela y desnudarla suavemente para hacerle el amor lentamente.

Lena me mete las manos en el cabello y empieza a tirarme de las puntas. Le descruzo las piernas para sentarme a horcajadas sobre ella, besarla más profundamente, saborear su dulzura. Me tira de la camiseta y mete las manos debajo. Sus dedos me queman la piel mientras exploran. El corazón me retumba en el pecho y arrastro los labios por su suave piel hasta posarme en su oreja. Canto suavemente *Still Loving You* de Scorpions mientras suena la melodía, y Lena me agarra con fuerza por la cintura. Nuestras respiraciones son agitadas y sus ojos brillan de anhelo, lujuria y amor.

Me levanto, agarro la manta que hay sobre el respaldo del sofá y la extiendo sobre la alfombra que hay frente a la chimenea. Tiro unos cuantos cojines sobre la manta y me siento.

—Ven —le digo, palmeando el suelo a mi lado.

Lena se levanta del sofá, camina hacia mí, se agacha y se sienta a mi izquierda, cruzando las piernas. Se pasa el cabello por detrás de las orejas y se ajusta los lentes.

—¿Estás nerviosa? —pregunto, frotándole la pierna.

—Curiosamente, sí.

—¿Por qué?

—No lo sé, la verdad. Durante años, soñé con este día, con cómo sería entre nosotros si alguna vez teníamos la oportunidad de nuevo, pero nunca pensé que se haría realidad. Ahora, aquí estamos, y mi estómago es un manojo de nervios a pesar de nuestras vaporosas sesiones de besos.

—Toma, deja que te ayude con eso. —Le quito los

marcos de la cara y los dejo en el alféizar de la ventana. Paso los dedos por su mandíbula antes de que nuestras bocas choquen. Sus labios son calientes y flexibles. Me devuelve los besos con suavidad y pasión.

La echo hacia atrás y la ayudo a tumbarse sobre las almohadas. Me arrodillo a su lado, con sus largos rizos extendidos a su alrededor. Parece una puta sirena tumbada ante mí, llamándome, atrayéndome.

Quiero arrancarle la blusa, pero me lo pienso mejor y empiezo a desahrochársela, empezando por el botón de arriba y bajando hasta dejar al descubierto su piel aceitunada. Lleva un sujetador de encaje gris, y al ver cómo sus pechos se derraman sobre la tela del sujetador se me eriza la polla.

Le acaricio los pechos, sintiendo su plenitud. Sus pezones se erizan bajo mis caricias y ella cierra los ojos, absorta en el momento, disfrutando de mi adoración. Desciendo con los nudillos por su vientre hasta llegar al botón de su pantalón y doy un tirón, lo que hace que Lena abra los ojos y asienta, dándome permiso para seguir explorando.

Levanta las caderas, dejando espacio para que le baje los pantalones por las piernas. Le quito los calcetines de uno en uno y subo un dedo por un pie y luego por el otro, recordando que se le pone la piel de gallina cuando lo hago.

Le beso el pie y empiezo a subir por su pierna. Me observa, su mirada esmeralda rezuma amor. Cuando llego a sus bragas, las muerdo y las aparto de su vértice. Las hago a un lado y lamo sus pliegues, haciéndola mover las caderas y gemir. Su sabor es dulce cuando mi lengua se desliza por sus labios. Su respuesta me anima a chupar su sensible protuberancia y girar la lengua a su alrededor. Lena me tira del cabello al ritmo de mi lengua y mi polla suplica que la libere de los vaqueros. Le doy una última sacudida antes de apartarme.

Levanto los ojos para mirarla y que pueda ver cómo me lamo la miel de los labios. Me deslizo hacia arriba, empiezo a quitarle las bragas y entonces lo veo.

Tiene una gruesa cicatriz de color oscuro que va desde debajo del ombligo hasta la ingle. La miro y sus ojos están húmedos. Sin duda, llorando toda la pérdida que ha sufrido. Empiezo a pasar los dedos a lo largo de la marca, acariciando suavemente los bultos que forman la cicatriz en forma de cremallera que adorna su hermosa piel aceitunada.

Apoyo la frente en la zona oscura y dejo que la enormidad de todo esto se hunda en mí. Lena lo sacrificó todo por mí. Ha perdido tanto. El corazón me late con fuerza en el pecho. Solo pensar en lo que ella tuvo que pasar hace que la culpa se agite en mi interior. Aunque no soy la causa de esta cicatriz, soy la razón por la que sufrió sola. Lo hizo todo por mí y por mi felicidad. Dejo escapar un largo suspiro para calmar los latidos erráticos de mi corazón.

Cuando levanto la vista y me encuentro con los ojos de Lena, las lágrimas le corren por los costados de la cara. Levanta la mano derecha y la apoya en mi brazo izquierdo. Agarro sus dedos, los entrelazo con los míos y los coloco sobre su cicatriz. Nuestros dedos se arrastran al unísono de arriba abajo y de nuevo hacia arriba, trazando las líneas oscuras a lo largo de su piel.

Si conozco a Lena, piensa que esta cicatriz la ha arruinado. Pero no es así. Esta cicatriz la ha hecho más bella; revela su fuerza y cuenta la historia de una guerrera que superó la batalla y aún sabe amar con fiereza.

# CAPÍTULO 25

*No más secretos*

## Marialena

Massimo está acariciando la atroz cicatriz que plaga mi cuerpo, recordándome cada día lo que me fue arrebatado, lo que nunca será. Su dulzura me retuerce por dentro, agitando las emociones de lo que podría haber sido. Pongo la mano en su brazo y él tira de ella hacia abajo, enredando mis dedos con los suyos para que podamos explorar la línea irregular que mutiló mi sección media y destruyó mi cuerpo, me arruinó.

En todos los sentidos de la frase, estoy vacía por dentro. Me he sentido muy sola durante demasiado tiempo. Mis emociones afloran a la superficie y no puedo evitar que se me escapen las lágrimas.

Aparta nuestras manos y se inclina, acercando sus labios a la carne que parece una cremallera, esparciendo besos sobre ella.

—Siento que lo hayas sufrido sola —susurra en voz baja, casi como si no quisiera que lo oyera. Me tiemblan los labios al oír sus palabras y me escuecen los ojos cuando la emoción se agita en mi interior. Respiro hondo para calmar el estruendo de mi corazón.

Massimo levanta sus ojos hacia los míos; son oscuros, la humedad de sus bordes brilla de amor, lujuria y comprensión. Sin apartar la mirada, se levanta, se desabrocha el cinturón y se quita los vaqueros. Aún me conoce muy bien.

Sabe que estoy dolida en este momento, que, a pesar de nuestras conversaciones y disculpas, la pérdida que siento es profunda. Va a hacerme el amor porque su tacto tiene la capacidad de derribar mis barreras, de curarme y de ayudarme a comprender que estaré bien.

Massimo saca la cartera del pantalón, saca un paquete de papel de aluminio y lo tira sobre la manta. Veo cómo se sube la camisa por la cabeza y se quita los calzoncillos, dejando libre su hermosa polla. Es tan gruesa y hermosa como la recordaba, y su punta brilla por la excitación. La anticipación de sentirlo enterrado en mi interior enciende una tormenta de deseo.

Se arrodilla a mi lado para terminar de bajarme las bragas y se coloca a horcajadas sobre mí. Estira el brazo para agarrar el preservativo que ha tirado sobre la manta, y yo me levanto y muevo las piernas hacia atrás para arrodillarme.

Agarro el paquetito de aluminio, se lo arranco de los dedos y lo vuelvo a tirar sobre la manta. Massimo echa la cabeza hacia atrás y sus ojos me interrogan. Me quito la blusa, que cae al suelo, y me pongo de pie, a horcajadas sobre él. Me aprieta las caderas con las manos, y la presión me produce un cosquilleo en la espalda y entre las piernas. Sus labios encuentran mi cicatriz y la recorre con suaves besos.

Levanto la cabeza y exhalo, metiendo las manos en su melena rebelde. Este es el momento con el que he soñado durante años: que Massimo vuelva a hacerme el amor. No puedo dejar que mis emociones del pasado, y toda la pérdida que sufrí, sigan atormentándome como hasta ahora. Tengo que estar presente y dejar que me ame como sólo él sabe hacerlo.

Sus dedos empujan mi entrada, frotando en círculos, jugando con mis pliegues, preparándome para él. Su respiración es agitada, su aliento me quema la piel, y maúllo de placer.

Con las rodillas flexionadas, me agarro a sus hombros para estabilizarme hasta que me cierno sobre su polla y él me guía hasta la entrada. Desciendo sobre él para que me llene, su calor enciende el fuego en mi interior mientras me empala, llenándome de amor.

Massimo sisea mientras me estira. Sus manos se dirigen a mi espalda, me desabrochan el sujetador, lo tiran a un lado y me rodean el torso con sus brazos. Su aliento me calienta la oreja, me chupa el lóbulo entre los dientes y me susurra palabras de amor y cariño.

Una vez que está completamente sentado dentro de mí, me ajusto para acomodarlo. Por primera vez, me siento llena.

Llena de amor.

Llena de comprensión.

Llena de Massimo.

Sus labios encuentran mis pezones tensos y lo miro a través de un velo de rizos sueltos que caen sobre mis hombros. Massimo levanta la cabeza y empieza a devorar mi boca, besándome con fervor: nuestras lenguas se retuercen, giran y se enredan. Me agarra con fuerza por las caderas, levantándome y bajándome centímetro a centímetro. Acepto todo lo que me da… mío.

A pesar de los años, mi cuerpo lo recuerda. Con cada empujón, recuerda lo que una vez fuimos, cada salida un recordatorio de lo que siempre deberíamos haber sido.

Mi ritmo es lento y mesurado -sube y baja- y siento su amor cada vez que se sumerge en mí. Hacía más de nueve años que no intimaba con Massimo, pero nunca me había sentido tan cerca de él como ahora. Ya no hay secretos entre nosotros y, por primera vez, me entrego a él por completo.

Mis ojos se llenan de lágrimas. Debe de saborearlas, porque las lame, primero la mejilla izquierda y luego la derecha, asumiendo como suyos mi dolor y mi pena. Un dolor placentero empieza a crecer en mi interior y mi respiración se acelera.

Massimo debe de notar el cambio en mí porque me roza con besos la mandíbula antes de pasarme la lengua por el cuello, la barbilla y volver a posarse en mi boca. Nuestras lenguas se presionan y acarician mutuamente mientras asciendo hacia el punto álgido de mi excitación hasta que se estrella contra mí, llevándome en espiral a un placer cegador.

Mi corazón se hincha. Las emociones se agitan. El amor aflora.

Sus manos se mueven para agarrarme las nalgas y me echa hacia atrás, recolocándose. Le beso la barbilla y arrastro la lengua por la mandíbula mientras él sigue castigándome. Le tiro del espeso pelo, le beso los lados de la boca hasta que le meto el labio inferior entre los míos, chupándolo y mordiéndolo.

Mis manos se mueven hacia su espalda, donde le rastrillo las uñas desde la cintura hacia arriba. Su ritmo se acelera, su cabeza baja y su boca se posa en mi oreja.

—Siempre fuiste tú, nadie más que tú —me dice

mientras se deshace y me llena con todo lo que tiene y todo lo que es.

Nos quedamos quietos, abrazados, Massimo sentado dentro de mí. Su nariz en mi garganta se arrastra en un movimiento de vaivén.

Se separa de mí, se levanta de un salto y sale corriendo del salón, donde regresa rápidamente con una toalla pequeña en la mano y otra manta. Utiliza la toalla pequeña para limpiarme, luego la tira a un lado y se tumba, acercando mi espalda a la suya, asegurándose de cubrirnos con la manta.

Nos tumbamos, escuchamos a los Goo Goo Dolls cantar sobre días mejores y apreciamos que volvemos a estar abrazados. Massimo me aparta los rizos, me besa detrás de la oreja y en la nuca mientras yo arrastro los dedos por su pierna.

—Mi corazón está entero otra vez.

Su declaración me acelera el pulso y su aliento caliente me eriza la piel.

Quiero mirarle a los ojos, así que me doy la vuelta y proclamo—: He pensado en este momento desde el día en que te dejé. Nunca pensé que volvería a mirarte a los ojos.

—Yo tampoco. Estaba resignado a vivir una vida sin ti —admite.

Nos sentamos en silencio, mirándonos fijamente.

Las palabras quedan en el aire. Él debe estar en sus sentimientos, como yo.

—Siempre pensé que estábamos bien juntos —le digo, apoyando la palma de la mano en su mejilla—. Ahora me doy cuenta de que no lo éramos porque siempre mantuve oculta una parte de mí.

—¿Te acabas de dar cuenta ahora?

Asiento.

—Sí. Nunca me he sentido tan cerca de ti como ahora, mientras me hacías el amor. —Me recompensa con una sonrisa ladeada.

—Así es como siempre te haré el amor. —Es una confesión que no sabía que necesitaba oír y para la que no tengo respuesta. En lugar de eso, beso mis dedos índice y corazón y se los pongo en los labios.

Extiende la mano, agarra uno de mis rizos y empieza a darle vueltas.

—Te echaba de menos, echaba de menos hacer esto con tu pelo. Siempre me relajaba.

—Siempre te ha gustado jugar con mi cabello cuando estábamos en la cama o tumbados juntos en el sofá.

—Lena. —Sus ojos son penetrantes, buscando los míos.

—Massimo.

—Te perdono. Todavía tenemos mucho que sanar,

pero el primer paso es el perdón.

—Gracias.

—No vuelvas a hacerme algo así. No más escondites. No más mentiras. No más secretos. Te prometo que siempre escucharé todo lo que compartas conmigo y mantendré la mente abierta. Prométeme que no volverás a dejarme fuera.

—Lo prometo.

Me besa la punta de la nariz.

Así que esto… —Hago un gesto entre los dos—. ¿Es algo otra vez?

—¿Es eso lo que quieres?

Asiento, siento que me escuecen los ojos, luchando contra las lágrimas de las emociones que me recorren.

Me agarro la mano y me besa los dedos antes de decir—: Yo también. Es todo lo que siempre he querido. No sé qué nos deparará el mañana, pero lo mejor que podemos hacer es intentarlo y ver adónde nos lleva la vida. Además, tú y yo estamos hechos el uno para el otro, así que creo que estaremos bien.

El corazón me retumba en el pecho al oír sus palabras.

—¿Te duele? —me pregunta mientras baja la mano derecha y me toca la cicatriz del vientre.

—Físicamente, no.

—Cuéntame.

—La mayoría de los días estoy bien. He llorado la pérdida de mi útero. Sin embargo, algunos días me golpea cuando menos me lo espero. A veces es un bebé o un niño cualquiera caminando por la calle. Otras veces, alguien que conozco me anuncia que está embarazada y quiero alegrarme por ello, pero los celos se apoderan de mí y todo lo que perdí vuelve de golpe. Un duro y feo recordatorio de que nunca seré madre, y eso duele como una puta mierda. —Sus dedos siguen tocando la piel llena de baches. Con la otra mano me mueve los mechones de la cara y me los pasa por detrás de la oreja.

—Quiero que sepas que, aunque mis hijos tengan a su madre, tú formarás parte de sus vidas. No me cabe duda de que los amarás con todo tu corazón. —Sus palabras me duelen, pero también me llenan el corazón porque quiere que volvamos a intentarlo y quiere que forme parte de sus vidas. Hace que todo el sufrimiento y el daño que he causado merezcan la pena porque sé que él ama ser padre más que a nada.

Se me escapan las lágrimas, me las seca y vuelve a besarme.

Suena mi teléfono y me despierta del sueño. Levanto

la cabeza de la almohada y veo a Massimo tumbado de espaldas a mi izquierda, roncando suavemente. Parece en paz y tan guapo como siempre.

Retiro las mantas y voy a la cocina a buscar mi teléfono en el bolso, que ha dejado de sonar cuando lo encuentro en el bolso.

Era Natalia. La hora en mi teléfono es las nueve y siete minutos. Debe de estar llamando porque tengo programada una conferencia telefónica con un cliente a las once y aún no estoy en la oficina. Pulso el botón verde para devolverle la llamada.

Cuando contesta, le digo—: Hola, Natalia. ¿Qué tal?

—Hola, Lena. Quería saber cómo estás porque sueles llegar antes que yo, y sé que tienes una teleconferencia a las once con la familia Acosta.

—Sí, por favor reprográmalo para esta tarde, cuando quieras. Ahí estaré, pero no hasta un poco más tarde.

—De acuerdo, lo haré. Nos vemos pronto.

—Adiós. —Termino la llamada y vuelvo a dejar el teléfono en el bolso antes de dirigirme al dormitorio, parando en el baño por el camino. Cuando me acerco a la cama, Massimo se está despertando.

—Hola, dormilón —le digo, arrastrándome hasta la cama para que me acueste a su lado.

—Mmm, podría acostumbrarme a esto otra vez. —Sonríe, con los ojos aún cerrados.

—Tengo que irme pronto, pero si te vas a despertar, quizá tenga tiempo para uno de tus famosos desayunos y un poco de ese café horrible que te encanta tomar. —Insinúo porque me ruge el estómago.

—Ya veo cómo es; me quieres sólo por mis habilidades culinarias. —Ahora se ríe. Sus ojos se abren, parpadeando el sueño en ellos.

Me besa y me dice—: ¿Eres tú de verdad o estoy soñando?

—Soy yo. Déjame mostrarte que realmente estoy aquí. —Extiendo mi mano hacia abajo y agarro su erección matutina.

Estamos en la cocina, y Massimo está haciendo tocino y huevos. Aún se acuerda de cómo me gustan los míos: a término medio. Meto unos trozos de pan en la tostadora y busco la mantequilla en el refrigerador.

Cuando estamos sentados en la barra comiendo, pregunta—: ¿Cuándo puedo volver a verte?

Me encojo de hombros.

—Tengo que trabajar hasta tarde esta noche porque tengo un juicio la semana que viene, y estoy preparando a mi cliente de mañana la mayor parte del día. ¿Quizás este fin de semana?

—Tengo a los niños este fin de semana, pero iremos a casa de Paulie el sábado por la noche. Van a dar una cena y a mis hijos les encanta ir a visitarlos. Deberías venir.

El trozo de tocino que estoy a punto de morder se detiene antes de llegar a mi boca.

—¿Quieres que conozca tan pronto a tus hijos?

—Sí, ¿por qué no? —Levanta la vista de su plato como si le hubiera hecho la pregunta más asín.

—No lo sé. Pensé que querrías tomártelo con calma.

Deja caer el tenedor y extiende la mano para frotar mi lunar con el pulgar.

—Lena, no estamos saliendo por primera vez. Sabemos quiénes somos y que estamos bien juntos, ¡que estaremos bien juntos! Además, en casa de Paulie habrá mucha gente, gente que conoces, así que es una buena forma de que los conozcas, como una especie de suave introducción.

Asiento.

—Vale. Si eso es lo que quieres, te seguiré la corriente. —Y muerdo la tira de tocino.

# TRES DÍAS DESPUÉS

Massimo y yo decidimos que lo mejor sería que me reuniera con ellos en casa de Paulie. Paulie se casó hace unos años y él y su mujer, Anna María, a quien conoceré esta noche, compraron una casa en Stoneham. Le pedí a Massimo que me enviara un mensaje cuando saliera para poder llegar cuando él ya estuviera allí. Cuando le dije a Luci que iba a ir, se emocionó porque ella y Dom también estarían allí, de lo cual me alegro. A pesar de conocer a todo el grupo de Massimo, no me fui precisamente en buenos términos con todos ellos. Aparte del funeral, es la primera vez que los veré en un entorno social. Contar con Luci es como tener una aliada que me ayude a no sentirme incómodo.

Mientras conduzco por la 93 en dirección a Stoneham, sintonizo la radio. Empieza a sonar *This is Love* de will.i.am y subo el volumen. Cuando encuentro la dirección, aparco el coche en la calle y abro el maletero para sacar las cuatro botellas de vino que he traído.

Llamo al timbre y me abre una mujer con el pelo largo y castaño oscuro, gafas de montura de alambre y un lunar en el labio superior derecho.

—Hola, tú debes de ser Lena. Yo soy Anna María. Pasa, por favor.

Entro en casa y ella cierra la puerta detrás de mí.

—Hola, Anna María. Encantada de conocerte. —Se inclina y me saluda con un beso en la mejilla.

—He oído hablar mucho de ti. Me alegro de conocerte por fin.

Me estremezco al oír las palabras y finjo una sonrisa. Seguramente me lo ve escrito en la cara, porque no me llega a los ojos. Debe de haber oído historias de terror sobre mí.

—Gracias por recibirme. —La sigo al interior de la casa, atravieso un pasillo y entro en una gran cocina con una isla central que se abre a una gran sala de estar, con una larga mesa de comedor de madera a la derecha.

—Lena, me alegro mucho de que hayas venido. —Luci se levanta del sofá, donde está sentada junto a Dom, y corre por el lugar. Dejo las botellas de vino sobre la encimera y abrazo a Luci cuando llega hasta mí.

—Hola, Luci, me alegro mucho de que estés aquí —le susurro al oído.

Mientras me separo de ella, veo a Stella de pie con los niños de Massimo en la esquina más alejada. Me mira fijamente a pesar de que los niños le hablan. Ojalá Massimo me hubiera dicho que estaría aquí porque probablemente no habría venido. Podría matarlo por ponerme en un aprieto así, pero tengo que asumir mis errores, probablemente por eso no me dijo nada. No he tenido la oportunidad de hablar con ella para disculparme, para intentar enmendarme. Este no es realmente el lugar para que eso suceda, pero tampoco quiero que sea raro para nadie. Tendré que hablar con ella en algún momento.

Massimo se acerca a mí.

—Hola, nena —me dice, me besa en la mejilla y deja que sus cálidos labios se queden—. Gracias por venir.

—Hola —le digo. Me quito el abrigo y la bufanda y se los doy a Massimo, que las agarra y las pone en el pasillo junto con mi bolso.

—Lena, me alegro de volver a verte —dice Dom, besándome para saludarme.

—Lo mismo digo, Dom. El amor te sienta bien —respondo.

—¡En serio, Lena! —exclama Luci, dándome un manotazo en el brazo.

—¿Qué? Es cierto —me burlo.

—Lena, ¿tinto o blanco? —pregunta Anna María desde el otro lado de la habitación, donde sostiene una botella de cada en la mano.

—Tinto, por favor. Gracias.

—Lena, estás de puta madre —exclama Paulie abrazándome.

—Me alegro de verte también, Paulie. Felicidades por la boda, la casa. Por todo. Me alegro mucho por ti.

—Es genial tenerte de vuelta. Quizá ahora Massimo deje de ser tan gilipollas —dice Paulie, y se ríe mientras le da unas palmaditas en la espalda a Massimo—. Eh, niños —grita Paulie—. Vengan a saludar. —En eso, cuatro personitas se le acercan corriendo, dos de las cuales son los hijos de Massimo—. Este es mi hijo Antonio y mi hija Alessia. Esta es nuestra amiga Lena.

—Hola —dicen los dos al unísono, y cada uno me besa antes de saltar hacia donde estaban jugando.

—Y estos son mis niños, Lucio y Leandro —dice Massimo, pasándole las manos por el espeso cabello de Lucio.

—Papá, ¿es tu amiga la que vimos en la tienda? —pregunta Lucio.

—Sí, hijo, qué buena memoria tienes.

—Hola, niños. Me alegro de volver a verlos. —Me pongo en cuclillas a su nivel, y cada uno viene y me besa antes de escabullirse hacia el otro lado, donde estaban jugando con los niños de Paulie.

Me levanto y me dirijo a Massimo, que me da mi copa de vino.

—Deberías haberme dicho que Stella iba a estar aquí —susurro y le doy un sorbo a mi vino.

—No, entonces no habrías venido. Tienes que aplastar eso y hacer las cosas bien.

—¡No me digas! —Pongo los ojos en blanco y me alejo, cruzando la habitación hacia Stella, que está en un rincón con los niños.

—Hola, Stella.

—Hola, Lena. —Tiene los brazos cruzados.

—¿Podemos ir a la otra habitación unos minutos? Te debo una disculpa y me gustaría hablar en privado, si te parece bien. —Sin responder, se levanta y sale de la habitación. Yo la sigo. Atravesamos el pasillo por el que acabo de entrar y llegamos al salón delantero, donde hay una sala formal.

Nos sentamos en el sofá y miro a Stella a los ojos.

—Lo siento. Sé que esas palabras puede que no signifiquen mucho ahora mismo, puede que no hagan mucho para quitar el escozor de lo que hice. Pero lo siento. Nunca quise hacerte daño.

—Éramos amigas. Ibas a ser mi hermana. No sólo abandonaste a Massimo. Nos abandonaste a todos. Nos dejaste a todos para limpiar tu maldito desastre.

—Sé que causé mucho daño, los herí a todos.

—¡No sabes una mierda! No tienes ni idea de cómo era, y Massimo nunca te lo dirá. Pero yo sí. Apenas podía salir de la cama algunos días. Se aisló de todos sus amigos, apenas comía, ¡y bebía mucho! Fui yo quien le recompuso —dice señalándose el pecho, con lágrimas en los ojos—. Nuestra madre y yo, que en paz descanse. Cuando vi que habías vuelto y que te había dejado entrar, me puse furiosa. No podía creer que te estuviera hablando.

—Tienes todo el derecho a estarlo. Es tu hermano y quieres protegerlo.

—Maldita sea que sí.

Dejo caer los ojos y jugueteo con los lentes. El silencio es incómodo porque he quemado el puente que nos une, y Stella se asegura de que no lo haya olvidado. Las voces de la cocina llenan el embarazoso silencio que nos separa.

—Él me lo dijo, ya sabes.

—¿Sobre por qué me fui?

—Sí.

—Me alegro de que lo hiciera. Si no lo hubiera hecho, lo habría hecho yo. Quería decírselo a él antes que a nadie. Él merecía saberlo primero. Después de eso, empecé a hablar con los más cercanos a mí, para enmendar todo lo que hice pasar a todo el mundo. Siento no tener nunca la oportunidad de disculparme con tu madre. Espero que algún día puedas encontrar en tu corazón la forma de perdonarme.

—Entiendo por qué lo hiciste. Creo que lo hiciste mal, pero lo entiendo. Cuando Massimo me lo dijo, incluso me sentí mal por ti por todo lo que sacrificaste y perdiste. Toda la situación es tan jodida. Y ahora tenemos a Lucio y Leandro, y es como si no pudiera enfadarme porque entonces no estarían aquí. Es retorcido porque quiero estar enfadada pero no puedo.

—Sí. Sientes lo que yo, lo que Massimo siente, así que lo entiendo. Esos chicos son la razón por la que lo hice. No le he visto ser su padre, pero ya sé que es increíble con ellos.

—Lo es —admite—. Son lo único que le dio vida después de que te fueras. Incluso entonces, el Massimo que conocí nunca volvió de verdad. Su luz nunca brilló tanto.

Agarro sus manos entre las mías y le digo—: Gracias por compartir todo eso conmigo. Significa mucho para mí.

—Acepto tus disculpas. Estoy seguro de que algún día pronto volveré en mí y te perdonaré también.

—Eso espero.

—Sólo puedes cagarla una vez, López. La próxima vez, tendrás que tratar directamente conmigo. ¿Entendido? —Sus labios están en línea recta, sus ojos entrecerrados.

—Gracias, Stella. Lo prometo, no más drama por mi parte.

Ambas nos levantamos y nos abrazamos.

—¿Se besan y hacen las paces o qué? —pregunta Massimo. Cuando Stella y yo nos separamos, le veo de pie en la entrada, con los brazos cruzados sobre el pecho.

—Sí —dice Stella—. Pero sabe que le patearé el culo la próxima vez si se le ocurre volver a hacer una gilipollez así. —Le besa en la mejilla antes de salir de la habitación.

—Deberías haberme dicho que iba a estar aquí —le repito mientras se acerca a mí.

—Habrías inventado todo tipo de excusas para no venir. Ahora ya está hecho, y todo va bien. —Me atrae hacia él y me besa la sien—. Me alegro de que estés aquí. Este es tu sitio —me dice, y yo le aprieto más con los brazos.

—Oye, Dello, trae tu culo aquí. Hora de comer —grita Paulie desde la otra habitación.

Me da un último beso antes de darse la vuelta para volver al comedor. Ya están todos sentados a la mesa. Nos acomodamos en los dos asientos vacíos que quedan, con Massimo sentado junto a Leandro y Stella dos asientos más abajo, al otro lado de Lucio.

Anna María dice—: Massimo, ¿por qué no haces el brindis antes de que empecemos a comer?

Todos levantan sus copas, y Massimo me mira y dice—: Por los nuevos comienzos.

Todos repetimos:

—Por los nuevos comienzos. —Y levantamos

nuestras copas antes de beber un trago.

# EPÍLOGO

## Marialena

### JUNIO, DOS AÑOS DESPUÉS

—Nos llevaremos a casa a la perrita gris y blanca del penúltimo corral —le digo a la joven del mostrador. Massimo y yo estamos en la protectora de animales para rescatar a un perro. Quería rescatar uno desde que volví a Boston, pero no lo hice porque vivía en la ciudad. La hembra que nos llevamos tiene unos tres años y procede de un hogar con niños. La familia que la entregó no pudo quedarse con ella cuando el padre de familia enfermó gravemente. Es una pequeña mestiza de maltés y Shih-Tzu.

A finales del año pasado decidimos volver a vivir juntos. Salimos durante algo más de un año antes de decidir que había llegado el momento. Massimo quería que nos fuéramos a vivir juntos tras unos meses, pero yo era reacia por sus hijos. Quería que estuvieran bien con todos los cambios. Ya es bastante difícil tener padres en dos hogares.

Nos mudamos a una casa en Newton Corner porque Massimo tiene la custodia compartida de los niños. Pasan varias noches a la semana con nosotros y vivir en la ciudad ya no tenía sentido. Los apartamentos de nuestro rango de precios no son lo suficientemente grandes, y los que lo son, son demasiado caros. Ahora tenemos más espacio, un jardín, el trayecto de Massimo al colegio de los niños no está tan lejos y el viaje a la ciudad es corto. Además, mis padres están a menos de diez minutos en carro, lo cual es una ventaja.

Una vez completado el papeleo necesario, volvemos a casa en el X6 de Massimo, con el perro ladrando en el transportín del asiento trasero.

—Los chicos se van a emocionar cuando la conozcan —digo.

—Van a flipar.

—Deberíamos esperar a ponerle nombre hasta que lleguen a la casa mañana; que ellos elijan su nombre.

Massimo me mira, sonriendo.

—Sí, les encantará. Gracias.

Su mano se extiende por la consola central, con la palma hacia arriba, y yo enrosco mis dedos en los suyos y aprieto.

## Massimo: Tengo a los chicos, estaré en casa en unos veinte.

Massimo recoge a los niños del colegio. Lucio está en primero de primaria y Leandro en preescolar. Aunque últimamente trabajo mucho desde casa porque tengo un despacho amplio, no recojo a los niños a menudo porque Camila no me quiere. He intentado ser amable con ella, por el bien de los niños, pero no me ha ido bien. Massimo también lo ha intentado, pero le he dicho que no vale la pena enfadarse por eso. Se está esforzando por mantener a raya su ira en lo que respecta a esta situación.

Antes de cerrar la puerta del despacho tras de mí, apago el portátil y me dirijo a la cocina, con la perra siguiéndome de cerca y meneando el rabo. Una vez allí, suelto a la perra en el patio trasero para que los chicos no la vean cuando lleguen.

—¡Estamos en casa! —Los pies golpean el suelo mientras corren por la casa.

—Hola, niños, ¿cómo estuvo la escuela hoy?

—Hola, Lena —dice Leandro, dándome un beso

en la mejilla.

—Lena, tengo hambre. ¿Podemos comer algo? —agrega Lucio.

Massimo entra detrás de ellos, llevando sus mochilas.

—Hola, nena. —Se inclina para rozarme los labios; los suyos están calientes y húmedos—. Lucio, saluda, por favor —dice Massimo.

—Lo siento, papá, se me olvidó porque tengo mucha hambre. Hola, Lena —me saluda con un beso y me abraza. Yo le devuelvo el abrazo.

—Gracias por ese abrazo, Lucio. Hoy lo necesitaba.

—De nada. ¿Ahora podemos tomar un aperitivo?

Me río entre dientes.

—Sí que puedes. ¿Quieres un sándwich de queso a la plancha y unas rodajas de manzana?

—¿Puedo comer *dulce de leche* con mi manzana? —pregunta Leandro.

—Claro, creo que tengo un poco. ¿Por qué no se lavan las manos y guardan sus cosas mientras preparo la merienda? —Los chicos salen corriendo de la cocina y los oigo subir las escaleras.

—Nena, ven aquí. —Massimo rodea mi gruesa cintura con el brazo, rozándome el cuello con besos—. Hoy te he echado de menos.

—¿Me echabas de menos? Te he visto esta mañana. —Envuelvo mis brazos alrededor de su cuello.

—Lo sé, pero tuve que irme tan temprano cuando hubiera preferido quedarme en la cama.

—Tienes una vida dura —me burlo.

—Te mostraré lo duro. —Me quita los lentes y los deja sobre la encimera. Me besa profundamente, chupándome los labios y separándolos. El calor me invade y aprieto las piernas para calmar el hormigueo.

Oigo las voces de los chicos y sus pies mientras comienzan a bajar las escaleras. Me separo rápidamente de Massimo, me vuelvo a poner los lentes y abro el refrigerador para agarrar el queso.

Los chicos comen sus bocadillos y, cuando terminan de limpiarse, Massimo los lleva a la sala de estar mientras yo traigo a la perra del patio. Abro la puerta y la agarro en brazos.

—¿Tenemos un perro? —Lucio chilla y ambos se levantan de un salto de donde están sentados.

—¿Cómo se llama? —pregunta Leandro.

—Aún no tiene nombre. Estábamos esperando a que llegarais del colegio para ponerle nombre —digo.

—¿Es una perra? —pregunta Leandro.

—Sí, hijo. Tú y tu hermano tienen que decidir un nombre de niña para ella —les dice Massimo. Me siento en el sofá junto a Massimo, y los chicos se me echan encima, queriendo acariciarla.

—Es muy suave. Podemos llamarla Fluffy —sugiere Leandro.

—Es un nombre tonto —chilla Lucio.

—Sé amable —añade Massimo.

—¿Y Olivia? ¿Podemos llamarla Livvy, para abreviar? —le digo.

—Me gusta Livvy —dice Lucio.

—A mí también —añade Leandro.

—¿A ambos les gusta Livvy?

—¡Sí! —gritan al unísono, temblando de excitación.

—De acuerdo, será Livvy. —La acaricio y paso la mano por su suave pelo antes de dejarla en el suelo. Los chicos la siguen, ambos quieren acariciarla, intentan agarrarla, pero Livvy sigue huyendo de ellos.

Me levanto para agarrar algunos de los peluches que le compramos y los tiro al suelo para que los chicos jueguen con ella.

Massimo les dice—: Chicos, tienen que ser delicados con ella. Asegúrense de no meterse con ella. Primero tiene que conocerlos y luego se hará su amiga.

Suena mi teléfono y corro a la cocina para agarrarlo antes de perder la llamada.

—Hola.

—Hola, soy Emily de la finca Crane.

—Hola, Emily, soy Lena. ¿Qué puedo hacer por ti?

—Tenemos que cambiar la hora de tu cita de la semana que viene, del mediodía a la una de la tarde, si te parece bien.

Massimo y yo estamos planeando nuestra boda para este mes de septiembre, y hemos elegido celebrar la ceremonia y el banquete en Crane Estate, una propiedad privada con vistas a Crane Beach, nuestra playa favorita. Tenemos una cita programada para la semana que viene para una degustación. Massimo está decidido a contratar a cocineros que conoce para preparar la comida, pero sería mucho más caro. Le he convencido para que al menos vaya a la degustación antes de que la rechace de plano. Pero si le conozco, probablemente lo haga para callarme la boca.

—Sí, está bien. Gracias por llamar. —Dejo el teléfono en la encimera de la cocina y vuelvo a la sala de estar.

Massimo me propuso matrimonio a principios de año, cuando ya nos habíamos instalado en la casa. Esta vez fue muy diferente a la primera. Después de un largo día de trabajo, había llegado a casa y me sentía fatal porque había perdido una audiencia de deportación. En cuanto entré por la puerta, los chicos se emocionaron mucho al verme y me pidieron que fuera a la sala de estar porque tenían una sorpresa para mí. Estaba agotada y esperaba poder ducharme y relajarme, pero no fue así.

## CUATRO MESES ANTES

—Lena, Lena. Siéntate aquí, que papá está arriba y ahora viene, pero nos ha dicho que tenemos que sentarnos aquí a esperarle y que no puedes ir a ningún sitio hasta que llegue —me dijo Lucio emocionado mientras me agarró de la mano y tira de mí hacia el sofá.

—Vaya. Debe ser muy importante si no me dejan moverme. ¿Puedes darme alguna pista?

—Nooo, papá dijo que no podíamos decir nada, que es un gran secreto —respondió Leandro.

—Un gran secreto. Vaya —dije.

—Voy a buscar a papá ahora que Lena está aquí —dijo Leandro.

—Vale, dile que estamos listos y que no hemos revelado ningún secreto —dijo Lucio. Me reí por su entusiasmo.

¿Qué estaba pasando y por qué tanto secreto? Estaba tan agotada, y Massimo no podría haber elegido un día peor para hacer lo que sea que hubiera planeado. Después de perder la audiencia de deportación, tuve dificultades para procesarlo y discutirlo con el cliente. Hay un rayo de esperanza con el proceso de apelación, pero no hizo que la pérdida de hoy sea más fácil. Tuve ganas de levantarme y decirle a Massimo que hoy no era día para sorpresas, pero los chicos estaban tan ansiosos que no soporto aplastar su entusiasmo. Lucio estaba sentado a mi lado. Estaba nervioso. Oigo las voces de Massimo y Leandro y sus pasos en la escalera.

—Hola, nena —dijo Massimo, inclinándose para besarme.

—Hola. ¿Qué pasa aquí? —pregunté.

—Papá, ¿podemos empezar? —preguntó Leandro.

—Los chicos tienen una sorpresa para ti, y sí, chicos, adelante. Me sentaré junto a Lena para que podáis empezar.

Lucio se levantó, corrió hacia Leandro y le susurró algo al oído. Massimo estaba sentado a mi izquierda y me agarró la mano, entrelazando sus dedos con los míos. Le miré y le susurré—: ¿Qué están haciendo?

Se encogió de hombros.

—No lo sé. Para mí también es una sorpresa.

Tenía esa mirada traviesa, y no creí ni por un segundo que no tuviera ni idea de lo que estaban tramando. Cuando los chicos terminaron de susurrar entre ellos, se separaron y se pusieron de pie ante nosotros.

—Listos. Uno, dos, tres —dijo Lucio. Al unísono,

gritaron—: Lena, ¿quieres casarte con nosotros?

Los dos chicos empezaron a saltar y corrieron hacia Massimo, que le dio una caja a Lucio. Juntos abrieron la caja y me la dieron.

Miré a Massimo, con lágrimas en los ojos. Alargó la mano, me pasó el pulgar por el lunar y me dijo—: Te quiero.

—Lena, ¿la respuesta es sí? —Leandro chilló.

—Sí, chicos, por supuesto, lo haré. Los quiero con todo mi corazón, y nada quiero más que casarme con su padre.

—¡Dijo que sí, papi! Ha dicho que sí. —Lucio gritó, y los dos chicos empezaron a saltar de nuevo.

Massimo me quitó la caja de las manos, sacó el anillo, el mismo con el que me pidió matrimonio hace años, y lo deslizó hasta la mitad de mi dedo. Sus ojos castaño oscuro son suaves y se clavan en los míos. —Eres mi media naranja y quiero que pasemos juntos el resto de nuestros días. Tú me haces completo. ¿Quieres ser mi señora? —

—La respuesta siempre es sí —susurré, con el corazón retumbándome en el pecho. Terminó de deslizar el anillo y me besó suavemente.

Me levanté del sofá y me arrodillé en el suelo.

—Chicos, vengan aquí. Quiero abrazarlos los dos porque me habéis hecho muy feliz con esta sorpresa.

Los chicos se abalanzaron sobre mí y los abracé, uno en cada brazo, apretándolos con fuerza.

—Los quiero mucho a los dos. Gracias. Esta sorpresa ha sido la mejor del mundo entero.

Massimo se arrodilló detrás de ellos y los rodeó con sus brazos, de modo que todos estábamos acurrucados en un abrazo familiar. Las lágrimas corrían por mis mejillas. Lo que empezó como un día terrible se convirtió en una noche perfecta.

—Nuestra cita para la cata de la semana que viene se ha retrasado a la una de la tarde. Llamaré a Luci más tarde para avisarla. ¿Llamarás a Dom?

Dom y Luci asistirán a la cata con nosotros para ayudarnos a decidir. Pensamos que era mejor que alguien viniera con nosotros por si no nos decidíamos. Luci es mi dama de honor, y aunque Rocco es el padrino de Massimo, Dom viene con nosotros porque nos ayudará con el maridaje de vinos. Además, Luci y él siguen siendo novios, así que planeamos salir esa noche cuando acabemos en la finca Crane.

—Sí, se lo haré saber.

—¿Quieres que haga los deberes con Lucio, y tú puedes llevarte a Livvy y a Leandro?

—Sí, eso está bien.

Después de que los chicos jueguen un rato con Livvy, Massimo y Leandro se van a pasear con ella, y Lucio y yo nos sentamos a la mesa del comedor para hacer sus deberes. Normalmente no necesita mucha ayuda y puede terminarlos solo. Mientras los hace, me pongo al día con algunos correos del trabajo.

Cuando termina, Lucio dice—: Lena, mi profesora nos ha dado hoy esta lista. Es para leer en verano, ya que el colegio está a punto de acabar. ¿Podemos ir pronto a la biblioteca? —Agarro la hoja de papel que tiene en las manos.

—Sí, tenemos que devolver los libros que nos prestaron la última vez. Mañana, cuando vuelvas del colegio, podemos ir si quieres.

—Sí, por favor. Me encanta cuando nos llevas a la biblioteca. Es una de mis cosas favoritas.

—La mía también, amiguito.

## MASSIMO

Lena está acostando a los niños mientras yo termino de limpiar la cena.

Cuando llego al final de la escalera, veo que la luz

de la habitación de los chicos sigue encendida y me dispongo a averiguar por qué siguen despiertos, pero veo que Lena está con ellos. Me acerco silenciosamente a la puerta para observarlos. Los tres están tumbados en la litera de abajo, un colchón de tamaño normal, con Lena en medio. Lena les está leyendo. Lucio está arrimado al lado de Lena y juega con su pelo. Leandro tiene la cabeza apoyada en el pecho de Lena y ella le frota la espalda. Desde que Lena y yo volvimos a vivir juntos, les gusta más cuando ella les lee cuentos que cuando lo hago yo. Así que, siempre que puede, Lena hace la rutina de acostarse con ellos.

Se me hincha el corazón cuando veo cómo son con ella. Me preocupaba que su relación con ella fuera tensa o que su madre los envenenara. Afortunadamente, nada de eso ocurrió. Tardaron unas cuantas estancias en casa en encariñarse con ella, pero fue increíble ver cómo lo hacían. No son sus hijos biológicos, pero los quiere como si lo fueran. Cuando se trata de ellos, yo soy el que pone las normas y ella es la que las rompe.

Lena se da cuenta de que la estoy mirando y esboza una pequeña sonrisa mientras lee y anima la historia. Lucio hace preguntas; su imaginación siempre es muy vívida a la hora del cuento. Y Lena lo consiente, dejándole que cuente sus historias paralelas para todos los personajes y siguiéndole la corriente.

Cuando Lena entra en el dormitorio, yo ya estoy tumbado y leyendo. Cuando termina de lavarse los dientes, deja las gafas en la mesilla antes de meterse en la cama. Se tumba frente a mí y se echa la manta por encima del hombro.

—¿Los chicos tardaron mucho en dormirse? —pregunto, colocando mi libro en la mesita de noche.

—No. Se resistieron como siempre porque querían que les leyera otro cuento, pero cayeron rendidos.

—Eso está bien.

—Mañana después de clase los llevaré a la biblioteca. Trata de no recogerlos muy tarde.

—De acuerdo.

—¿Vas a terminar lo que empezaste hoy? —pregunta.

—¿Qué es eso? —respondo, girándome hacia ella.

—Acércate y te lo recordaré. —Se acerca para quedar a medio camino. Su aliento es caliente y huele a menta por la pasta de dientes. Su mano se acerca a mi cara, se posa en mi mejilla y yo rozo sus labios con los míos.

—Ibas a enseñarme lo bruto que eras —dice con voz entrecortada.

—A ver si me acuerdo.

—Te quiero, señor D.

—Te quiero más, señora D.

FIN

Para estar informado de las novedades, ofertas especiales y próximos proyectos, suscríbase al boletín de Shelly: **bit.ly/ShellyCruzNL**

Visita mi página web: **www.shellycruz.com**

Envíame un correo electrónico a: **shellycruzwrites@ gmail.com**

Grupo de lectores en Facebook: **www.facebook.com/ groups/shellycruzwrites**

Si te ha gustado este libro, por favor, deja una reseña en la plataforma en la que lo compraste.

Como autores, apreciamos mucho los comentarios y las reseñas de los lectores. También puede recomendarlo a amigos y familiares, o mencionarlo en grupos de discusión de lectores y plataformas de redes sociales.

Muchas gracias por leer esta historia. Su apoyo es muy apreciado y significa MUCHO.

# NOTA DE LA AUTORA

Esto debe leerse después de leer el libro ya que
**CONTIENE SPOILERS**

Tengo cuarenta y tres años y nunca he estado embarazada (y no es por falta de intentos).

A los dieciocho años todavía no había tenido un ciclo menstrual. Así que hice lo que haría la mayoría de la gente y fui a ver a una ginecóloga obstetra. Sólo me hizo un par de preguntas, no me pidió ninguna prueba y me recetó anticonceptivos. Toma anticonceptivos. Eso te regulará y evitará que te quedes embarazada. Tienes dieciocho años y no necesitas tener hijos tan joven, me dijo con su voz llana.

Todavía puedo verla y oírla si cierro los ojos. Durante años hice lo que me decían y tomaba religiosamente mi píldora anticonceptiva (casi) todas las noches antes de acostarme. Después de todo, ella era médico y yo tenía toda la vida por delante para tener hijos, ¿no? Puede que no.

A los veintitrés decidí por fin que algo me pasaba. Acababa de empezar a salir con Alex (mi marido) y llevaba cinco años tomando anticonceptivos. Había habido más de una ocasión en la que me olvidé de tomar la píldora y pensé seriamente que podría ser un momento de oops. No me pasó nada, cosa que agradezco en retrospectiva, pero en aquel momento pensar que algo podía ir mal me hizo sentirme destrozada. Como soy una persona que piensa demasiado, no podía apagar los pensamientos negativos que pasaban por mi cabeza. Decidí dejar de tomar anticonceptivos porque necesitaba ver si menstruaba por mí misma. No lo conseguí.

Durante casi un año no tuve la regla. Mis hormonas estaban por las nubes y no puedo dejar de mencionar esos pelos de alambre que me crecían alrededor de la barbilla y que me depilaba obsesivamente todos los días. Me sentía hinchada, de mal humor, enfadada, triste, emocional, confusa y no me sentía femenina en absoluto.

## EL DIAGNÓSTICO

A principios de marzo del dos mil tres (tenía veinticuatro años) acudí a un médico del Centro de Salud Universitario. Me indujo la regla, me ordenó que me hiciera todas las pruebas (que debería haberme hecho el primer médico) y, a finales de abril de ese año, por fin obtuve respuestas. Me diagnosticaron síndrome de ovario poliquístico (SOP), que es un trastorno hormonal que provoca ovarios agrandados con pequeños quistes en los bordes exteriores, así como amenorrea primaria, que es la falta de menstruación a los dieciséis años (y en mi caso todavía no había tenido un ciclo menstrual sin ayuda de medicamentos).

—En más de veinte años de práctica, nunca había visto esta combinación. Es fascinante —me dijo el médico con más entusiasmo del que me hubiera gustado oír. Ese médico (un endocrinólogo) me dijo que había muchas probabilidades de que nunca tuviera hijos.

Las únicas palabras que oí fueron —nunca tendré hijos—. Todo lo demás sonó apagado. Aquellas palabras bien podrían haber sido un puñetazo en las tripas. Me dejaron sin aliento y me silenciaron con su pesadez. Me sentí como en *la dimensión desconocida*. Ese día llamé al trabajo diciendo que estaba enferma y conduje durante horas en silencio. Sin música. Sin compañía. Sin comida. Sólo mis pensamientos y la carretera.

Fue una noticia que nunca compartí. Ni con mis padres, ni con mis hermanos, ni con mis amigos. Metí el secreto en una caja, la rodeé de cadenas, la cerré y tiré la llave. Pesaba como una tonelada de ladrillos, pero se me daba bien cargar con ese peso. Siempre sonreía, reía, bromeaba, salía, prestaba oídos a todos los que me necesitaban, trabajaba y estudiaba como una loca. Era la persona con la que todos podían contar. Nadie sospechaba nada. Pero a puerta cerrada, sentía vergüenza. Lloraba en la cama, en la ducha o cuando veía por casualidad a mamás con sus bebés. Me sentía vacía. Me sentía sola.

Cuando me diagnosticaron, mi relación con Alex empezaba a ser seria. Sabía que tenía que contarle mi secreto. No hacerlo lo arruinaría todo y no habría sido justo ocultárselo. No tenía ni idea de cómo iba a hacerlo. Nunca fui (y sigo siendo) de las que rehúyen las conversaciones pesadas, al fin y al cabo, forman parte de la vida. ¿Pero esto? ¿Qué iba a decir? ¿Cómo reaccionaría? ¿Me dejaría? Este secreto me hizo pensar y sentir cosas que no son propias de mí.

Estuve dándole vueltas al tema durante semanas, esperando el momento adecuado, el lugar adecuado, el momento adecuado. Pero seamos sinceros, no hay un momento adecuado para decirle al hombre que amas que probablemente no puedes tener hijos. Así que una noche, mientras cenábamos arroz con habichuelas, solté la bomba de la infertilidad. Abrí mi caja secreta y se lo conté todo. Me sentí mucho más ligera después de decírselo en voz alta a alguien que no fuera mi reflejo en el espejo.

Su reacción no fue nada de lo que yo había imaginado. Me abrazó, me dijo que me quería a pesar de todo y me hizo preguntas. Entonces me dijo—: El médico no te ha dicho que no puedas tener hijos, sino que es posible que no puedas. No es lo mismo. Conseguiremos ayuda y tendremos un bebé. —Y así, sin más, cambió mi perspectiva. Su capacidad para ver las cosas desde otra perspectiva y de forma positiva cuando yo no puedo hacerlo es una de las muchas cosas que me encantan de él. A partir de ese día, ya no tuve que enfrentarme sola a los problemas de la infertilidad.

## INFERTILIDAD

Durante los años siguientes, pedimos ayuda a mi obstetra/ginecólogo, a un endocrinólogo (médico especializado en las glándulas y las hormonas que producen) y a un especialista en infertilidad. Me sometí a numerosas pruebas y tratamientos, y tomé mucha medicación. Durante todo este tiempo, solo tenía un ciclo menstrual si tomaba medicamentos para inducirlo. A pesar de todo lo que intentamos, nunca probamos la fecundación in vitro (FIV) porque no podíamos permitírnosla. Nunca me quedé embarazada. Mi cuerpo no cooperaba. Estaba frustrada y enfadada. Nos rendimos.

Como no podía quedarme embarazada, decidí centrarme en todo lo demás de mi vida. Si me mantenía ocupada, me superaba, hacía voluntariado, viajaba, estudiaba y trabajaba, entonces no pensaría en la incapacidad de mi cuerpo para procrear. Me encantaba hacer todas las cosas que me mantenían ocupada, pero seguía sin abordar el problema subyacente. Siempre me decía a mí misma que aún podíamos intentarlo. Todavía hay esperanza de tener un bebé. Todavía hay tiempo. Tenía que dejar de ponerme tiritas y vendas en los ojos y tomar una decisión de una vez por todas. Años después, seguimos queriendo un bebé y hemos decidido probar la FIV.

## FECUNDACIÓN IN VITRO

El año pasado, Alex y yo compartimos nuestra lucha y decisión de intentar la FIV con nuestra familia y amigos más cercanos. Era la primera vez que realmente hablaba de mi historia con alguien que no fuera Alex o los médicos. Cuanto más contaba mi historia, más quería compartirla. Es increíble la cantidad de gente que lucha de forma similar. Pero nadie habla de ello. Es casi como si fuera un tema tabú. Sufrí en silencio durante muchos años sin darme cuenta de que tantas personas a mi alrededor también sufrían en silencio.

En mis cuarenta y tres años de vida, he tenido dos ciclos menstruales espontáneos (también conocidos como naturales). Por eso, me he sentido avergonzada, abochornada, débil, no lo suficientemente mujer, fuera de control, como un fracaso (y muchas otras cosas), todo porque mi cuerpo está roto y sigue traicionándome. Después de todo, a menudo oigo a la gente decir, o leo un artículo que dice—: Ser madre es el mayor logro de una mujer. —Cuando oigo y leo esas cosas, lo único que interpreto es que no soy madre, por lo tanto, soy un fracaso.

Estoy en un momento de mi vida en el que tomo decisiones que son las mejores para mí (y para mi marido). Si quiero algo, lo compro. Si quiero experimentar algo, lo hago. Si quiero viajar a algún sitio, voy. Pero quedarme embarazada y tener un bebé es algo que no puedo controlar. Y para esta personalidad de tipo A, es una píldora difícil de tragar. Durante años guardé silencio y nunca compartí mi historia por la vergüenza que corría por mis venas. Ya no me avergüenzo. Ya no me callaré.

Este año iniciamos el proceso de FIV. Me he sometido a dos extracciones de óvulos y tenemos un buen número de embriones congelados. Ahora estamos listos para pasar a la siguiente fase de transferir esos embriones a mi útero con la esperanza de que se adhieran y crezca un bebé. Si mi historia puede ayudar a una sola persona, mi trabajo aquí habrá terminado.

Mi lucha de toda la vida contra la infertilidad me llevó a crear esta historia de amor ficticia. Es una historia en la que he pensado durante mucho tiempo. Cuando empecé a hablar abiertamente de mi lucha, el hecho de tener tantas conversaciones privadas con mujeres sobre sus viajes similares reforzó el hecho de que necesitamos hablar de estos temas más a menudo. Hablo de mi lucha y de mi viaje todo lo que puedo para romper el silencio. La historia de Massimo y Lena es una prolongación del viaje que estoy haciendo: conseguir que la gente hable de la infertilidad y del impacto que tiene en la vida de las personas.

# INVESTIGACIÓN

Si usted o alguien que usted conoce tiene SOP, por favor visite: **www.pcosaa.org**

Si usted o alguien que usted tiene Endometriosis, por favor visite: **www.endofound.org**

Si usted o alguien que conoce sufre de infertilidad, visite: **resolve.org**

# AGRADECIMIENTOS

**A mis lectoras alfa:** Janet Aznar, Jessica O'Connell, Kristie Puentes y Akilah Harris: ustedes leyeron esta historia a medida que la iba armando, capítulo a capítulo. Gracias por su paciencia, orientación y amistad. Su aliento, sus comentarios, sus críticas constructivas y su apoyo significan mucho para mí. Estoy verdaderamente agradecida a cada una de ustedes y esta historia es mejor gracias a su participación.

**A mis Beta Readers:** Lisa DeMarco, Silvia González, Nicole Reid, Shannel Rivera, Dawn Sousa Birch y Jacob Cohen. Gracias por sus sinceras opiniones. Cada uno de ustedes ha aportado comentarios que han contribuido a que esta historia sea auténtica y real, y han sido cruciales para convertir esta obra de ficción en lo que es. Jake, la voz de Massimo es auténtica y realista gracias a tus comentarios. Gracias por ayudarme a darle vida. Tus notas han sido de gran ayuda.

Mi más sincero agradecimiento a todos los que me ayudaron a lo largo del viaje para que este libro viera la luz. **Murphy Rae** creó una portada impresionante a partir de mis visiones confusas y no podría haber pedido una portada más bonita; **Alyssa Garcia**, de Uplifting Author Services, hizo que el interior de este libro fuera precioso y fue tan paciente conmigo cuando tenía un millón de preguntas; **Erica Russikoff**, mi editora: te confié el bebé de mi libro. **Virginia Tesi Carey** y **Lori Sabin: vuestra** atención al detalle es impecable, gracias por corregir con vuestros ojos afinados. **Kiki** y todo el equipo de **The Next Step PR**, gracias por todo vuestro apoyo para ayudarme en mi introducción al mundo de la escritura. **Christine Brae** y **A.L. Jackson**, ambas son dos autoras cuyos libros adoro y las palabras que han escrito me han impactado. Ambas son autoras de gran talento y éxito, ¡y mujeres Jefas! Que cada una de ustedes se haya tomado el tiempo de su apretada agenda para leer esta historia y darme su opinión es absolutamente inestimable y no hay palabras suficientes para expresar mi gratitud a cada una de ustedes.

A mis mejores amigas desde el primer día, Jessica, Kristen, Lucia y Melissa: ustedes me dan la vida (y muchas ideas para mis historias y personajes) y estoy agradecida por cada una de ustedes cada día. Mis hermanas #RideOrDie hasta el fin de los tiempos.

A mi Mami, soy la mujer que soy por ti. Gracias por todo tu amor y todo tu apoyo. A mis hermanas y hermanos, todos me apoyan en todos mis esfuerzos y su aliento me empuja a ser mejor persona cada día.

Y, por último, pero no por ello menos importante, a mi marido Alex, cuya paciencia debería ser recompensada: no siempre es fácil ser mi otra mitad. Gracias por tener tanta paciencia conmigo todos los días, pero especialmente mientras estaba escribiendo este libro. Te amo.

# SOBRE LA AUTORA

Shelly Cruz es abogada y dirige su propio bufete en Miami, Florida. Nació y creció en las afueras de Boston, Massachusetts, de la mano de una feroz madre argentina y un estricto padre puertorriqueño. Cuando no está investigando y redactando documentos jurídicos, disfruta expresando su creatividad escribiendo ficción. Es una amante del amor, el romance y las relaciones, razón por la cual escribe romance perversamente sexy. En su tiempo libre, a Shelly le encanta leer, viajar y montar a lomos de la motocicleta Harley Davidson de su marido mientras disfruta de la carretera abierta.

Facebook:

**facebook.com/shellycruzwrites**

Instagram:

**instagram.com/shellycruzwrites**

Goodreads:

**goodreads.com/author/show/20726422.Shelly_Cruz**

Twitter:

**twitter.com/shellycwrites**

Pinterest:

**pinterest.com/shellycruzwrites**